Gefangen

Alpha's Claim, Buch Eins

Von

Addison Cain

Cover-Art von Simply Defined Art

ISBN: 978-1-950711-14-7

*Dieses Buch ist ausschließlich für Erwachsene gedacht
und enthält Szenen mit totalem Machtaustausch, die
einigen Lesern Unbehagen bereiten können.

Kapitel 1

Sie war so weit gekommen … große Augen spähten durch den schmalen Schlitz zwischen der Wollmütze und den zahllosen Schichten schmutziger Schals, die um die untere Hälfte ihres Gesichts gewickelt waren. Niemand schien ihr viel Aufmerksamkeit zu schenken, als sie vorbeiging, sie ignorierten die Kreatur in dem stinkenden, zu großen Mantel, als sie am Fuß der breiten Treppe zögerte und zur Zitadelle von Thólos aufschaute. Sie umklammerte die Pillendose in ihrer Tasche fester, hielt sich verzweifelt an ihrem Rettungsanker fest und machte den ersten Schritt.

Sie hatte zwei Tage lang alle vier Stunden eine dieser unbezahlbaren Pillen genommen, wie ein Uhrwerk. Als sie das betrat, was ehemals eine Sperrzone gewesen war, hätte sie von dem Medikament durchdrungen sein sollen, ihr Stoffwechsel und ihre Hormone in einen Zustand der Gleichgültigkeit versetzt. Essen, das für eine Woche gereicht hätte, war eingetauscht worden, damit sie diese Treppe hochgehen konnte, ohne in Stücke gerissen zu werden.

Sie hatte trotzdem Todesangst.

Das Gebrüll der Monster im Inneren – der Jubel und die Zwischenrufe, als ihre Leute erst ihrer Würde und dann ihres Lebens beraubt wurden – drehte ihr den Magen um, obwohl das säuerliche Gefühl vielleicht eine Nebenwirkung der Medikamente war. Claire schwitzte bereits und war dankbar dafür, dass die anderen sie in so viele Schichten gehüllt hatten, um zu verbergen, was sie war. Sie nahm den kleinstmöglichen Atemzug, versuchte, nicht von dem Gestank nach verwesender Leiche zu würgen, der ihren Klamotten anhaftete, und tauchte in den Wahnsinn ein.

Den Eingang zu durchqueren war fast zu einfach. Da war keine Hand, die sie an der Schulter packte, um sie aufzuhalten, kein blaffender Anhänger, der verlangte, dass sie ihr Anliegen vortrug. Das schwarze Loch schien tatsächlich nur allzu bereit zu sein, sie zu verschlucken. Hinter der Schwelle hing der Geruch von Männern schwer in der Luft; eine beißende Mischung aus aggressivem Alpha und ein paar der brutaleren Betas, die gekommen waren, um denjenigen anzuknurren und an zu jaulen, der das Entertainment an diesem Tag war.

Geburtsurkunden lagen auf dem Boden verstreut und Trittspuren waren auf dem Pergament zu sehen, wo achtlose Stiefel das zertrampelt hatten, was einst ein Leben bedeutet hatte. Eine Liste von Namen, die aus den Büchern gestrichen worden waren. Die Papierfetzen wurden weggeworfen, vermischten sich mit entsorgten Flugblättern, Fahndungsplakaten und Müll.

Je tiefer sie hineinging, desto voller wurden die Kammern, gefüllt mit einer Horde, die sich aus Bürgern und dem verstoßenen Abschaum aus dem Undercroft zusammensetzte, der an dem Tag freigelassen wurde, als Terror über Thólos hereinbrach. Es waren Verbrecher, die sich dem Eroberer des Dome angeschlossen hatten, Männer mit der Macht, zu tun, was sie wollten. Männer, die dazu *angespornt* wurden, zu tun, was immer sie wollten. Böse Männer.

Sie musste schnell sein und wusste, dass sie auf schreckliche Weise sterben und die anderen dem

Hungertod überlassen würde, wenn die drängelnde Meute herausfand, was sie unter dem stinkenden Dreck war, den sie um sich gewickelt hatte. Ein Fuß nach dem anderen, mit dem Rücken an die Wand gepresst, die Augen huschten hin und her – Claire ging um die Menge herum und betete, dass niemand sie bemerkte.

Der Mann, nach dem Claire suchte, war bekannt dafür, dort zu stehen, wo jedermann ihn erreichen konnte. Wo alle sehen konnten, wer die Macht innehatte, damit er Herausforderer – wenn man den Gerüchten glauben konnte – mit seinen bloßen Händen töten konnte.

Man hätte ihn nicht verfehlen können, selbst wenn man es versucht hätte.

Der Bösewicht, der die Frechheit besaß, sich „Shepherd", Beschützer, zu nennen, war gewaltig, der größte Alpha, den sie je gesehen hatte. Und nicht nur das … die Da'rin-Markierungen. Was auch immer sie waren, sie wirbelten über die sonnengebräunte Haut, wie eine Erweiterung seiner Falschheit – animalisch, unnatürlich. Die Komplexität der Muster lenkte den Blick auf die muskulösen Arme und warnte jeden

Betrachter davor, dass der Träger heimtückisch war – nicht vertrauenswürdig.

Bevor die Stadt gefallen war, war es äußerst illegal gewesen, diese sich bewegenden schwarzen Male über der Erde zu tragen – die Strafe: Hinrichtung. Er war ein Sträfling aus dem Undercroft, derjenige, der die Verstoßenen befreit hatte, und er war das Monster, das für das Leid ihrer Leute und für die Leichen verantwortlich war, die sich in den Straßen von Thólos stapelten.

Claire schluckte, schlich sich näher heran und beschloss, stattdessen den bewaffneten Anhänger anzusehen, dem Shepherd zunickte; ein Beta mit Da'rin-Malen, wie es den Anschein hatte. Es war dieser Mann, dessen stechend blaue Augen bemerkten, wie sie sich langsam näherte. Auch wenn zierlich ein freundliches Wort war, um Claire zu beschreiben, war sie dem Gesichtsausdruck des Betas nach zu urteilen nichts … weniger als nichts. Er wandte den Blick ab, ignorierte ihr Herannahen.

Claire umklammerte die Pillen, ihren Talisman gegen das Böse, und ging direkt auf die beiden sich unterhaltenden Eroberer zu. Sie suchte nach Worten, um die Aufmerksamkeit des riesigen Alphas auf sich zu lenken. „Ich muss mit Ihnen reden, bitte."

Shepherd würdigte sie nicht einmal eines Blickes, ignorierte die in stinkende Klamotten gehüllte Frau unverfroren.

„Es ist sehr wichtig", versuchte sie es etwas lauter. Die Aufrichtigkeit in ihren Augen, die Verzweiflung und die überwältigende Angst waren offensichtlich.

Wie oft war das in ihrem Leben schon passiert? Die totale Missachtung, die unverhohlene Ablehnung …

Claire stieß einen frustrierten Seufzer aus und packte ihre Pillen noch fester. Sie blieb stehen, wie ein Baum, ein kleiner Setzling in einem Wald aus Mammutbäumen, und wartete und beobachtete ihn. Sie würde auf keinen Fall gehen, bis sie mit der einzigen Person gesprochen hatte, die in der Lage sein könnte, sie zu retten. Er wollte ein Anführer sein, er wollte herrschen … nun, sie brauchten Essen. Stolz hielt nicht ewig vor. Tief im Inneren wusste sie, dass sie von Stolz allein nicht leben konnten, also hatte sie Shepherd aufgesucht, um ihn um Hilfe zu bitten.

Die Augen auf den Mann gerichtet, auf den größten im Raum – vielleicht sogar auf der Welt –, wartete sie stundenlang. Es war schwer zu ignorieren, was um sie herum passierte. Das bitterliche Weinen der einst Mächtigen, die zu wehleidigen Kreaturen reduziert worden waren, herbeigeschleppt, um *zur Rechenschaft gezogen* zu werden. Claire war sich nicht sicher, wofür sie zur Rechenschaft gezogen wurden. Sie wusste nur, dass alle, die das Unglück hatten zur Zitadelle geschleppt zu werden, hingerichtet wurden, ohne Rücksicht auf Bettelei, Bestechung, Blutlinie … der Meute war alles egal. Selbst die Schuld.

Es wurde dunkel. Claire verharrte, sog dieselben winzigen Atemzüge ein und hielt ihre Stellung, obwohl sie schreiend davonlaufen wollte. Sie tat so, als hätte sie nicht gerade gehört, wie ein Fremder dazu verurteilt wurde, gehäutet zu werden, *damit die Welt sehen konnte, woraus er gemacht war*. Es war so spät geworden, dass ihr trauriger Mut mittlerweile sinnlos erschien. Die silbernen Augen hatten nicht einmal in ihre Richtung geschaut. Nicht einmal.

Claire hatte gehofft, dass ihre Entschlossenheit Shepherd dazu bringen würde, ihr zumindest einen Blick zuzuwerfen, so wie es sein Anhänger getan hatte, um ihr die Möglichkeit zu geben, ihr Anliegen vorzutragen. Doch je länger sie wartete, desto unregelmäßiger schlug ihr Herz. Einen Moment lang hatte sie das Gefühl, sich vom Geruch übergeben zu müssen – nicht nur dem ihrer Kleidung, sondern dem aller Alphas, die im Raum tobten – und nahm ihre Pillen heraus. Sie öffnete so schnell sie konnte den Deckel der Dose und klemmte eine kleine blaue Tablette zwischen Zeigefinger und Daumen ein. Ihr behandschuhter kleiner Finger hakte sich in den schmutzigen Schal und zog ihn gerade weit genug nach unten, um die Pille zwischen ihre Lippen zu schieben. Als sie auf ihrer Zunge landete, hatte Claire Mühe, genug Speichel zu produzieren, um sie zu schlucken.

Sie wanderte gezackt ihre Speiseröhre hinunter, ließ sie erschaudern, dann aufstöhnen, als sie in ihrem hohlen Magen ankam und das Gefühl fast dazu führte, dass das wertvolle Medikament wieder hochkam. Ihre Finger rückten die Wolle schnell wieder zurecht, um so viel wie möglich von ihrer Haut zu bedecken, zogen den üblen Gestank wieder über ihre Nase und ihren Mund … aber dann ging alles schief.

Die Luft veränderte sich und ein Anflug instinktiver Angst war der Vorläufer ihres größten Albtraums. Es war Shepherd, der plötzlich unnatürlich still wurde. Sie konnte die Knochen in seinem Nacken knacken hören, als er seinen Schädel ein paar Grad in ihre Richtung drehte.

Stark schwitzend und mit einem kranken Gefühl, sprach Claire in dem Augenblick, als sie seine Aufmerksamkeit spürte. „Ich muss mit Ihnen sprechen."

Er hatte so viele Menschen getötet. Selbst durch den Stoff um ihr Gesicht herum konnte sie ihn riechen; stärker als die anderen, das war sicher. Aber der Blick in seinen Augen war viel beängstigender als die Da'rin-Male. Hartes, unnachgiebiges Quecksilber schien sie zu durchschauen, zerfetzte ihre Tarnung. Claires Schultern sackten herab und sie spürte eine Woge, ein brennendes Kratzen im Magen, das zu schmerzhaften Krämpfen wurde und schreckliche Angst hinterließ.

Alles war umsonst gewesen.

Claire sog einen abgehackten Atemzug ein, schwankte, als könnten ihre Beine sich nicht entscheiden, wohin sie laufen sollten, und flüsterte leise: „Nein ... nein, nein, das darf nicht passieren."

Irgendwie waren all die Vorbereitungen und die Pillen nicht genug gewesen. Es waren zu viele Alphas hier, zu viel von ihrem Geruch in der Luft, und ihre Brunft war direkt ausgelöst worden. Schon jetzt konnte sie die Feuchtigkeit spüren, die sich zwischen ihren Beinen sammelte und deren Geruch so von Pheromonen durchdrungen war, dass er nicht von dem schrecklichen Gestank überdeckt werden würde, in den sie sich absichtlich gehüllt hatte. All diese Stunden hatte sie gedacht, es wäre Nahrungsmangel gewesen, der Mief von verrottenden Dingen und das Gewicht des Umhanges ... sie hatte wie eine Idiotin in der Höhle der Wölfe gestanden, während sich die Zeichen gehäuft hatten: Übelkeit, Herzrasen, Fieber ... und der größte Wolf von allen starrte sie direkt an.

Claire hatte endlich seine Aufmerksamkeit, und jetzt war sie wertlos.

Sie war bereits dabei, in einen Fieberwahn zu verfallen, und geriet in Panik, ihre Stimme brach und klang gleichzeitig anschuldigend. „Ich musste nur mit Ihnen reden. Ich habe nur eine Minute gebraucht."

Dieser Trieb – den, gegen den sie ihr ganzes Leben lang angekämpft hatte – ließ sie zittern und sich auf die Flucht vorbereiten, aber es herrschte bereits überall Chaos. Sie versuchte, den Atem anzuhalten, als Alphas wie Bluthunde in der Luft herumschnüffelten. Shepherd reagierte auf ihren stockenden Rückzug, wandte sich ihr ganz zu, starrte sie mit den geweiteten, fokussierten Augen eines Raubtieres an.

Es war seine Aufmerksamkeit – die Aufmerksamkeit, die sie gebraucht hatte, um ihre Artgenossen zu retten –, die die anderen Augen im Raum auf sie lenkte. Noch mehr von dieser verdammten Flüssigkeit tropfte ihre Beine hinunter, durchtränkte den Stoff ihrer Kleidung und signalisierte, dass eine seltene Omega aus heiterem Himmel aufgetaucht und offensichtlich brunftig war.

Es würde Ausschreitungen geben, ein Blutbad, während sie an ihr zerrten … sie wahrscheinlich direkt dort auf dem schmutzigen Marmorboden bestiegen.

Eine weitere Welle von Krämpfen und sie krümmte sich, ihre Pupillen verschlangen langsam die grünen Iris, bis nur noch Schwarz mit einem smaragdenen Ring übrigblieb. Ein Brüllen ertönte hinter ihr, fest zupackende Hände griffen nach ihrem Arm. Sie schrie und die Raserei begann.

Alphas waren dominant. Sie hatten ein animalisches Verlangen danach, sich mit einer brunftigen Omega zu paaren. Selbstkontrolle, die besaßen sie auch … Aber nicht die Monster, die in diesem Raum waren. Nicht die Art von Männern, die sich von Shepherds Unterfangen angezogen fühlten. Nicht das, was aus den Männern von Thólos geworden war, seitdem dieser Bastard über sie hergefallen war. Sie würde zu Tode vergewaltigt werden, konnte bereits spüren, wie jemand an ihren Klamotten zerrte.

Die Reaktion ihres Körpers, Claire konnte sie nicht verhindern. Das Knurren und das Gebell ließen sie nur noch feuchter werden, führten dazu, dass sie sich danach sehnte, bestiegen zu werden … aber nicht von irgendetwas, das in dieser Kammer herumkroch.

Ein Heulen, das so ohrenbetäubend war, dass sie sich die Ohren zuhielt, erschütterte sie bis ins Mark. Geräusche eines Kampfes und Schüsse ertönten und Claire rollte sich instinktiv zusammen.

Sie kämpfte gegen ihre Reaktion an, zwang ihren Körper dazu, sich aufzurichten, damit sie mehr tun konnte, als sich nur den klammernden Händen zu entreißen. Sie öffnete die Augen, die Pupillen stark geweitet, und bereitete sich darauf vor wegzulaufen. Sie würden sie jagen, das wusste sie. Alphas waren stärker, schneller, und da sie umzingelt war, würde einer sie fangen. Aber zumindest hätte sie es versucht.

Claire war nicht darauf vorbereitet, die Menge an Leichen zu sehen, die bereits den Boden bedeckten. Der Anblick so vieler gebrochener Männer ließ sie erstarren und das war alles, was er brauchte. Innerhalb eines Augenblicks legte sich ein Arm, der so dick war wie ein Baumstamm, um ihre Mitte und sie wurde über eine Schulter geschmissen und weggetragen, in dem prahlerischen Tempo eines

Mannes, der seinen Anspruch geltend machte … der Sieger der Schlacht. Im Raum hallten immer noch Knurren und Schreie wider, aber das schmerzerfüllte Stöhnen der wenigen auf dem Boden, die das Glück hatten, noch am Leben zu sein, war lauter.

Kampfstiefel und vertraute Panzerung, die so aussah, als wäre sie aus Überresten zusammengeschustert worden, umhüllten dicke Schenkel. Shepherd. Mit einem Dankesgebet an Nona, die den schrecklichen, stinkenden Schal organisiert hatte, kämpfte Claire mit sich selbst – gegen ihren Instinkt, an ihm zu riechen – und tat ihr Bestes, um das Mantra zu wiederholen, das sie zuvor diesen Albtraum hatte überstehen lassen. *„Nur Instinkte."*

Sie musste mit ihm sprechen, musste gegen ihre niederen Triebe ankämpfen.

Glaubst du, er wird gegen seine ankämpfen?

Der Gedanke ließ sie zusammensacken, eine Bewegung, die er zweifellos als Unterwerfung interpretierte, und nicht als ihr Gegenstück, Verzweiflung. Claire verlor den Überblick über die Entfernung oder die Richtung, in die er sie brachte, registrierte nur die Dunkelheit und das seltsame Gefühl, unter der Erde zu sein. Immer wieder übte sie in Gedanken das, was gesagt werden musste, und schwor sich, dass sie es sagen würde. Selbst wenn er brunftete, würde sie es sagen.

Selbst wenn er sie tötete, würde sie es sagen.

Eine Tür mit dicken Metallscharnieren wurde aufgezogen und sie quietschte so, wie die Türen der U-Boote der alten Welt, die sie nur aus Büchern kannte, es in ihrer Vorstellung taten, und sie betraten einen Raum.

Jeder inhalierte Atemzug, selbst durch die stinkenden Schals, war von ihm durchdrungen – dem berauschenden Moschus des Alphas auf dem Höhepunkt seiner Macht. Sie drückte eine Hand auf ihren Mund und ihre Nase, spürte, wie ihr Körper sich gegen ihren Willen wand, und konzentrierte sich wieder auf die kleinen, flachen und kontrollierten Atemzüge.

Als sie auf den Boden gesenkt wurde, zog ihr Körper sich erneut krampfhaft zusammen, was der Frau ein schmerzerfülltes Stöhnen entrang. Sie wollte – nein, *musste* – ihre Hand zwischen ihre Beine pressen. Aber der Geruch von verrottendem Fleisch drehte ihr den Magen um, ebenso sehr wie der köstliche Geruch des Zimmers des Alphas sie um den Verstand brachte.

Mit Worten, die durch ihre Begierde getrübt wurden, die Sätze von leisen Grunzern unterbrochen, kämpfte sie gegen das überwältigende Verlangen danach an, die Beine zu spreizen und sich an etwas zu reiben. „Wir verhungern. Die Omegas brauchen Essen. Ich wurde entsandt, um Sie zu bitten, einen sicheren Ort zu organisieren, an dem wir unseren Anteil bekommen können, bevor wir alle sterben."

Sie sah zu, wie er die Tür mit einer Stange verriegelte, die dicker war als ihr Knöchel, sie einsperrte, um die Omega zur Paarung in die Enge zu treiben. Nicht sicher, ob Shepherd sie gehört hatte, benutzte sie ihre Füße, um von dem Mann wegzurutschen, bis sie mit dem Rücken an die Wand stieß, und versuchte es erneut. „Nahrung … wir können nirgendwo hingehen … werden gejagt, gezwungen. Sie bringen uns um." Ihre erweiterten Pupillen blickten zu dem einschüchternden Mann auf und flehten ihn an, sie zu verstehen. „Sie sind *der*

Alpha in Thólos, Sie haben die Kontrolle … es gibt niemand anderen, an den wir uns wenden können."

„Also bist du törichterweise in einen Raum voll wilder Männer spaziert, um nach Essen zu fragen?" Er machte sich über sie lustig, seine Augen waren gemein, selbst als er grinste.

Der entsetzliche Tag und die sexuelle Frustration ihrer Brunft brachten Claire dazu, streitlustig den Kopf zu heben und ihm in die Augen zu schauen. „Wenn wir kein Essen bekommen, bin ich sowieso tot."

Als Shepherd das Weibchen das Gesicht verziehen sah, während sie wieder von Krämpfen geschüttelt wurde, knurrte er, eine instinktive Reaktion auf eine paarungsbereite Omega. Der Laut schoss direkt zwischen ihre Beine, versprach ihr alles zu geben, was sie brauchte. Sein zweites, lauter gegrolltes Geräusch vibrierte in ihr und ein Schwall warmer Feuchtigkeit durchnässte den Boden unter ihrem geschwollenen Geschlecht, sättigte die Luft, um ihn anzulocken.

Sie konnte es nicht ertragen. „Bitte machen Sie dieses Geräusch nicht."

„Du kämpfst gegen deinen Zyklus an", grunzte er leise und harsch, fing an auf und abzugehen, während er sie die ganze Zeit beobachtete.

Claire schüttelte den Kopf und begann zu murmeln: „Ich war mein Leben lang zölibatär."

Zölibatär? Das war eine Seltenheit … ein Gerücht. Omegas konnten nicht gegen den Paarungstrieb ankämpfen. Deshalb prügelten die Alphas sich um sie und zwangen ihnen eine Paarbindung auf, um sie für sich zu behalten. Allein der Geruch löste bei jedem Alpha eine Brunft aus.

Er knurrte wieder und die Muskeln ihres Geschlechts zogen sich so stark zusammen, dass sie wimmerte und sich auf dem Boden zusammenrollte.

Es war schwer genug, die Brunft zu überstehen, wenn sie allein in einem Raum eingesperrt war, bis der Zyklus endete, aber seine verdammten Geräusche und der Geruch, der durch die verweste Stickigkeit ihrer Kleidung drang, zerrissen sie innerlich.

Die erniedrigende Art und Weise, wie er mit ihr sprach, ließ sie die Augen öffnen und sie sah die Bestie still dastehen, seine gewaltige Erektion trotz der Kleidungsschichten offensichtlich. „Wie lange dauert deine Brunft normalerweise, Omega?"

Sie zitterte, liebte plötzlich den Klang dieser lyrischen und rauen Stimme und ballte ihre Hände an ihrer Seite zu Fäusten zusammen, anstatt ihn näher heranzuwinken. „Vier Tage, manchmal eine Woche."

„Und du hast sie alle abgeschottet verbracht, anstatt dich einem Alpha zu unterwerfen, um die Brunft zu beenden?"

„Ja."

Er machte sie wütend, sogar rasend, mit seinen dummen Fragen. Jeder Teil von ihr schrie auf, wollte, dass er sie streichelte und ihre Not linderte. *Das war seine Aufgabe!* Mit einer Hand immer noch über ihre Nase und ihren Mund gepresst, klang ihre gedämpfte, gebrochene Erklärung wie eine wirre, wütende Tirade, und Claire fauchte: „Ich entscheide."

Er lachte nur, ein grausames, grobes Geräusch.

Omegas waren seit den Plagen und den darauffolgenden Reformationskriegen vor einem Jahrhundert extrem selten geworden. Das machte sie zu einer wertvollen Ware, die sich die Alphas an der Macht nahmen, als stünde es ihnen zu. Und in einer

19

Stadt voller aggressiver Alphas wie Thólos war sie in einem Leben gefangen gewesen, in dem sie vorgetäuscht hatte, eine Beta zu sein, nur um ungestört leben zu können. Sie hatte ein kleines Vermögen für Brunft-Hemmer ausgegeben und sich mit den anderen wenigen zölibatären Frauen, die sie kannte, weggeschlossen, wenn die Brunft bevorstand. Hatte sich in aller Öffentlichkeit versteckt, bevor Shepherds Armee aus dem Undercroft aufgetaucht war und die Regierung abgeschlachtet, ihre Leichen wie Trophäen an der Zitadelle aufgehängt hatte.

Claire war bereits am darauffolgenden Tag gezwungen gewesen, unterzutauchen, als die Unruhen die unteren Ebenen dazu inspirierte, um die Vorherrschaft zu kämpfen. Wo Ordnung geherrscht hatte, kannte Thólos plötzlich nur noch Anarchie. Diese schrecklichen Männer nahmen sich einfach jede Omega, die sie finden konnten, töteten Gefährten und Kinder, um die Frauen zu behalten – um sie zu begatten oder zu ficken, bis sie starben.

„Wie heißt du?"

Sie öffnete die Augen, erfreut, dass er ihr zuhörte. „Claire."

„Wie viele von euch gibt es, Kleine?"

Sie versuchte, sich auf einen Fleck an der Wand zu konzentrieren, und nicht auf den großen Mann und seinen wunderschönen, geschwollenen Schwanz, der dem Reißverschluss seiner Hose einiges abverlangte, und drehte den Kopf dorthin, wo ihr Körper sich verzweifelt einnisten wollte, starrte voller Hunger auf die Ansammlung an bunten Decken und Kissen – ein Bett, in dem alles von seinem Duft durchdrungen sein musste.

Ein langes Knurren warnte sie. „Deine beeindruckende Konzentration geht dir verloren, Kleine. Wie viele?"

Ihre Stimme brach. „Weniger als hundert ... Mit jedem Tag verlieren wir mehr."

„Du hast nichts gegessen. Du bist hungrig." Es war keine Frage, aber sie wurde in einem so tiefen Timbre ausgesprochen, dass sein Hunger nach *ihr* offensichtlich wurde.

„Jaaaa." Es war fast ein Winseln. Sie war so kurz davor, zu betteln, und es war nicht Essen, um das sie betteln würde.

Das lang anhaltende, antwortende Knurren des Rohlings entlockte ihr einen Schwall von Feuchtigkeit, der sie so sehr durchnässte, dass sie in einer glitschigen Pfütze saß. Sie krümmte sich, frustriert und notgeil, und schluchzte: „Bitte mach dieses Geräusch nicht.", und das Knurren änderte sofort die Tonlage. Shepherd fing an, für sie zu schnurren.

Dieses tiefe Grollen hatte etwas so unendlich Beruhigendes an sich, dass sie hörbar seufzte und nicht Reißaus nahm, als er langsam und bedächtig näherkam. Sie beobachtete ihn mit intensiver Aufmerksamkeit, ihre riesigen, geweiteten Pupillen ein klares Anzeichen dafür, dass sie sehr kurz davorstand, komplett in die Brunft überzugehen.

Selbst als Shepherd sich hinhockte, ragte er über ihr auf, schien nur aus prallen Muskeln und moschusartigem Schweiß zu bestehen. Sie versuchte, die Worte zu sagen: *„Nur Instinkte …"*, brachte sie aber so sehr durcheinander, dass ihre Bedeutung verloren ging.

Angefangen mit dem Schal, schälte er sie aus den Kleidungsstücken, die ihre wunderbaren Pheromone verunreinigten, summte und streichelte sie jedes Mal, wenn sie wimmerte oder sich nervös bewegte. Als er sie nach vorne zog, um ihr den stinkenden Umhang auszuziehen, waren ihre Augen auf einer Höhe mit seiner eingeengten Erektion. Claires freiliegende Nase schnüffelte automatisch an der Stelle, an der seine Hose sich wölbte. In diesem Moment war alles, was sie wollte, alles, was sie je gewollt hatte, von diesem Mann gefickt, mit einem Knoten an ihn gebunden und begattet zu werden.

Nur Instinkte ...

Shepherd drückte sein Gesicht an ihren Hals und atmete lang und tief ein, stöhnte, als sein Schwanz zuckte und anfing zu tropfen, um sie zu befriedigen. Er war brunftig geworden, daran war nichts zu ändern, und damit einher ging das überwältigende Bedürfnis, das Weibchen mit Sperma zu füllen und das zu mildern, was sie dazu brachte, sich wie verrückt an ihrer Hand zu reiben.

Die Worte gingen fast in ihrem Atem unter: „Du musst mich für ein paar Tage in ein Zimmer einsperren ..."

Ein wildes Grinsen legte sich auf sein Gesicht. „Du bist in ein Zimmer eingesperrt, Kleine, mit dem Alpha, der zehn Männer und zwei seiner eingeschworenen Anhänger getötet hat, um dich hierher zu bringen." Er strich ihr über die Haare, streichelte sie, weil etwas in seinem Inneren ihm sagte, dass seine Hände sie besänftigen konnten. „Es ist zu spät. Dein trotziges Zölibat hat ein Ende. Entweder du unterwirfst dich mir freiwillig und ich treibe es während deiner Brunft mit dir oder du kannst durch diese Tür gehen, hinter der dich meine Männer zweifellos in den Fluren besteigen werden, sobald sie dich riechen."

Jemand klopfte. Shepherd stand auf, ragte groß vor ihr auf und starrte sie mit der offenen Forderung an, sich zu unterwerfen und zu gehorchen. Nachdem seine Dominanz etabliert war, ging er zur Tür und zog den Riegel zurück. Claire erkannte den gleichen Soldaten, den kleineren Beta mit den viel zu strahlend blauen Augen, und sah, wie er in der Luft schnüffelte, offensichtlich erregt durch die berauschende Mischung aus Pheromonen, die ihre Feuchtigkeit und ihr Schweiß in die Luft pumpten.

Shepherd hatte recht. Er hatte sie vor einer Massenvergewaltigung bewahrt, hatte sie vor Verletzungen und höchstwahrscheinlich vor dem Tod gerettet. Er hatte ihr zugehört, auch wenn er ihr nicht geantwortet hatte, und im Flur geiferten bereits Männer. Das Verständnis ihrer Situation stand ihr offen ins Gesicht geschrieben. Claire nickte, die Brunft trübte ihr Urteilsvermögen.

Die Männer murmelten sich etwas zu, das in „…nur Betas als Wachen.", endete.

Ein Tablett wurde überreicht, voll beladen mit Essen, dann ein weiterer Armvoll Bettwäsche und Kissen und sie wurde weiß. Sie hatten bereits gewusst, dass Shepherd sie nehmen würde, und hatten sich entsprechend vorbereitet. Das kurze Gespräch hatte keinen anderen Zweck, als sie glauben zu lassen, sie hätte eine Wahl. Er sah ihren Gesichtsausdruck und sein grollendes Schnurren kehrte zurück.

Sie musste essen … er musste sie füttern, bevor es losging. Das Tablett wurde dort, wo sie hockte, auf den Boden gestellt und sein Befehl war laut genug, um ihre Aufmerksamkeit von der Ausbuchtung in seiner Hose abzulenken. „Iss."

Während sie achtlos in dem Essen herumstocherte, fing er an sich auszuziehen. Seine gesamte Rüstung, jede Unterschicht, wurde sorgfältig entfernt und weggelegt, der Mann hatte keinerlei Scham über den Zustand seines mit Da'rin übersäten Körpers oder seinen emporragenden Schwanz, den er stolz zur Schau stellte. Aber mehr noch als der Anblick war es der Geruch – der Duft eines brunftigen Alphas, der erregt und steif für sie war –, der jedes letzte bisschen Vernunft aus ihrem Kopf verschwinden ließ. Das unaufhörliche Schnurren brachte alles zum Summen, erinnerte sie daran, dass er das war, was ihr Körper brauchte, und sie hungerte danach ... auch wenn sie Angst hatte.

Shepherd fing an, nackt auf- und abzuschreiten, ließ die Schultern kreisen, während er umherging, beobachtete sie die ganze Zeit und schnüffelte immer wieder in die Luft. „Iss mehr ... trink das Wasser."

Claire fauchte, ihre Stimme geradezu böse, bedrohlich, als hätte er wissen sollen, dass Omegas während der Brunft nicht essen konnten: „Ich will nichts essen!"

Nein, sie wollte die Sache, die passieren sollte. Er sollte sie ficken. Warum wartete er? Sie stand auf und er war da, das dominante Männchen knurrte so laut, dass ihre Augen nach hinten rollten.

Das Reißen von Stoff ging kühler Luft über fiebriger Haut voraus.

Er war überall um sie herum und zerrte unnötige Dinge weg, wie ihre Kleidung. Sein Geruch, der rohe Schweiß, ließ ihre Fotze triefen. Shepherd sog tiefe, laute Atemzüge ein, um die fruchtbare Omega zu riechen, und streckte die Hand aus, um die freiliegende Haut zu streicheln, ein wenig überrascht davon, dass all ihre Körperbehaarung dauerhaft entfernt worden war – er erkannte es als Vorsichtsmaßnahme, die die Omega getroffen hatte, um ihren Duft zu maskieren.

Sie war schon so weggetreten, ihre kleine Zunge leckte bereits über seine Haut, völlig berauscht von seinem Geschmack und Geruch, dass sie laut stöhnte, als sein Finger seine perlenden Lusttropfen aufwischte, um sie ihr auf die Lippen zu streichen, und ihn tief in ihren Mund saugte.

Claire war im Vergleich zu seinem massigen Körper so klein und ließ sich leicht dorthin bewegen, wo er sie haben wollte. Sie fiel rücklings aufs Bett und Shepherd stellte sich zwischen ihre schlanken, gespreizten Beine, starrte mit weit aufgerissenen, hungrigen Augen auf die Säfte, die aus ihr herausflossen. Kleine rosa Lippen waren geöffnet und die geschwollene Eichel seines Schwanzes wurde dort positioniert, wo sie viel zu klein schien, um ein so großes Organ aufzunehmen. Mit einer Hand auf ihrer Brust, um das sich windende Ding zu streicheln, drückte Shepherd sich in sie, drang in ihren schlüpfrigen Schoss ein, und sein ganzer Körper erschauerte, als sie verzweifelt aufschrie.

Die Frau hatte nicht gelogen … sie war so eng, dass sein Schwanz noch mehr Flüssigkeit freisetzte, um ihr zu helfen. Er war erst zur Hälfte drin, als sie anfing zu jammern und sich zu krümmen. Alphas waren groß und Shepherd war riesig, der Umfang seines Schafts enorm, und der Raum in ihrem Körper war begrenzt.

„Öffne dich mir, Kleine", knurrte Shepherd und benutzte seine Daumen, um ihre Schamlippen weiter auseinanderzuziehen, stieß in sie hinein, musste sich jeden Zentimeter erarbeiten, während das Weibchen beobachtete, wie ein Schwanz, der so dick war wie ihr Unterarm, zwischen ihren Beinen verschwand.

Als der sie ausdehnende Stoß ein Ende fand, als all ihre Enge den harten Schaft umhüllte … die reinste Wonne. Sie brauchte es, stöhnte und drückte den Rücken durch, rieb ihre Scheide an seinem Schambein. Die Dehnung war göttlich, die Vibration seines Schnurrens, der *Geruch*. Als er anfing, sich aus ihr zu ziehen, bleckte sie die Zähne und knurrte einen Mann an, dessen Größe die ihre um ein Vielfaches überstieg. Shepherd schien sich darüber zu amüsieren und ließ dann seine Hüfte vorschnellen, trieb seinen riesigen Schwanz bis zum Anschlag in sie hinein, wusste, dass sie aufjaulen würde.

Claire lernte schnell, dass ihm ihre kleinen Temperamentsausbrüche gefielen, aber es war Shepherd, der den Schlagabtausch dominierte. Er besorgte es ihr mit dem Nachdruck, den sie brauchte, hart und schnell, und intensivierte das heftige

29

Pulsieren in ihrem Zentrum. Als sie anfing, mit den Hüften zu kreisen, und die Augen schloss, vollkommen überwältigt von dem unstillbaren Paarungstrieb, packte er sie am Hals und bellte sie an, die Augen aufzumachen und den Mann anzuschauen, der sie fickte, um seine Manneskraft anzuerkennen.

Diese grob geknurrten Worte gaben ihr den Rest. Perfekte Erlösung explodierte. Claire spürte, wie jeder einzelne Muskel in ihrer Pussy zum Leben erwachte, sah, wie seine Augen grausam und wild wurden, fühlte, wie sein Knoten anschwoll, als er sich in sie bohrte und sich hinter ihrem Beckenknochen festsetzte, sie so tief wie möglich zusammenschweißte. Die Intensität des Orgasmus ließ sie zucken und sie spürte den ersten heißen Spritzer Sperma, hörte ihn wie ein Tier brüllen, während sie schrie. Shepherd kam erneut, noch mehr von exzessiven Flüssigkeit – die Bedürfnisse ihres Körpers waren endlich gesättigt und bei seinem dritten flüssigen Schwall verlor sie das Bewusstsein.

Es konnte nicht lange gedauert haben, bis sie erwachte, da sein Knoten ihre Körper immer noch miteinander verband. Er lag unter ihr, ihr Körper ausgestreckt auf seinem, Claires Ohr an seinem Herz. Die durch die Paarung verursachte Ruhe verblasste und der Impuls zu ficken war wieder da. Dieser Trieb, das Einzige, wodurch sie in diesem Moment definiert wurde, übermannte sie und ihre Zunge schnellte hervor, um den salzigen Schweiß von seiner Brust zu lecken und den tätowierten Mann dazu zu bringen, von vorne anzufangen.

Sobald der Knoten kleiner wurde, bemerkte sie den Verlust der kostbaren Flüssigkeit, spürte, wie sein Sperma aus ihr sickerte, und wimmerte. Als ob Shepherd ihre Gedanken lesen könnte, fuhr er mit seinen Fingern durch das kleine Rinnsal und hob das Ejakulat an ihren Mund. Der Geruch allein machte sie wild, der Geschmack noch tausendmal mehr.

„Sie hätten eine so kleine Omega zerstört." Shepherd beobachtete fasziniert, wie sie gierig an seinen Fingern saugte, und erklärte es ihr leise, als belehrte er eine Frau, die es besser hätte wissen müssen. „Sie hätten keinerlei Zurückhaltung an den Tag gelegt, nicht angesichts eines so überwältigenden Dufts."

Sie wollte nicht, dass er redete. Sie wollte, dass er sie wieder fickte. Eine große Hand legte sich auf ihre Haare, rieb die Kopfhaut des Weibchens, beruhigte es mit Streicheleinheiten und Schnurren, während der Knoten langsam abschwoll, bis er gegen ihre zuckenden Hüften stoßen konnte.

Die zweite Paarung war weit weniger hektisch und deutlich befriedigender, und als er sie wieder gefüllt hatte, begann Claires Intensität abzunehmen, die sie so wild machte. Vielleicht lag es an seinen Händen, die sie in einem Tempo hochhoben und heruntersenkten, das ihre Fotze jubilieren ließ, oder an dem Blick in seinen Augen, an dem unverfrorenen, lüsternen Verlangen.

So fühlt es sich also an, sich mit einem Alpha zu paaren.

Er schien ihre Gedanken zu erahnen und an den Falten an Shepherds Augenwinkeln konnte sie erkennen, dass er sie amüsant fand. Er legte seine Hände um ihr Gesicht, zärtlich und sanft, und sie fühlte sich nicht überwältigt oder als würde er sie zu etwas zwingen … Sie fühlte sich in ihrem Delirium fälschlicherweise sicher.

Erst einen Tag später, als er sie auf dem Höhepunkt ihrer Brunft von hinten nahm, mit seinem gesamten Gewicht auf ihrem Rücken, verspürte sie einen Anflug von Sorge. Der Rausch hatte noch nicht nachgelassen, die langsam zunehmende Leidenschaft ihrer Brunft war bei weitem noch nicht gebrochen … aber er brüllte, fing an sie zu drücken und zu quetschen; sie festzuhalten. Claire kämpfte gegen die Umklammerung an, wand sich und hatte die ernüchternde Angst, dass der Tyrann sie so brutal beißen könnte, dass er eine Narbe hinterlassen würde – dass er vorhatte, sie zu brandmarken, um seinen Anspruch geltend zu machen.

Am schlimmsten war, dass sie instinktiv wollte, dass er es tat. Ihr von der Brunft benebelter Verstand wollte an das Monster gebunden werden, das Thólos zerstört und ihr das Leben zur Hölle gemacht hatte, einfach nur, weil er derjenige war, der die fickte.

„Und das wirst du!", knurrte er ihr ins Ohr.

Sie sagte ihm nein, keuchte es über das Geräusch seiner Haut, die gegen die fleischigen Rundungen ihres Arsches klatschte. Scharfe Zähne senkten sich auf ihre Schulter und Shepherds Knoten schwoll an, bis der Alpha nicht mehr in sie stoßen und sie sich nicht mehr entziehen konnte. Sie schrie vor Schmerz und Lust auf, schluchzte, als seine Zähne ihre Haut aufrissen und Shepherd lange und tief knurrte, ihr Fleisch mit seinem Biss zerfetzte.

Als er sie für sich beanspruchte, wurde ihr Höhepunkt ausgelöst, und sie pulsierte rhythmisch, saugte die Spritzer Flüssigkeit aus seinem Schwanz, während er vor sich hin summte und das Blut aufleckte.

Claire weinte, selbst als er schnurrte und sie streichelte, weinte bitterlich angesichts der verschwommenen Erkenntnis, dass sie komplett die Kontrolle verloren hatte, die sie ihr Leben lang mit so viel Sorgfalt gehegt hatte. Als ihr Körper zehn Minuten später signalisierte, dass es Zeit war für Shepherd, sie wieder zu ficken, zog er sie unter sich und war sanft, liebkoste die Frau, die er gestohlen hatte, auch wenn ihre Tränen während des gesamten Aktes flossen.

Als es vorbei war, als er ihre eine weitere Explosion abgenötigt hatte, die die Dringlichkeit des chemischen Wahnsinns verjagte, überkam sie beide eine tiefe Ruhe. Claire schlief kurz an einen Mann gedrückt, den sie nicht kannte, presste sich so nah wie möglich an ihn heran, genau dort, wo der Rohling erwartete, dass sie sich ausruhte.

***

Letztendlich dauerte es drei Tage, bis die Brunft der unterernährten Omega endete. Sie schlief, hatte sich tief in die Decken eingenistet, die voll von seinem Sperma und ihren Säften waren – glückselig. Shepherd spielte mit einer Strähne ihres rußschwarzen Haars und überlegte, was er mit dem, was sich jetzt in seinem Besitz befand, tun sollte, beeindruckt davon, dass die kleine Frau tapfer genug war, sich in die Klamotten einer Leiche zu kleiden und in ein Rudel Alphas zu spazieren, nur um mit ihm zu reden. Sie wäre gestorben, wenn er nicht beschlossen hätte, dass ihr Duft es wert war, zu töten.

Claire würde jetzt, da ihre Brunft vorbei war, zudem wund sein, und ihr Verstand war nicht von dem unersättlichen Paarungsdrang benebelt. Er war sich sicher, dass sie verärgert über die Bindung sein würde, die er erzwungen hatte. Aber das war das Los der Omegas, der Weg der Natur. Er wollte sie, also nahm er sie. Ende der Geschichte.

Silberne Augen wanderten über ihren Körper, der dem einer geschmeidigen Tänzerin glich, und der Alpha knurrte angesichts der offensichtlichen Tatsache, dass seine Omega unterernährt war. Es versetzte ihn in eine solch dunkle Stimmung, dass er, als es an der Tür klopfte, begehrlich an sich riss, was ihm gehörte, und brüllte.

Der Tumult – gegen einen Berg aus Hitze gezerrt zu werden – weckte Claire auf und sie fauchte vor Unbehagen. Alles fühlte sich klebrig an und ein Mann betatschte blaue Flecken, die sich über die Aufmerksamkeit nicht freuten. Die Worte, die er ausspuckte, waren in einer anderen Sprache – in der verlorenen Sprache eines Außenbezirks, nahm sie an. Als sie sich daran erinnerte, wer er war und was er ihr angetan hatte, drückte sie sich von Shepherds Brust weg, nur um zu spüren, wie seine Arme sich unglaublich eng um sie schlossen. Das Gespräch zwischen dem Anhänger auf der anderen Seite der Tür und ihrem Geiselnehmer schien kein Ende zu nehmen und Shepherd packte sie jedes Mal fester, wenn sie sich wand.

Als es vorbei war, drehte Shepherd seinen Schädel in ihre Richtung und bellte: „Du musst mehr schlafen." Es war kein Vorschlag und sie konnte deutlich spüren, dass er provoziert war.

„Die Omegas." Das war der Grund, warum sie ihn aufgesucht hatte … nicht, damit er sie drei Tage lang begattete.

Quecksilberne Augen verschwanden zwischen verengten Lidern. Shepherd roch einmal an ihr und knurrte dann: „Deine Annahme, dass es plausibel wäre, eine private Verteilung der Vorräte zu arrangieren, ist falsch. Es würde nur Aufmerksamkeit auf deine Gruppe lenken. Alle Omegas werden in meine Obhut übergehen und von der Bevölkerung des Undercroft isoliert. Sollte jemand brunftig werden, wird ein Alpha aus meinen Anhängern ausgewählt. Die meisten von ihnen werden während ihrer nächsten Brunft eine Bindung eingehen."

„Was? Nein!" Claires Stimme war voller Entsetzen. „Das ist nicht das, was wir wollen. Wir brauchen Essen, nicht Sklaverei."

„Es ist besser so. Ihr seid Omegas, schwach, und es steht euch nicht zu, solche Dinge zu entscheiden."

Alles an dem Mann war plötzlich abstoßend. Claire wollte ihn nicht in ihrer Nähe haben und versuchte, von ihm wegzurutschen. „Ich werde dir nicht sagen, wo sie sind."

Als er grinste, ließ eine Narbe über seinen Lippen den Ausdruck unheimlich aussehen. „Dann werden sie verhungern und eine nach der anderen verschleppt werden. Die Entscheidung liegt bei dir, Kleine. Wenn sie mir übergeben würden, hätten sie Schutz."

„Vor wem? Genau die Männer, die Mädchen vergewaltigen, die noch nicht reif sind, sind diejenigen, mit denen du dich umgibst."

Shepherd streichelte sie, berührte ihre Haare, als ob sie nicht verärgert wäre, als ob sie ihn in diesem Moment nicht verabscheute, und es machte sie fuchsteufelswild. Als sie versuchte, seine Hand wegzuschlagen, knurrte er und klemmte sie unter sich fest. Seine Zähne senkten sich zu ihrer Halsbeuge und er schnüffelte, atmete die Süße ein, während er seinen Oberschenkel benutzte, um ihre Beine zu spreizen.

Claire spürte, wie sein Schwanz an ihrem Bauch pulsierte, und bekam Angst. Es gab keine Brunft, keine überfließende Feuchtigkeit, und sie war wund. Shepherd war das egal. Mit einem harten Stoß erinnerte er sie daran, wer der Dominante war, nahm seine Omega ohne beruhigende Laute oder Streicheleinheiten, und sein Knoten schwoll an, ohne dass ihr Orgasmus ihm sein Sperma entlockte. Als die kräftigen Spritzer ihren Schoß fluteten, gab es keine einkehrende Ruhe, nur Frustration und Tränen.

Als er wieder zu Atem gekommen zu sein schien, spürte sie den unwillkommenen Druck seines Mundes an ihrem Ohr. „Du wirst mehr schlafen."

Seine Finger spielten wieder mit ihren Haaren, während Claire bis zur Erschöpfung weinte, in den Armen eines Mannes, der seinem Ruf als Monster gerecht wurde.

Kapitel 2

Es war dunkel, als sie das nächste Mal aufwachte. Obwohl Shepherd nicht körperlich da war, summte er immer noch in ihr. Die neue Bindung klebte wie ein schmieriger Faden an ihrem Brustkorb, bohrte sich fortlaufend tiefer. Claire hatte nur von Beschreibungen der Paarbindung gehört und im Archiv darüber gelesen. Jede Omega erlebte die Verbindung auf andere Weise. Einige verglichen sie mit einer Quelle – einem endlosen Vorrat an kühlem Wasser –, andere mit einer Messerwunde, die ihr Innerstes zerriss und zerfetzte. Ihre fühlte sich wie ein Wurm an, der sich wand und tiefer bohrte. Eine Unterwerfung und eine Leine. Sie hasste es bereits. Es war unwillkommen, invasiv und etwas, das sie nicht ignorieren konnte.

Momentan summte es einem unangenehmen, verstimmt sirrenden Ton. Wie eine falsche Note auf einer Geige.

Claire tastete die Wände nach einem Schalter ab, stolperte in ungewohnte Möbel und fluchte. Das

Gefühl der Badezimmertür tauchte unter ihren Fingern auf. Sie ging hinein und schaltete das Licht an.

Ihr Spiegelbild starrte sie an.

Sie war nackt und mit einer solchen Menge von Shepherds Sperma bedeckt, dass es ihre Haare verklumpte – sie sah zerstört aus. In dem verschwommenen, glückseligen Rausch ihrer Raserei hatte er sie damit gefüttert, es in ihre Haut eingerieben – sie von innen und außen mit der zähen Flüssigkeit durchtränkt. Wenn er nicht so viel Zeit damit verbracht hätte, mit seinen Fingern durch ihre Haare zu fahren, war sie sicher, dass sie ein verfilztes Durcheinander gewesen wären.

Claire näherte sich angewidert der Fremden im Spiegel. In den Monaten, seit sie zuletzt ein Spiegelbild ihres Körpers gesehen hatte, war sie so dünn geworden. Ihre Rippen stachen hervor, die Knochen an ihrer Hüfte ragten heraus. Sie war skelettartig geworden. Aber es war nicht die Abmagerung, die ihre Aufmerksamkeit erregte. Es war die entzündete Bisswunde auf ihrer Schulter, wo der geschwollene rote Schorf pochte.

Shepherd hatte sie so tief gebissen, dass sie die Narbe des Moments, in dem er sie für sich beansprucht hatte, für immer tragen würde.

Claire fuhr mit einem Finger über die zwei sichelförmigen Wunden und verspürte Scham angesichts ihrer Unwissenheit. Sie verstand nicht ganz, wie die Bindung zustande kam. Ein Leben lang ihre Natur zu verbergen, hatte es gefährlich gemacht, zu viele Fragen zu stellen. Alles, was sie gewusst hatte, war, dass es mit einem Mal und der Einleitung des Akts durch einen Alpha zu tun hatte.

Vielleicht waren es nur Instinkte.

Nur Instinkte ...

Flaue Verzweiflung breitete sich in ihrem Magen aus, verschlimmert durch den noch immer surrenden Faden, den ihr Körper versuchte loszuwerden. Claire holte tief Luft und sah sich im Rest des einfachen Waschraums um. Entweder war der Mann penibel ordentlich oder er hatte einen Untergebenen, der für ihn putzte. Das Waschbecken war strahlend weiß, der Spiegel glänzte, kein einziger Fleck Zahnpasta war zu sehen.

Als sie den Arzneischrank öffnete, war es fast bizarr, so gewöhnliche Dinge wie eine Zahnbürste und Mundwasser zu finden. Vielleicht lag es an den Da'rin-Symbolen und der Tatsache, dass er lange genug im Undercroft gelebt hatte, um so viele zu haben. Man hatte ihr beigebracht, dass sie alle ungewaschene Barbaren waren, nicht wirklich menschlich.

Sie schwankte dazwischen, seine Zahnbürste zu benutzen, um das flaumige Gefühl aus ihrem Mund zu bekommen, und Ekel, weil es *seine* Zahnbürste war, und griff schließlich einfach nach dem verdammten Ding. Ein paar Minuten später schmeckte ihr Mund nicht mehr nach … Dingen, an die sie nicht denken wollte. Claire stellte sie in genau der Position ins Regal, in der sie sie gefunden hatte, drehte sich zur Dusche um und stellte sie an.

Als sie unter den kochend heißen Strahl trat, hieß sie das Brennen willkommen, wollte alles, was Shepherd war, loswerden. Mit geschlossenen Augen, die Haare unter dem Strahl, ließ sie das Wasser wie Lava über ihren Körper gleiten. Die Bisswunde an ihrer Schulter fing an zu triefen, die Feuchtigkeit weichte den Schorf auf.

Es gab nur ein einfaches Stück Seife.

Jeder mögliche Zentimeter wurde geschrubbt, bis ihre Haut rau war, jede Spur dieses Mannes und sein Geruch wurden entfernt. Sie seifte sich die Haare ein und träumte von einem Tag, an dem sie Zugang zu so einfachen Dingen wie Shampoo haben würde. Als sie fertig war, trat sie aus dem Dampf heraus, blickte das Handtuch des Mannes an und beschloss, nichts von ihm zu benutzen, was seinen Duft wieder auf ihrem Körper hinterlassen könnte.

Mit Gänsehaut von der Kälte ließ sie sich von der Luft trocknen, wrang ihre Haare über dem Waschbecken aus und tat ihr Bestes, um das schwarze Durcheinander mit ihren Fingern zurecht zu kämmen. Paranoid, dass sie bestraft werden würde, wischte sie alle Spuren ihrer Zeit in diesem Raum weg und hinterließ ihn so gut sie konnte, wie sie ihn vorgefunden hatte.

Mithilfe des Lichts, das aus dem Badezimmer in die Kammer von Shepherds Zimmer strömte, fand Claire eine Tischlampe und schaltete sie an. Während der Brunft hatte ihr Verstand sich nicht auf so lächerliche Dinge wie die Anordnung der Möbel und das Dekor konzentriert. Sie hatte nur gesehen, wo sie nisten wollte, und den Mann, der darauf wartete, sie zu besteigen.

Nach all den Jahren der gewissenhaften Abgeschiedenheit, all den quälenden Brunftzyklen, in denen sie sich weggesperrt hatte, um genau so etwas zu verhindern, fühlte es sich an, als hätte sie einen Teil ihrer selbst verloren, nachdem sie sich jetzt verpaart hatte … und nicht mit dem Alpha, den sie sich ausgesucht hätte.

Jetzt war sie irgendwie weniger. Eine Versagerin.

Die summende kleine Schnur in ihrer Brust pulsierte, als ob sie sagen wollte, dass sie mehr war … Dass es jetzt *mehr* gab. Sie flüsterte, dass Shepherd nur das getan hatte, was getan werden musste.

Das lästige Vibrieren machte sie wütend. Verzweifelt suchte sie nach irgendeiner möglichen Linderung. Die Paarbindung war noch neu, sie war fragil. Vielleicht konnte sie sie zerstören?

Wie oft hatte sich jede andere Omega, der die Bindung aufgezwungen worden war, das Gleiche gewünscht?

Es war fast lachhaft, wie schnell die kleine Schnur in ihrer Brust summte, sie dazu verführte, ihre Position zu akzeptieren und sich einem so starken Alpha zu unterwerfen.

Das Gefühl löste einen Brechreiz in ihr aus.

Es war verstörend. Der Wechsel in Shepherd von den fesselnden Anfängen bis hin zum unangefochtenen autoritären Herrscher erschreckte sie. Er hatte eine Paarbindung erzwungen, eine Entscheidung getroffen, die Auswirkungen auf den Rest ihres Lebens haben würde. Alphas und Omegas gingen nur einmal eine Bindung ein, mit Ausnahme von extremen Fällen, in denen ein Gefährte starb. Es waren Betas, die ohne die Bindung lebten. Es waren Betas, die Claire immer beneidet hatte. Sie brunfteten nicht und konnten trotzdem Kinder gebären. Betas hatten die Wahl. Sie verpaarten sich nach Belieben, manche sogar ein Leben lang mit demselben Partner, und nicht aufgrund einer Laune der Natur, die eine dauerhafte Paarung erzwang. Um die Sache noch schmerzhafter zu machen, wurden weibliche Betas mit dem gleichen Respekt behandelt wie männliche Betas.

Betas waren zudem an zweiter Stelle in der Hierarchie der drei menschlichen Dynamiken. Sie hatten die Freiheit, mit ihrem Leben zu tun, was sie wollten. Omegas, so selten und extrem begehrt, wurden zu dem Prestige eines wertvollen Haustiers degradiert – ein Statussymbol, das mächtige Alphas für sich beanspruchen konnten. Sie waren kleiner und nicht weniger intelligent, aber da sie immer weniger wurden, war es für den Rest der Kolonien einfach, die Minderheit in eine Art archaisches Ideal zu zwingen. Die Alphas regierten die letzten Bastionen der Zivilisation, waren die absoluten Herrscher in jedem Bio-Dome, jedem regulierten Quadranten, jedem mächtigen Unternehmen, und es gab viel mehr von ihnen, als es Omegas gab.

Während Claire den Raum betrachtete und das Nest ignorierte, das sie zwischen den Perioden gebaut hatte, in denen sie gefickt wurde, dachte sie über den Mann nach. Spartanisch war nicht genau das richtige Wort für das, was sie sah … vielleicht war zweckmäßig besser. Es gab nur das Wesentliche: Ein Bett, einen Schreibtisch, einen kleinen Tisch und ein paar andere nützliche Möbelstücke; nichts passte zusammen, nichts war für etwas anderes als Zweckmäßigkeit ausgewählt worden.

Dann war da noch das Bücherregal.

Sie überquerte barfuß den Betonboden und sah sich die Titel an, von denen einige in anderen Sprachen waren, und fand seine Literaturauswahl … überraschend. Es waren die Bücher eines Intellektuellen und viele von ihnen waren offensichtlich mehr als einmal gelesen worden. Sie erkannte mehrere der Autoren, Nietzsche und Machiavelli, um nur einige zu nennen, nur weil die Bücher, die diese Männer geschrieben hatten, aus den Archiven verbannt worden waren. Die Strafe für den Besitz solcher Literatur war so schwer, dass es Claire nervös machte, sie zu berühren, obwohl sie wusste, dass die Regierung gestürzt worden war.

Andererseits, wer außer Shepherd würde sie jetzt bestrafen?

Mit zittrigen Gliedmaßen von dem, was die Brunft ihrem Körper abverlangt hatte, streckte Claire die Hand aus und fuhr mit den Fingern über die Buchrücken. Es war kalt in dem unterirdischen, fensterlosen Raum – eine Erinnerung daran, dass er sie runter in den Undercroft geschleppt hatte. Sie brach ihre Erkundung ab und suchte nach ihren Klamotten … nur um festzustellen, dass jedes einzelne zerfetzte Stück verschwunden war.

Sie würde sich lieber Shepherds Zorn darüber stellen, dass sie seine Kleidung ohne Erlaubnis angezogen hatte, als nackt wie eine Konkubine zu warten. Claire durchwühlte die schlichte Kommode im Raum und fand einen Pullover, der an ihrem viel kleineren Körper als Kleid durchgehen würde. Sie zog sich das graue Ding über den Kopf und stellte erleichtert fest, dass es sauber war und ihm nur ein schwacher Hauch seines Geruchs anhaftete.

Mit knurrendem Magen begann sie auf und ab zu gehen und ihre Augen landeten versehentlich auf dem Teil des Raumes, der von dem getrockneten Gestank ihrer gemeinsamen Brunft-Ausscheidungen durchtränkt war: Ihr Nest. Claire hatte bereits zuvor Nester gebaut, wenn sie sich abgeschottet hatte – es war ein zwanghafter Teil des Brunftzyklus, alles wurde genau angeordnet. Decken, Kissen, alles in eine Form gebracht, die der Omega am besten passte. Es gab den Weibchen, oder in der außergewöhnlichen Ausnahme, dass das Omega männlich war, ein Gefühl der Sicherheit. Das Konzept der Nester hatte sie schon immer fasziniert, die Art und Weise, wie sie genau wusste, wo jedes Teil hingehörte, der Trost, den sie empfand, wenn sie im fertigen Produkt lag; obwohl die Nester, die sie in Abgeschiedenheit gebaut hatte, nie zum Paaren benutzt worden waren.

Betas nisteten nicht. Und niedere Alphas, das hatte sie zumindest gehörte, bestiegen jede Omega, ohne ihr zu erlauben, ein Nest zu bauen, weil sie so besessen davon waren sie zu besamen. Echte Alphas verstanden die Notwendigkeit. Shepherd hatte ihr erlaubt, es zu bauen, hatte ihr neben den normalen Dingen, die bereits auf seinem Bett waren, zusätzliche Decken und Materialien besorgt. Er hatte sogar versucht zu helfen, hatte nackt neben ihr gehockt, Stoff zurechtgezogen und Kissen aufgebauscht, um sie ihr zu reichen. Als er sich zu sehr beteiligte, hatte sie gefaucht und seine Hände weggedrückt. Das Nest war ihre Aufgabe. Er war ein

Alpha; seine einzige Aufgabe war es, sie darin zu ficken.

Ihr erstes Nest mit einem Gefährten hatte etwas Besonderes sein sollen, eine wertvolle Erinnerung, und nicht etwas, das ihre Augen mit Tränen füllte, jedes Mal wenn sie dummerweise in seine Richtung blickte.

An dem mit Flüssigkeiten verkrusteten, klebrigen Arrangement, in dem sie aufgewacht war, war nichts Besonderes.

Claire runzelte die Stirn und schaute weg, bevor sie schrie. Die Tür war in ihrer Blickrichtung, eine Metallblockade zwischen ihr und Luft, die nicht nach Sex stank. Sie tigerte wieder umher und versuchte, die Welle des Entsetzens in ihrem Magen zu glätten. Die fehlenden Fenster, nicht zu wissen, ob es Tag oder Nacht war, sich unter der Erde gefangen zu fühlen – all das juckte unangenehm unter ihrer Haut. Sie wusste nicht einmal, wo sie im Bezug zum Dome war.

Je länger sie den Raum der Länge nach auf und ab ging, desto mehr wollte sie ihn verlassen.

Sie rannte zur Tür und versuchte den Knauf zu drehen, wusste, dass er verschlossen sein würde, aber sie musste das unbewegliche Metall mit ihren eigenen Fingern spüren. Der Schrei, den sie ausstieß, war unvermeidlich. Das traurige Wimmern von jemandem, der gehofft hatte. Von jemandem, der kurz davor war in Panik zu verfallen. Sie war eine Gefangene, die an einen Mann gebunden war, den sie nicht kannte, sie war hungrig, verängstigt und musste einen unliebsamen Faden erdulden, der nicht aufhören wollte zu existieren, egal wie sehr sie ihn sich wegwünschte.

Als ihr Geiselnehmer zurückkehrte, lag Claire auf dem Boden ausgestreckt und starrte mit glasigen Augen an die Decke.

„Du bist bekümmert", grunzte Shepherd und schnüffelte in der Luft. „Weil du Hunger hast?"

Claire blinzelte die Decke an, fragte sich, ob er spüren konnte, was sie in diesem Moment dachte, und blickte an seinen kräftigen Beinen vorbei zur Tür, die jetzt unverschlossen war, stellte sich vor, dass sie davonlaufen könnte, dass sie frei war.

„Ich verstehe", knurrte er, die Augen zu Schlitzen verengt.

Ihr Atem wich aus ihren Lungen und sie gab zu: „Ich bin sehr hungrig."

Er ging neben ihr in die Hocke und stellte fest, dass ihr grüner Blick sich unter ihrem Stirnrunzeln verlagert hatte. „Du bist früher aufgewacht, als ich erwartet habe."

Es gab eine Million Dinge, die sie schreien wollte. Stattdessen stieß sie nur einen verzweifelten Seufzer aus. „Ich weiß nicht, welche Tageszeit es ist."

„Es ist mittags. Essen wird gleich gebracht."

„Toll." Claires Aufmerksamkeit wanderte wieder zur Betondecke.

Der Mann nahm es sich heraus, mit seinen Fingern über ihre schmollenden Lippen zu fahren. „Möchtest du dich paaren?"

„Nein", antwortete sie schnell, immer noch angsterfüllt von der letzten schmerzhaften Paarung. Claire schaffte es gerade eben so, gegen den Drang anzukämpfen, von ihm wegzurutschen, weil sie sich sicher war, dass das ihn nur dazu bringen würde, ihr nachzujagen und es wieder zu tun.

Kleine Falten legten sich um Shepherds Augenwinkel, der Bastard war selbstgefällig. Das leiseste Schnurren ertönte und ihr finsterer Blick wurde etwas weicher. Die unbewusste Reaktion ärgerte sie, umso mehr, als er seine Hand in ihren Haaren vergrub, sachte an den Wurzeln zog, und ihre Augen sich angesichts der Welle des Behagens, die jede kleine Liebkosung auslöste, automatisch schlossen.

Als ein lautes Klopfen an der Tür ertönte, war sie zu einer Pfütze auf dem Boden zerschmolzen.

Shepherd rief dem Beta, den sie bereits kannte, zu, er solle eintreten, und streichelte weiter sein Weibchen, während sein Anhänger ein Tablett abstellte. Claire fragte sich, ob er es nur tat, um einem anderen Männchen in der Nähe etwas zu beweisen, um besitzergreifend zu sein, oder schlichtweg, weil es sie ruhigzustellen schien. Wahrscheinlich alles drei.

Sie waren wieder allein. Der Riese stupste sie an, damit sie die Augen öffnete, und deutete mit dem Kopf in Richtung Tisch. „Iss."

Er bestand darauf, ihr beim Aufstehen zu helfen, was dazu führte, dass sie ihn mehr berührte, als sie wollte. Claire warf einen Blick auf das köstlich riechende Tablett und stellte fest, dass es nur Essen für sie gab. Während der Mahlzeit beobachtete er sie so, wie man Beute beobachtet, und merkte sich jedes Detail ihrer Bewegungen. Sie mochte grüne Bohnen aus der Dose nicht, aber sie aß, was ihr gegeben wurde. Der Geschmack des Schinkens ließ sie brummen. Das Glas Milch brachte ihre Lippen ein bisschen zum Kräuseln.

Eine Pille lag neben dem Tablett, etwas, das sie gesehen und dann vergessen hatte – sie war zu sehr mit der konkreten, warmen Mahlzeit beschäftigt gewesen. Shepherds große Finger schlossen sich um die Pille und er hielt sie ihr hin, damit sie sie nahm.

„Was ist das?", fragte Claire und bedeckte ihren Mund, während sie sprach.

„Du hast durch die Unterernährung und die letzte Brunft einen Nährstoffmangel."

Es hatte keinen Sinn, zu streiten. Ob es nun ein Vitamin oder Gift war, wenn er wollte, dass sie es nahm, wäre es ein Leichtes für ihn, sie dazu zu zwingen.

Als sie die Tablette schluckte, sagte Shepherd: „Die blauen Pillen, die ich in deiner Manteltasche gefunden habe. Weißt du, was die waren?"

Empörung stand ihr ins Gesicht geschrieben. „Das sollten Brunft-Hemmer sein – sie haben mich Essen im Wert von einer Woche gekostet. Ich hatte sie schon tagelang genommen, bevor ich zur Zitadelle kam, um dich um Hilfe zu bitten. Sie haben offensichtlich nicht funktioniert und du hast auch nicht geholfen. Also ... so wie ich es sehe, waren sie ein schlechter Witz."

Shepherd griff über den Tisch nach ihrer freien Hand und legte seine große Pranke um ihr Handgelenk. Er müsste nur zudrücken und ihre Knochen würden zermalmt werden und brechen. Sie betrachtete es als subtile Warnung, ihre Zunge zu hüten.

Er fuhr ihr mit dem Daumen über den Puls und erklärte: „Ich habe deine Pillen in einem Labor analysieren lassen. Sie waren genau das Gegenteil, Kleines – darauf ausgelegt, deinen Brunftzyklus auszulösen."

Das Gegenteil? Fruchtbarkeitspillen … Andere untergetauchte Mädchen hatten diese Pillen genommen. Bei Dutzenden von Omegas könnte unerwartet die Brunft ausgelöst worden sein, während sie ungeschützt waren, so wie sie. Das war genau das, was er zu sagen versuchte.

Mit ihrem Kopf in der Hand hörte sie ihn genau das umreißen, was sie bereits dachte. „Jemand Cleveres nutzt eure Bedürfnisse aus, um die Omegas zu jagen. Sie wissen, dass die Frauen, die diese Pillen einnehmen, an ihre Wirksamkeit glauben und nicht erwarten, dass ihre Brunft in der Öffentlichkeit ausgelöst wird. Und so wie du werden sie umringt, gejagt oder entführt."

„Das ist barbarisch. Ihr Männer seid so verschissen böse …"

Shepherd wusste, dass sie sich auf Männer im Allgemeinen bezog, nicht auf ihn im Besonderen, und ließ nicht mehr als einen Hauch von Wut in seiner Stimme durchklingen. „Wo hast du sie her?"

Nach einem tiefen Atemzug gab sie zu: „Von denselben Männern, die Drogen auf den Skyways verkaufen. Jeder hat Zugang zu ihnen. Ich bin als

Beta hingegangen, in den Geruch einer anderen Person gehüllt."

„Den Geruch einer anderen Person?"

„Diejenigen, die stark genug sind, unser Versteck zu verlassen, stehlen die Klamotten der Toten, die in den Straßen verwesen. Wir benutzen ihren Geruch, um unseren eigenen zu verstecken, wie du sicher bemerkt hast, als ich zu dir kam. Es ist unangenehm, aber wir brauchen Vorräte, wir brauchen Essen. Wir tun, was wir tun müssen, um zu überleben."

„Warum wurde eine junge Frau ausgewählt, sich der Zitadelle zu nähern, und nicht eine ältere Frau, bei der die Chance geringer ist, dass ihre Brunft ausgelöst wird oder sie Aufmerksamkeit auf sich zieht?", wollte Shepherd wissen.

„Ich habe mich freiwillig gemeldet."

„Warum?"

„Ich bin gesünder als die meisten anderen und gebe mich seit Jahren als Beta aus, und man vertraut darauf, dass ich objektiv für das Kollektiv denke, da ich keinen Gefährten oder Kinder habe."

„Du hast einen Gefährten", erinnerte er sie und ließ ihr Handgelenk los, um über die schmerzende

Bisswunde zu streichen, die er auf ihrer Schulter hinterlassen hatte. „Ich habe dich für mich beansprucht. Du gehörst jetzt zu mir."

Ihr drehte sich der Magen um und sie knabberte an ihrer Lippe. Sie blickte ihm in seine ruhigen, silbernen Augen und flüsterte: „Du könntest deine Meinung ändern."

Für den Bruchteil einer Sekunde schien Shepherd ein wenig enttäuscht zu sein. Einen Moment später wurde er brutal entschlossen. „Ich bin kein impulsiver Mann. Ich habe eine Entscheidung getroffen. Was passiert ist, ist passiert. Ich habe dich für mich beansprucht. Du gehörst jetzt mir. Das ist alles."

„Aber du kennst mich nicht einmal", versuchte Claire zu erklären und realisierte, dass dem Mann etwas so Unbedeutendes wie die Persönlichkeit einer Frau, die durch die Bindung dazu gezwungen war, seine Gefährtin zu sein, vollkommen egal war. Ihre Wünsche spielten keine Rolle mehr.

Mit einem tiefen, verführerischen Schnurren erklärte er: „Es ist erstaunlich, was du über die Frau lernen kannst, die sich drei Tage lang auf deinem Schwanz windet."

Claire errötete bis an die Haarwurzeln und versteckte ihr Gesicht wieder hinter ihrer Hand.

Shepherd legte ihr einen Finger unters Kinn und hob ihr gerötetes Gesicht an, um es zu mustern. Er strich über das Rosa auf ihren Wangen und sagte: „Du warst zum Beispiel rein … hattest dich nicht an den ersten Alpha verschwendet, der dir in deiner Brunft über den Weg gelaufen ist. Du hast zudem einen starken Willen für ein Mitglied eines unterwürfigen Kollektivs."

„Es ist keine Unterwerfung, wenn man gezwungen wird!"

„Wenn du dich benommen hättest, hätte ich dich nicht bestraft."

Die Art und Weise, wie er sprach, die tiefen und rauen Worte, ließen all ihre Angst zurückkehren. „Ich wollte nicht, dass du mich anfasst—"

Die Augen immer noch gefährlich verengt, lehnte Shepherd sich über den Tisch, bis sie Nase an Nase waren. „Ich werde dich anfassen, wann immer ich will, so wie ich will."

All der angesammelte Stress, das Grauen und die Wut ließen sie die Beherrschung verlieren. „Ich will nicht an ein Scheusal gebunden sein, von einem Fremden betatscht und vergewaltigt werden – vor allem nicht von einem Mann, der will, dass ich meine Leute der sexuellen Sklaverei ausliefere!" Claire konnte kaum glauben, dass sie ihre Gefühle herausgeschrien hatte, und legte sich sofort eine Hand auf den Mund, während sie den brodelnden Mann mit verängstigten Augen anstarrte.

Es stand außer Frage, was als Nächstes passieren würde. Shepherd stand auf und hob sie von ihrem Sitzplatz hoch, kehrte zu dem Nest zurück, das sie in ihrer Brunft gebaut hatten. Er riss den gestohlenen Pullover nach oben und über ihren Kopf und fing bereits an, sich aus seiner Kleidung zu schälen.

Es war unfair, wie leicht er sie überwältigen konnte. Claire wurde nackt und zitternd auf den kalten, klebrigen Stoff gedrückt, war aber zu stolz, um sich zu entschuldigen oder ihn anzuflehen. Es wäre sowieso sinnlos gewesen. Shepherds nacktes Gewicht senkte sich auf sie herab, seine Hand legte sich um eine geschwollene Brust und er zwickte ihre Brustwarze, bis sie sich wand.

Shepherd knurrte, seine Stimme monströs: „Vergewaltigt? Du hast geschrien und gebettelt, Kleine. Du hast mich gekratzt und gefaucht, wenn ich dich nicht gefickt habe, wenn du bestiegen werden wolltest. Hast du das vergessen? Soll ich dich daran erinnern?"

Seine Hand tauchte zwischen die zitternden Beine, die von seinen dicken Oberschenkeln gespreizt wurden. Sie war trocken wie eine Wüste, bis er seine Brust gegen ihre drückte, seine vernarbten Lippen an ihr Ohr legte und das tiefe, animalische Knurren ausstieß, das sie nass werden ließ. Ihre Falten wurden feucht, ihr Körper reagierte instinktiv auf den Ruf ihres Alphas. Er zog sanft an ihren Schamlippen und reizte sie, verteilte ihr Sekret und umkreiste den Nervenknoten an der Spitze ihrer Scheide, während die Omega sich sinnloserweise drehte und wand, um ihm zu entkommen. Sie zuckte jedes Mal, wenn er in die kleine Knospe kniff, so frustriert und empört, dass sie, als sein Schwanz in sie gerammt wurde, aufschrie. Ihr Schrei war weit mehr als nur verärgerte Wut. Er troff geradezu vor dem ungewollten Hunger, den das Knurren und die Berührungen des Alphas, der mit ihr verpaart war, ihr aufzwangen.

Shepherd hielt ihre Hände neben ihrem Kopf fest und fing an, seine Hüften zu bewegen, seine silbernen Augen waren auf sie gerichtet. Er stieß wieder dieses Knurren aus, spürte ihre Säfte auf seinem Schwanz und grinste. Jeder Stoß füllte den schlüpfrigen Kanal, dehnte sie und ließ die Schnur mit einem Gefühl der Erfüllung vibrieren. Als es zu viel war, als Claire die Wellen der ihr auferlegten Ekstase nicht länger aufhalten konnte, schrie sie ihren Hass hinaus und wünschte ihm zwischen erregtem Keuchen und langem Stöhnen Höllenqualen an den Hals. Shepherd lachte nur und fickte sie härter, bewegte seine Hüften so, wie er gelernt hatte, dass seine kleine Omega es am liebsten hatte.

Sie kam mit einem lüsternen Stöhnen, während sie ihm immer noch Obszönitäten entgegenrief, voll erzwungener Verzückung, bis nur noch sein Name auf ihren Lippen verblieb.

„Shepherd ...“

Der Knoten wuchs und er schob seinen Schwanz so tief wie möglich in sie hinein, sobald ihre Muskeln anfingen, sich rhythmisch zusammenzuziehen, um ihm sein Sperma zu entlocken. Claire sah ihn wie ein Tier grunzen und spürte den dickflüssigen Strahl seiner Sahne, verlor sich in der Verzückung ihrer gierigen Pussy, die seinen Schwanz melkte, bis das Zeug sich in ihr staute.

Während der Knoten sich in ihr festsetzte, blickte Shepherd ihr in ihre desorientierten grünen Augen und fragte grob: „Wessen Namen hast du gerufen, als du gekommen bist?"

Claire konnte kaum atmen, kam von einem heftigen Höhepunkt runter, der sie bis ins Mark erschütterte. Sie flüsterte und versuchte, nicht zu weinen: „Deinen."

„Weil *ich* dein Alpha bin." Er brüllte es fast. „Du *willst* von mir gefickt werden! Hast du verstanden?"

Claire schüttelte den Kopf, ihre Unterlippe bebte, und sie sagte die Wahrheit. „Ich verstehe es nicht."

Unbeeindruckt von der Provokation sagte Shepherd kalt: „Dann lass es mich dir noch einmal zeigen."

Sobald der Knoten abgeschwollen war, nahm er sie sanft, verführte und streichelte sie, seine Stöße langsam und berechnend. Er spielte ihren Körper wie eine Geige, entrang ihr jeden erdenklichen Laut, den eine beglückte Frau von sich geben konnte, brachte sie zu der Art von Höhepunkt, die sich langsam aufbaut und lange nachglüht, beobachtete sie so, wie eine Katze ein Mausloch beobachtet.

Es ging stundenlang weiter, während er sie all ihrer unbedeutenden Überzeugungen entledigte, bis sie zu erschöpft war, um sich zu wehren, bis ihre Hände anfingen, in ihrer durch den Sex herbeigeführten Benommenheit nach ihm zu greifen, seinen Rücken streichelten und die Linien seiner schrecklichen Tattoos nachfuhren. Nachdem er seinen Standpunkt gründlich klargemacht hatte, hielt Shepherd sie an sich gedrückt und schnurrte, während er sie streichelte, belohnte die eigenwillige Omega für ihre Gefügigkeit.

Kapitel 3

Shepherd konnte es nennen, wie er wollte – animalischen Trieb, biologischen Zwang, eine Unvermeidlichkeit der Bindung – für Claire war es immer noch Vergewaltigung. Sie hasste sich jedes Mal selbst, wenn er sie dazu brachte, seinen Namen leise in der Dunkelheit zu murmeln oder ihre Hand auszustrecken, um die sich wölbenden Muskeln zu streicheln.

Es war jeden Tag dasselbe. Er war praktisch andauernd in ihrem Schoß vergraben. Er nahm sie, wenn sie aufwachte, nachdem sie gegessen hatte, ungestüm, wenn sie gereizt erschien. Und er brachte sie immer zum Höhepunkt ... nur um zu beweisen, dass er es konnte. Es machte sie haltlos und willfährig, schaltete ihren Verstand ab, der sie anschrie, sich an sich selbst zu erinnern.

Und das verdammte Schnurren; Shepherd nutzte es geschickt, wenn sie frustriert auf und ab ging oder unruhig wurde.

Zeit wurde irrelevant. Claire war sich nicht einmal sicher, wie lange sie schon unter der Erde war, ob es Tage oder Wochen waren. Jedes Mal, wenn sie wissen wollte, wie spät es war, musste sie fragen, und es wurde irgendwann verwirrend. Die Nacht wurde zum Tag, der Tag wurde zur Nacht – alles war anders.

Selbst das Eintreffen der Mahlzeiten folgte keinem festen Muster, obwohl sie nie lange hungrig blieb. Shepherd gab ihr so viel Essen, dass es frevelhaft schien, wenn sie nicht jedes Mal ihren Teller leer essen konnte. Der Mann mästete sie.

Alle möglichen Dinge für sie kamen im Zimmer an: Produkte für ihre Haare, eine Bürste, eine Art von Kleidung – alles Kleider, die nur von den Frauen der Elite getragen wurden, die auf den warmen Ebenen in der Nähe der Spitze des Dome lebten –, aber keine Schuhe oder Unterwäsche. Wenn Shepherd weg war, schlief sie. Fast genau in dem Moment, in dem sie aufwachte, kehrte er zurück. Es war merkwürdig – als ob er es wusste – als ob er ihre Zyklen an seinem Ende der Schnur spüren konnte. Und immer, bevor Worte gesprochen wurden, zog er sich aus, kam ins Bett und schlief mit ihr.

Claire wusste nichts über den Mann, aber sie hatte sich jeden Zentimeter seines Körpers eingeprägt, die zufällige Anordnung der Narben, die Geschmeidigkeit seiner Haut. Und sie wusste, wie jeder Zentimeter von ihm schmeckte. Diese Aufmerksamkeit hatte ihren Ursprung nicht in Zuneigung – sie war nur Teil seines Banns, in den der sie zog. Obwohl ihre Zunge über seine Haut leckte, erwiderte Claire nie einen der Küsse, die er versuchte auf ihren Mund zu pressen.

Das war die eine Sache, die er ihr nicht nehmen und nicht erzwingen konnte.

Seine Gesichtsausdrücke waren eine andere Sache, Shepherd sagte viel mit seinen stählernen Augen. Claire lernte, seine Launen anhand ihrer subtilen Veränderungen zu lesen. Wenn er wütend in den Raum kam, mit glühenden Augen und geweiteten Nasenlöchern aufgrund von etwas, von dem sie nichts wusste, bestieg er sie fast immer von hinten – hart und schnell – und brüllte, wenn er kam. Wenn er das zu sein schien, was seine Version von sanft war, berührte er sie langsam, während er ihr Gesicht beobachtete. Was sie dann sah, die Berechnung, die intensive Konzentration – es machte ihr noch mehr Angst. Er nahm sie Stück für Stück auseinander. Ein bisschen Druck hier, ein wenig Zerren dort … und puff, es gab Claire nicht mehr.

Ihre Zeitpläne unterschieden sich stark. Sie aßen nie gemeinsam. Sie sah in tatsächlich nie essen. Das Einzige, was er gerne mit ihr zu teilen schien, war sein Baderitual – sie zu waschen war etwas, das Shepherd genoss und mit viel Sorgfalt erledigte. Sobald sie sauber war, trieb er es sofort mit ihr. Manchmal gegen die Wand der Dusche, als ob er nicht eine Sekunde länger warten konnte, seinen Geruch wieder auf seiner Omega zu hinterlassen.

Es fühlte sich an, als wäre ihr Vokabular nur noch auf leises Keuchen oder das Schreien von „*Shepherd* …" reduziert worden. Das war es, was er ihr entlockte. „*Shepherd* …" Ein weiterer Teil von ihr starb … „*Shepherd* …"

Claire lag auf ihm, wusste weder wie spät es war noch welcher Wochentag war, konnte spüren, wie sein Knoten sich in ihr verankerte, und begann plötzlich zu weinen, als würde ihr das Herz brechen.

Eine Hand strich ihr übers Haar und er brummte im Halbschlaf: „Warum weinst du, Kleine?"

Sie weinte, weil er sie umbrachte.

Er beschwichtigte sie und wischte die Tränen weg, die weiter fielen. „Was würde dir gefallen?"

„Ich will nach draußen", schluchzte sie gegen seine Brust, sie hatte diese vier Betonwände so satt. „Ich muss den Himmel sehen."

Einen Moment lang gab es keine Antwort, nur das Geräusch seines Atems. „Sobald du dich in dein neues Leben eingefunden hast, werde ich es dir vielleicht gelegentlich erlauben, aber nur in Begleitung und nur, wenn dein Bauch mit meinem Sperma gefüllt ist, damit du nach mir riechst."

Er würde also von ihr erwarten, dass sie sich mit ihm paarte, nur um den Raum zu verlassen. Die Ausbeutung entging ihr nicht. Ihre Tränen trockneten und ihre übliche verwirrte Niedergeschlagenheit ließ die kleine Schnur verstimmt sirren. „Ich habe nichts verbrochen, und du hast mich in ein Gefängnis gesperrt."

Shepherd spürte ihre Verbitterung durch den dünnen Faden, fuhr die Linie ihrer Wirbelsäule nach, während er über ihre Auffassung eines *Gefängnisses* nachdachte und wie weit sie von der eigentlichen Wahrheit entfernt war. Seine kleine Omega sollte dankbar sein. Das Leben könnte noch viel schlimmer für sie sein. „Es ist außerhalb dieses Raums nicht sicher für dich."

Sich seiner Worte halb bewusst, lag Claire leblos da und murmelte: „Thólos ist unsicher, weil du dafür gesorgt hast."

Silberne Augen fokussierten sich auf die Strähnen des mitternachtsschwarzen Haars, die durch seine Finger liefen. „Das stimmt."

Mit ihrer Wange an sein Herz gepresst sagte sie: „Du bist verrückt."

Sie spürte ein leises, rumpelndes Lachen und ignorierte ihn einfach.

Shepherd legte seine Hand auf ihren Hintern. „Du warst schon lange nicht mehr so gesprächig."

Der Knoten fing langsam an sich zu lösen, sein Sperma lief hinaus, als die Barriere zu schwinden begann. Als sie spürte, wie die üppige Menge an Flüssigkeit aus ihrem Schoss tropfte, trommelte sie mit den Fingern auf seinem tonnenartigen Brustkorb.

„Wenn ich anfange zu reden, wirfst du mich aufs Bett. Was bringt es also?"

„Ich stelle dich nur dann ruhig, wenn du dich grämst."

„Wie ich schon sagte … verrückt."

„Widerstand ist zwecklos", grunzte der Mann, und als es den Anschein hatte, dass sie sich ihm entziehen wollte, streichelte er ihren Rücken, bis sie wieder ruhig war.

Claire hörte resigniert auf, sich zu bewegen, und wurde mit einem Schnurren belohnt. Sie war sich sicher, dass der Mann versuchte, sie wie einen Hund zu trainieren.

„Du wirst mit der Zeit feststellen, dass dieses Arrangement dir ganz von selbst ans Herz wachsen wird, Kleine." Shepherd sprach so, als ob er wüsste, dass es unabdingbar war. „Hab Geduld."

Sie knurrte trotzig gegen seine nackte Brust: „Mein Name ist Claire."

Er schlug ihr hart genug auf den Hintern, dass es wehtat.

Ihr Kopf flog hoch, ihre grünen Augen blitzten auf. Er lachte leise, ein maskuliner und musikalischer und durch und durch amüsierter Laut. Sie hasste ihn.

„Versohl mir nicht den Hintern, als wäre ich ein Kind!"

Mit verspielten silbernen Augen erwiderte er: „Wenn du dich wie eins benimmst, werde ich entsprechend reagieren."

„Mein Name *ist* Claire. Claire O'Donnell. Und bevor deinetwegen die Hölle über Thólos hereingebrochen ist, war ich eine Künstlerin. Ich hatte ein Leben und Freunde … mein eigenes Zuhause … Dinge, für die eine Omega sehr hart arbeiten muss, wie du dir vorstellen kannst, in einer Welt, in der wir als Gefährtinnen etwas wert, aber in der Hierarchie ganz unten sind. Du hast uns all das genommen, jedem von uns das genommen, was wir waren, und die Massen so aufgeheizt, dass ich untertauchen musste. Du magst mich gefangen halten, aber ich werde *immer* Claire sein."

Scheinbar unberührt von ihrer Tirade, legte Shepherd eine Hand auf die Rundung ihrer Hüfte. „Welche Art von Kunst?"

Sie blickte finster drein und antwortete offen: „Illustrationen für Kinderbücher."

„Angesichts deiner früheren Enthaltsamkeit scheint das ein bisschen ironisch zu sein, findest du nicht, Miss O'Donnell?"

„Warum, weil ich mich nicht von dem ersten Alpha habe begatten lassen, der an mir geschnüffelt hat? Ich wollte einen guten Gefährten finden und die Männer, die ich bisher kennengelernt habe, sind eher …", ihre Augen waren auf seine gerichtet, als sie ihren Gefühlen Luft machte, „ziemlich schrecklich."

Shepherds Gesichtsausdruck war nicht bedrohlich, seine silbernen Augen blieben ruhig, aber mit einem Knurren erklärte er hart: „Du hast dich dazu entschieden, die Zitadelle zu betreten. Du hast dich einem großen Risiko ausgesetzt. Du musst gewusst haben, dass du nie wieder würdest gehen dürfen, sobald ich wusste, was du bist."

„Ich hatte gehofft, dass ein Mann, der als *Beschützer* bekannt ist, Ehre haben würde", gab Claire widerwillig zu.

Mit nahezu träger Stimme antwortete Shepherd: „Und ich habe die ehrenhafte Sache getan, oder nicht? Ich habe gegen eine Meute gekämpft und dich vor einer brutalen Vergewaltigung bewahrt. Ich habe dir eine Wahl gelassen. Du hast dich für mich entschieden und ich habe dich für mich beansprucht. Seitdem bist du beschützt und umsorgt worden, während andere unter dem Dome leiden."

„Eine Wahl?" Sie erstickte förmlich an dem Wort. „Du bist eine Paarbindung mit mir eingegangen, ohne mir vorher den Hof zu machen! Es gab keine Wahl."

„Du willst, dass ich dir den Hof mache?" Er schien fasziniert zu sein.

Der Rohling verstand nicht im Geringsten, worum es ging, und ignorierte ihre Anschuldigung komplett. Claire knirschte frustriert mit den Zähnen, vergrub ihren Kopf an seiner Brust und versuchte so zu tun, als wäre Shepherd nicht da, als würde sein Schwanz nicht in ihr erschlaffen und als wäre dieses verdammte Summen nicht in ihrer Brust.

***

75

Es war drei Tage später, zumindest glaubte sie, dass es drei Tage waren, als Claire aufwachte und einen großen Skizzenblock, zwei Pinsel und eine Reihe von Aquarellfarben sah, die unschuldig auf dem Nachttisch lagen. Die neuen Gegenstände waren wie ein Magnet. Sie rollte aus dem Bett und schnappte sie sich gierig. Sie zog sich das Kleid vom Vortag über den Kopf und innerhalb weniger Minuten lag sie auf dem Bauch, ihre Beine schwangen hinter ihr in der Luft hin und her. Sie vermischte die Farben und die Anfänge eines Bilds erwachten auf dem Papier zum Leben.

Sie verbrachte Stunden damit, ihre Lieblingsblumen zu zeichnen, die roten Mohnblumen, die in den Gallery Gardens blühten, und tauchte sie in Sonnenschein unter einem blauen Himmel, der nicht von einem Dome verdeckt wurde.

„Du hast mehr Talent, als ich dachte."

Claire erschreckte sich fast zu Tode, schaute über ihre Schulter, legte sich eine Hand aufs Herz und kreischte: „Wie lange bist du schon hier?"

„Lange genug", antwortete Shepherd, hockte bereits an ihrer Seite.

Sie sammelte nervös ihre Farben und Pinsel ein, bevor der Riese auf sie trat oder schlechte Laune bekam und sie ihr wegnahm. Alles wurde im Waschbecken des Badezimmers gereinigt. Als sie fertig war, saß Shepherd auf dem Bett, die Ellbogen auf den Knien abgestützt, und das trocknende Kunstwerk lehnte an der Wand neben dem Nachttisch.

„Wie spät ist es?", fragte Claire und machte die Badezimmertür hinter sich zu.

Er war vornübergebeugt und starrte das Gemälde an, ein seltsamer Blick in seinen Augen. „Die Sonne geht gerade auf."

Sie näherte sich langsam dem Bild und streckte eine Hand aus, um ihr Werk geradezurichten. Als sie einen Blick auf den ruhenden Koloss warf, stellte sie fest, dass ein Hauch Amüsement in seinen Augen lag, als ob er ihr Verhalten reizend fand.

Claire trat einen Schritt zurück.

„Du hast fast gelächelt", grunzte er, als ob er erwartete, dass sie es auf Befehl tat.

Grüne Augen, die fast den gleichen Farbton hatten wie die Stiele der Mohnblumen, richteten sich wieder auf das Gemälde. Sie wusste, dass es keinen Unterschied machte, ob sie lächelte oder nicht. „Wenn ich jetzt lächeln würde, wäre es nicht echt."

„Du magst deine Geschenke nicht?"

Ihre Hände ballten sich um Stoff ihres Rocks herum zu Fäusten und sie nickte. „Ich mag die Farben. Das weißt du."

Shepherd stand auf und ging zu seinem Schreibtisch. „Mal noch eins."

Claire malte nicht, die Lust war ihr vergangen.

Shepherd saß wie ein übergroßer Hüne an dem kleinen Schreibtisch, rief seinen COMscreen auf und ignorierte sie. Claire begann mit ihrem rituellen Auf- und-ab-Gehen, ein eingesperrtes Tier, dem der Raum zum Laufen verweigert wurde. Sie warf einen kurzen Blick auf die Rückseite seines verhassten Kopfes und vermutete, dass seine Gleichgültigkeit ein Trick war. Dass er sich jeden Moment umdrehen und seinen Schwanz herausholen würde.

Aber die Ausgrenzung dauerte an – als ob er versuchte, sie in ihre Einzelteile zu zerlegen, sie zu verwirren … es auf subtile Weise tat, bis sie einfach zusammenbrach.

Der Atem unregelmäßig, die Fäuste in den Haaren vergraben, um an den schwarzen Locken zu ziehen, wiederholte sie immer wieder in ihrem Kopf: *„Ich bin Claire."*

„Komm her." Der Befehl wurde mit maßvoller Stimme erteilt, Shepherd hatte noch nicht einmal seinen Kopf in ihre Richtung gedreht.

Das letzte Mal, als sie einen Befehl ignoriert hatte, hatte er sie dreimal hintereinander gefickt, selbst als sie ihn angefleht hatte, aufzuhören. Er hatte sie erschöpft und befriedigt, bis sie nichts anderes tun konnte, als still dazuliegen und die Wand anzustarren. Claire stellte sich neben ihn, ihre Haare wild, tat, was ihr befohlen wurde.

Eine große Hand legte sich um ihre gesamte Hüfte und er zog sie ein paar Zentimeter näher an sich heran, bevor der Berg sich zu ihr umdrehte. „Dein Grübeln macht dich traurig."

Warum wurde sie dafür getadelt, Gefühle zu haben? Normale Menschen, die keine psychopathischen Mörder waren, hatten Gefühle. Und normalen Menschen ging es nicht gut, wenn sie wochenlang im selben verdammten Raum eingesperrt waren, mit nur einem Monster als Gesellschaft!

Shepherd grub seinen großen Daumen in die Vertiefung unter ihrem Hüftknochen und betrachtete ihren verstörten Gesichtsausdruck. „Sing etwas für mich."

„Ähmm …" Was? Singen? Claire wollte sich nicht mit ihm paaren und das war wahrscheinlich der Ausgang, wenn sie sich weigerte. Sie blickte finster drein, rieb die Lippen aneinander und versuchte, ihre Gedanken lange genug zu verlangsamen, damit ihr ein Lied einfiel. Nichts kam ihr in den Sinn. „Was für ein Lied?"

„Etwas Beruhigendes."

Er versuchte, sie dazu zu bringen, dass sie sich selbst beschwichtigte. Nun, er konnte sich ins Knie ficken. Nachdem sie ein oder zwei Minuten lang nachgedacht hatte, während sein Daumen sich mit dem gleichen stetigen Druck über ihre Haut bewegte, entschied Claire sich für eine bekannte Ballade, die älter als die Ära der Domes war. Sie war kitschig und stellte Romantik in einem völlig falschen Licht dar, aber sie hatte sie immer gemocht.

Obwohl sie es jetzt besser wusste. Es gab so etwas wie wahre Liebe nicht – dessen war Claire sich sicher – es gab nur Indoktrinierung, Chemikalien und Bastarde, die einen in Räume einsperrten.

Als sie sich dem Ende des Lieds näherte, war ihre Stimme desolat geworden. Das Grübeln war durch Verzweiflung ersetzt worden. Es würde nie einen Helden geben. Die stärker werdende Schnur der Bindung machte deutlich, dass sie immer nur den großen Alpha haben würde, der vor ihr saß. Einen Mann, dessen Gesicht sie von ganzem Herzen hasste.

„Auf die Knie."

Der Druck von Shepherds Hand legte ihr sanft nahe, den Befehl von sich aus zu befolgen, oder er würde sie nach unten drücken. Sie ließ sich erniedrigt auf die Knie nieder und blickte hoch in seine silbernen Augen. Ihre Unterlippe zitterte und sie war sich sicher, dass er sie dafür bestrafen würde, solch dunkle Gedanken zu denken.

Als er lediglich ihren Kopf nahm und ihn auf seinen Schoß legte, atmete sie erleichtert aus. Er streichelte sie, während er arbeitete, und Claire weinte leise in den Stoff auf seinem Oberschenkel, bestürzend getröstet davon, dass er mit ihren Haaren spielte.

Jemand klopfte an die Tür. Überrascht bewegte sie sich, um aufzustehen. Mit einer Hand in ihrem Nacken hielt Shepherd sie in der Position, in der sie war, und bellte dem Besucher zu, er solle hereinkommen. Sie hätte es wissen müssen … es war alles nur eine Inszenierung für den Moment, in dem sein Anhänger vorbeikam.

Seit ihre Brunft sie ruiniert hatte, war niemand im Raum gewesen, niemand hatte gesehen, was aus ihr geworden war. Als sie nur kurz zur Tür schaute, sah sie den gleichen Beta vom ersten Tag. Die Männer unterhielten sich in einer groben Sprache, mit der sie nichts anfangen konnte, während Claires Gesicht gegen Shepherds Oberschenkel gedrückt blieb.

Das Treffen zog sich hin, bis ihre Knie zu schmerzen begannen. Das Gewicht, das die Haare an der Hinterseite ihres Schädels zerzauste, ließ nie auch nur einen Zentimeter nach. Sie legte ihre Hand auf Shepherds Oberschenkel und kratzte ihn sanft, um seine Aufmerksamkeit zu erregen, weil ihr bewusst war, dass er sich rächen würde, wenn sie sich ihm entzog – vor allem, da ein anderer Mann zusah.

„Shepherd", flüsterte Claire seinen Namen gegen sein Bein, mischte sich in das Gespräch der Männer ein.

Es funktionierte. Die Hand auf ihrem Kopf glitt nach unten und hob ihr Kinn an, bis ihre Blicke sich trafen. „Ja, Kleine?"

Er sah klinisch konzentriert aus und sie war sich nicht sicher, ob es eine so gute Idee gewesen war, ihn zu unterbrechen. „Meine Knie—"

Shepherd zog sie einfach auf seinen Schoß und fing an, ihr geistesabwesend die Kniescheiben zu reiben, während er die Unterhaltung mit seinem Offizier fortsetzte, als wäre nichts passiert. Ihr Gesicht flammte auf und Claire war sich nicht sicher, was schlimmer war: Wie ein Hund zu seinen Füßen zu knien oder dazu gezwungen zu sein, wie ein Kind auf seinem Schoß zu sitzen. Falls einer der beiden Männer ihr Unbehagen bemerkte, sprach keiner es an.

Die Omega sah den Beta an, registrierte die steife Haltung und das ernste Gesicht, bemerkte, wie seine Aufmerksamkeit sich nie auf sie verlagerte. Er war viel kleiner als Shepherd, kaum größer als sie, schien aber die Intensität einer Peitschenschnur zu haben, was Claire vermuten ließ, dass er sehr gefährlich war.

Das Treffen endete und für den Bruchteil einer Sekunde flackerten die leuchtend blauen Augen des Mannes in ihre Richtung.

Shepherd knurrte so aggressiv, dass Claire zusammenzuckte. Der Anhänger verbeugte sich, eine unterwürfige Geste, und verließ den Raum ohne ein weiteres Wort.

Shepherd begrapschte sie bereits, drehte ihr erschrockenes Gesicht dem seinen zu und zwang seine Omega dazu, seinen lodernden, eisernen Blick zu erwidern. Sie sah intensive Besessenheit, die Art, bei der sich ihr Magen verknotete. Diese so großen Hände fingen an zu reiben, sie in die Position zu bringen, in der er sie haben wollte – streichelten eine Brust, sein vernarbtes Mal auf ihrer Schulter, umkreisten ihren Hals.

„Warum hast du ihn angesehen?" Es wurde leise ausgesprochen, voller Missfallen.

Claire antwortete, eine Falte formte sich zwischen ihren Augenbrauen. „Ich habe niemanden gesehen seit … Ich weiß nicht einmal, wie lange ich hier schon eingesperrt bin."

„Also findest du es akzeptabel, andere Männer unverhohlen anzustarren?"

Ihr Blick wurde noch finsterer, ihre Stimme verwirrt. „Ja …"

Shepherd bellte, seine vernarbten Lippen knurrten: „Dein Verhalten ist inakzeptabel. Ich habe dir Farben gegeben; du hast dich nicht bei mir bedankt. Ich habe dich getröstet; du hast den Beta angestarrt."

Claire verlor die Beherrschung. „Ich will keine verdammten Farben! Ich will nicht zu deinen Füßen hocken und wie ein Haustier auf deinem Schoß festgehalten werden. Ich will nach Hause! Ich will mein Leben zurück!"

Er schob sie wütend von seinem Oberschenkel, ließ sie auf den Boden fallen. Sie landete auf ihrer Hüfte und blickte zu ihm auf, ihre Augen groß und ihr Gesicht blass. Alles in der Schnur zwischen ihnen war aus dem Lot … schlimmer als ihre Knochen durch den Sturz durchgeschüttelt worden waren. Der

Berg war aufgebracht, richtete sich langsam vor ihr auf.

Er sah so aus, als wäre er kurz davor, sie zu zerquetschen, und sie schloss fest die Augen, rechnete mit dem Schlag, hieß das Ende willkommen. Es herrschte Stille, nur das Geräusch ihres angestrengten Atems war zu hören. Zehn Sekunden vergingen und nichts bewegte sich. Als sie schließlich ein Auge aufmachte, stellte Claire fest, dass sie allein war. Shepherd war so lautlos gegangen, dass noch nicht einmal die knarrende Tür es gewagt hatte, zu quietschen.

Sie stieß die Luft aus und fiel zurück auf den Boden, ihr Herz raste. Da traf es sie wie ein Schlag … sie hatte nicht gehört, wie der metallische Bolzen vorgeschoben worden war, um sie einzusperren.

Die Tür war vielleicht unverschlossen.

Panisch, völlig erschüttert von dem mörderischen Blick in den Augen ihres Gefährten – *nicht ihres Gefährten*, erinnerte sie sich selbst – in Shepherds Augen. Sie stand auf und rannte zum Ausgang. Als sie den Hebel umlegte, ging die Tür zum Glück auf und ein leerer Flur lag direkt vor ihr.

Links oder rechts? Sie kannte den Weg nicht, roch aber Shepherds Duft deutlich in einer Richtung und schoss wie ein verängstigtes Kaninchen den entgegengesetzten Pfad entlang. Bevor die Stadt gefallen war, war sie oft in den vielen Parks von Thólos laufen gegangen; nicht nur um Sport zu treiben, sondern um sicherzustellen, dass sie schneller sein würde als jeder, der versuchen könnte sie zu fangen. Die Wochen der Gefangenschaft hatten ihrer Geschwindigkeit wenig anhaben können. Sie ignorierte das schmerzhafte Aufschlagen ihrer nackten Füße auf dem Boden. Tränen strömten über ihre Wangen, ihr Atem abgehackt, während sie versuchte, im gleichmäßigen Rhythmus eines Läufers Luft zu holen. Sie drehte sich und bog ab, folgte dem Geräusch von Wasser. Sie fand eine Leiter und flog die Sprossen hoch, ohne den Klang der rufenden Stimmen der Männer zu bemerken oder die sprintenden Anhänger, die ihr hinterherliefen. Sie öffnete eine Luke, ihre Augen geblendet, als sie nach Wochen das erste Mal wieder helles Sonnenlicht erblickte, und kletterte aus der Dunkelheit.

Sie raste einen zufälligen Skyway entlang, bog in Gassen ab und rannte wieder raus, erklomm höhere Terrassen, während ihr Körper in dem kalten Wetter der unteren Region dampfte. Sie kam an einer Kreuzung an und spuckte Galle auf den Boden. Vor ihr lag eine kaputte Brücke, die zwei Viertel miteinander verband, eine riesige, unüberwindbare Lücke trennte sie von dem direktesten Fluchtweg. Die Versuchung, zu springen und allem ein Ende zu setzen, war so verlockend. Kein Thólos mehr, kein Shepherd mehr; sie würde sich nicht mehr in verzückte Einzelteile auflösen, wenn er sie fickte, und sich danach selbst hassen.

Aber da waren noch die anderen Omegas … und sie hatte sie im Stich gelassen. Sie mussten über die kleinen blauen Pillen informiert werden, mussten wissen, dass Shepherd ihnen nicht helfen würde. Es war allein dieses Gefühl, das ihre Füße wieder in Bewegung setzte.

Claire rannte Meile um Meile, rannte in einem irrsinnigen Muster, das für jeden, der sie riechen konnte, keinen Sinn ergeben würde, rannte, bis sie sich übergab und vor ein paar Stahlträgern zusammenbrach. Dann sah sie ihn und er war vielleicht das Schönste, was ihre Augen je erblickt hatten. Ein Beta, ein Fremder, streckte die Hand aus, um ihr zu helfen ... und führte ihren schluchzenden Körper weg von all der Kälte und dem Schmerz.

Er sagte ihr, sein Name sei Corday.

Kapitel 4

Claire wachte auf einer fremden Couch auf, mit echter Sonne im Gesicht. Mit schmerzendem Kopf setzte sie sich auf und sah sich um. Die Einzimmerwohnung des Betas war klein und karg wie ihre, mit wenig mehr als dem Nötigsten und nur einer einzelnen, verwelkten Pflanze zur Luftreinigung.

Corday selbst stand in der Küche und bereitete etwas zu, das wie Spiegeleier roch.

„Mögen Sie Kaffee, Miss?"

Gott, sie hatte seit Monaten keinen Zugang zu Kaffee mehr gehabt. Ihr lief bereits das Wasser im Mund zusammen und sie nickte, ihre grünen Augen so stark geweitet, dass er leise lachte. Der junge Mann ging mit einem schiefen Grinsen auf sie zu und reichte ihr einen Teller und das dampfende Getränk. „Sorry, ich habe weder Zucker noch Milch."

Das war ihr völlig egal. Claire hob den Becher an die Lippen und nippte mit einem zufriedenen Seufzer daran. „Danke."

„Essen Sie einfach auf. Wenn Sie fertig sind, können Sie sich duschen und – ich will die Sache nicht unangenehm machen – aber Sie sollten vielleicht ein paar von meinen benutzten Klamotten anziehen, um Ihren Geruch zu verdecken."

Nach all dem Gelaufe und all dem Schweiß stank sie nach Omega. Sein Angebot war wirklich nett, vorausgesetzt, dass er sie nicht in die Enge treiben wollte, so wie der letzte Mann es getan hatte.

Corday sah den beunruhigten Ausdruck auf dem Gesicht der Frau und fügte hinzu: „Ich werde Ihnen nicht wehtun."

Misstrauisch fragte sie: „Warum helfen Sie mir?"

„Ich bin ein Enforcer."

Sie schüttelte den Kopf. „Alle Enforcer sind tot. Ich habe den Interdome Broadcast gesehen, die Aufnahmen der Überwachungskameras an den Toren des Justizsektors. Shepherds Seuche hat sie getötet."

Es gab wenig, was die Dome-Menschen mehr fürchteten als die Krankheit, die in einer Generation Milliarden auf wenige Millionen reduziert hatte. Die zu Gefechten um Vorräte geführt hatte. Die Rote Tuberkulose hatte die globale Kultur zerstört und dazu geführt, dass Leben nur unter der sorgfältigen Verwaltung der Domes sicher war. Zu wissen, dass Thólossianer gesehen hatten, wie seine Waffenbrüder und -schwestern Blut hustend gestorben waren, zu wissen, dass ein Haufen ungeweihter Leichen in einem abgeriegelten Bereich wartete, zu wissen, dass mögliche Überlebende des Justizsektors bei lebendigem Leib verbrannt worden wären, sobald die Quarantänemaßnahmen durchgesetzt wurden, ließ sein Lächeln verblassen. Corday wurde traurig, sein Gesicht wirkte plötzlich sehr jung. „Nicht alle von uns, Miss. Einige waren außerhalb des Justizsektors auf Patrouille, bevor er unter Quarantäne gestellt wurde."

Ihre Unterlippe fing an zu zittern. „Mein Name ist Claire."

„Ist alles okay, Claire?", fragte Corday vorsichtig und betrachtete die Frau, die alle Anzeichen von Missbrauch an den Tag legte.

Gott, es war so nett, jemanden ihren Namen sagen zu hören. Sie schüttelte den Kopf und flüsterte: „Mir geht es nicht gut."

Er ging um die Couch herum und setzte sich so weit entfernt von der aufgewühlten Frau hin, wie es das Sofa zuließ. Mit den Händen auf den Knien und weichen braunen Augen schlug er vor: „Erzähl mir, was dir zugestoßen ist."

Sie wusste, dass Corday sie hochkantig rauswerfen würde, sobald sie den Namen *Shepherd* sagte. Sie hasste es zu lügen, aber sie brauchte eine Dusche und warme Kleidung, um in den Lower Reaches zu überleben.

Aber vielleicht musste sie nicht lügen. Vielleicht musste sie einfach am Anfang beginnen. „Die Chem-Dealer verkaufen gefälschte Brunft-Hemmer. Sie sehen aus wie kleine blaue Pillen … aber es sind keine Brunft-Hemmer. Es sind Fruchtbarkeitspillen. Sie können dazu führen, dass wir unerwartet brunftig werden, wenn wir unvorbereitet und schutzlos sind."

„Und das ist dir passiert?", fragte Corday, drängte sie sanft dazu, weiterzureden.

Claire sagte weder Ja noch Nein, das musste sie nicht. Die riesigen Tränen, die über ihre Wangen liefen, waren Antwort genug.

Als er erkannte, dass sie kurz davor war zusammenzubrechen, nickte Corday und versprach: „Ich werde der Sache nachgehen. Jetzt iss dein Mittagessen auf." Sein jungenhaftes Grinsen kehrte zurück und er stand auf, um zu seinem Herd zurückzukehren, während er neckend sagte: „Ich musste mich mit sechs Alpha-Weibchen streiten, um diese Eier zu bekommen."

Sie zwang sich dazu, über den Witz zu lachen, und hob den Kaffee wieder an ihre Lippen. Aber es fiel ihr schwer, ihn zu genießen. Die unerschütterliche Paranoia, dass Shepherd jeden Moment durch die Tür platzen würde, ließ ihren Magen krampfen. Oder noch schlimmer, Corday könnte lügen und auf einen Alpha warten, an den er sie verkaufen konnte.

Während ihre Gedanken sich im Kreis drehten, beobachtete sie den jungen Mann. Es gab kein Anzeichen dafür, dass er sich zu ihr hingezogen fühlte. Er war nicht sexuell erregt. Er war einfach ein Kerl, der Eier in seiner Küche kochte. Er schien ehrlich und harmlos zu sein … er roch sogar akzeptabel. Aber sie konnte niemandem in Thólos vertrauen, nicht nachdem der Ausbruch Chaos ausgelöst hatte und die Bürger zu Tieren geworden waren.

Die Angreifer waren einfach wie Ameisen aus dem Untergrund gekommen – wurden vom Undercroft ausgespuckt, wohin sie für Gefängnisstrafen für Verbrechen, die als unverzeihlich galten, verbannt worden waren – alles mit solcher Präzision, dass die Regierung von Thólos innerhalb weniger Stunden gefallen war. Alles mit solcher Leichtigkeit, weil die Bevölkerung panische Angst vor der Übertragung hatte, die immer wieder über den Interdome Broadcast ausgestrahlt wurde.

Alle sahen zu, wie die zunehmenden Symptome der Roten Tuberkulose, dieser schrecklichen Plage, die selbst den Jüngsten ein Begriff war, eben die Männer und Frauen dezimierte, die geschworen hatten, die Bürger von Thólos zu beschützen.

Shepherd drohte damit, sie alle zu infizieren, sollte jemand Widerstand leisten.

Die Stadt ging aufeinander los. Einst friedliche Männer und Frauen schleppten jeden, den sie für problematisch hielten, zur Zitadelle, um ihn beseitigen zu lassen. Und hier war sie nun, zwang kalte Eier den Hals hinunter und hatte Angst, dass Corday sich gegen sie wenden würde.

Sie näherte sich ihm nicht, um ihm den Teller zurückzugeben, sondern stellte ihn am Rand seiner Küchenzeile ab, bevor sie zum Waschraum ging, um sich zu waschen. Unter dem nicht erwärmten Wasser schrubbte Claire jedes bisschen Shepherd von ihrem Körper, wusste, dass Corday den Geruch des Alphas gerochen hatte, von dem sie durchtränkt war … und war beschämt darüber, dass die kleine Schnur in ihrer Brust zu schwirren schien, als ob sie von der fordernden Paarbindung straff gespannt worden wäre.

Sie schloss die Augen und konnte Shepherd förmlich ausrasten hören, seinen wütenden Atem, der als langes Gebrüll ausgestoßen wurde. Dann fuhr ihr etwas unter die Haut, das weitaus beunruhigender war. Wenn sie seine Wut spürte, spürte er ihr klägliches Entsetzen. Aufgrund der Bindung war Shepherd immer noch bei ihr, sogar in diesem Moment in der Dusche, und spürte sie durch die Verbindung. Claire hyperventilierte, wiederholte in Gedanken: *Nur Instinkte*, und zwang sich, die Augen zu öffnen, um sich zu beweisen, dass sie von nichts anderem als verfärbten Fliesen umgeben war.

Shepherd war nicht hier. Er beobachtete sie nicht, war nicht bereit, ihr die Kehle rauszureißen.

Claire stellte das Wasser aus und trocknete sich mit einem Handtuch ab, das von dem Duft eines anderen Mannes durchdrungen war – ein Mann, der kein einziges Mal versucht hatte, ihr wehzutun … zumindest noch nicht. Sie nahm die am strengsten riechenden Teile aus seinem Wäschekorb und zog einen Pullover an, in dem er vermutlich Sport gemacht hatte, und eine Jogginghose, die wahrscheinlich seit Wochen nicht mehr gewaschen worden war, so wie sie Männer kannte.

Sie stellte sich vor den Spiegel, sah seltsame grüne Augen in der Reflexion und wünschte sich, sie würde verstehen, warum das Gesicht, das sie anstarrte, voller Bedauern war. Angewidert von dieser Frau drehte Claire sich um und kehrte ins Wohnzimmer zurück. Corday stand immer noch in der Küche und aß seine eigene Mahlzeit. Er nickte mit vollem Mund.

„Ich kann dir gerade kein Geld für die Klamotten geben oder sie gegen etwas eintauschen, aber sobald ich es kann, werde ich es tun." Ihre Stimme klang nicht nach ihr, es war die Stimme einer Fremden.

Als Corday sah, wie sie sich in Richtung Tür bewegte, schluckte er schnell und näherte sich vorsichtig. „Claire, du stehst unter Schock. Ich glaube nicht, dass es eine gute Idee ist, wenn du allein durch den Dome wanderst. Du musst dich ausruhen, um wieder zu dir zu kommen. Du bist hier sicher, wenn du einen Ort brauchst, um dich wieder zu sammeln."

Alles, was er sagte, schien so vernünftig zu sein, sogar das Gewicht seiner Hand auf ihrer Schulter, als er sie zurück zur Couch führte. Claire legte sich mechanisch hin. Er deckte sie zu und Schlaf übermannte sie sofort, während eine Ecke ihres Verstandes immer noch über das Gefühl der Sonne auf ihrem Gesicht staunte.

***

Die schlechten Träume begannen in der ersten Nacht. Claire lief durch Thólos, durch Rauch und

Böses. Die Gebäude, die sie hochstieg, waren Ruinen und viele von ihnen brannten. Alles war vernichtet, genau wie auf den Fotos der Städte vor dem Reformationskrieg, die im Archiv zu sehen waren. Egal in welche Richtung sie sich drehte, sie konnte der Meute hinter ihr nicht entkommen. Die johlenden Gesichter wütender Alphas, brutale Betas … sie wollten sie in Stücke reißen, weil alles ihre Schuld war. Sie hatte das Monster in Wut versetzt. Sie war der Grund, warum Thólos noch mehr Leid widerfahren würde.

Hände fingen an, nach ihrer Kleidung zu greifen, aber sie rannte weiter, ihre Lungen brannten, während sie versuchte, einen Weg durch den Rauch zu finden. Sie bog falsch ab und saß auf einem zerstörten Viadukt in der Falle, gejagt und versteinert. Aber dann war er dort in der Dunkelheit, wartete auf sie. Shepherd stand da wie ein Berg und streckte die Hand aus, winkte sie mit einer Geste seiner Finger zu sich heran.

Mit den Hunden hinter ihr und dem Teufel vor ihr wusste sie nicht, wohin sie sich wenden sollte.

Alles, was sie tun konnte, war, in den Tod zu springen.

Claire wachte schreiend auf.

Corday eilte aus seinem Bett und klickte eine Taschenlampe an, um in der durch die Ausgangssperre von Thólos erzwungenen Dunkelheit für etwas Licht zu sorgen.

„Ist schon okay. Du bist in Sicherheit, Claire." Seine Stimme klang besänftigend.

Sie warf ihre Arme um den Fremden und klammerte sich an ihm fest. „Er wird mich finden", flüsterte sie zitternd. „Er sucht bereits nach mir."

„Er wird dich hier nicht finden. Verstehst du? Es war nur ein schlechter Traum. Wer auch immer er war, er kann dich zu nichts mehr zwingen. Du bist frei, du entscheidest."

Ich entscheide?

Die Worte hallten nach und sie beruhigte sich langsam. Claire lehnte sich zurück, wischte sich den Rotz und die Tränen aus dem Gesicht und gab sich Mühe, sich zusammenzureißen.

Von dem kleinen Licht beleuchtet fragte Corday: „Möchtest du, dass ich mit dir wach bleibe?"

Sie schüttelte den Kopf und antwortete mit wackliger Stimme: „Nein … ich fühle mich jetzt besser. Danke."

Sie log natürlich.

In dieser Nacht fand sie keinen Schlaf mehr. Sie saß einfach auf der Couch und erschreckte sich vor Schatten. Erst als die Sonne aufging, erst als sie das Licht spüren konnte, fand Claire den Mut, die Augen zu schließen.

***

Corday ließ einen Zettel auf dem Couchtisch liegen, auf dem er das schlafende Mädchen darüber informierte, dass er ausgegangen war, um Besorgungen zu erledigen. Bei so vielen Toten brauchte er nicht lange, um vergessene Schuhe für weibliche Füße in einem Schrank zu finden, wo keine Nachbarn mehr wohnten.

Auf den Skyways marschierten Shepherds Anhänger auf und ab, überwachsam. Corday achtete darauf, den Kopf unten zu halten, um den prüfenden Blicken zu entgehen. Mehrere Personen wurden nach dem Zufallsprinzip beiseitegenommen. Das war nichts Neues, aber an diesem Tag schienen Shepherds Männer nur Frauen ins Visier zu nehmen – sie zogen ihnen die Schals aus, legten bedeckte Haare frei und berochen sie aus der Nähe. Ein paar Alpha-Weibchen wurden zornig. Als es andauerte, fingen sogar Betas an, die Zähne zu blecken.

Sich mit den Frauen anzulegen war ein sicherer Weg, weitere Krawalle auszulösen. Auf sich allein gestellt würden die Weibchen instinktiv reagieren, insbesondere die Alphas. Wenn ihre Kinder in der Nähe waren, könnten sie noch aggressiver werden. Dann waren da noch ihre Gefährten. Ob Alpha oder Beta, niemand sah gerne zu, wie seine Frau schikaniert wurde.

Anspannung lag in der Luft, als er an einer Meute nach der anderen vorbeiging. Corday war erpicht darauf, mit seinen neuen Fundstücken zur scheuen Omega zurückzukehren.

Sie war wach und ihr Kopf drehte sich zur Tür, als sie seinen Schlüssel im Schloss hörte. Als es nur der Enforcer war, der ihr ein beruhigendes Lächeln schenkte, stieß Claire die Luft aus und schüttelte den

Kopf, als hätte sie das Gefühl, dass ihre Reaktion lächerlich gewesen war.

Corday zeigte ihr seine abgenutzte Beute und sagte: „Ich habe ein paar Schuhe gefunden, die dir passen könnten."

„Die sind aber nicht sehr hübsch", versuchte sie zu scherzen, aber ihre Stimme war flach und was hätte lustig sein sollen, war irritierend. Claire versuchte es noch einmal, zwang den richtigen Tonfall herbei und ein Lächeln. „Danke."

„Es ist Donnerstag. Heute Abend wird der Strom in dieser Zone angestellt." Er schloss die Tür ab und stellte die Schuhe in der Nähe der Frau auf den Boden. „Anstatt dabei zuzusehen, wie die Farbe von den Wänden abblättert, habe ich eine Kollektion mit alten Filmen. Wenn du magst, können wir uns einen ansehen."

„Okay."

Während Claire die *neuen* Schuhe über ihren geliehenen, stinkenden Socken anzog, nahm Corday am anderen Ende der Couch Platz – die beiden sahen aus wie nicht zueinander passende Buchstützen. Er hob die Fernbedienung hoch. Als der Bildschirm ansprang, war nur der Thólos Interdome Broadcast zu sehen. Unbekannte Korrespondenten wurden in einer Schleife gezeigt, die sich alle fünf Minuten wiederholte. Sie teilten mit, welche Sektoren am nächsten Tag neue Rationen erhalten würden, wo sich die Versorgungspunkte befanden, und veröffentlichten die Gesichter gesuchter *Krimineller*.

Claire hörte nichts, ihre ganze Aufmerksamkeit galt dem Datum, das in der Ecke des Bildschirms stand. „Fünf Wochen …"

Corday musste kein Genie sein, um zu verstehen, was die Frau gemurmelt hatte. Fünf Wochen, so lange war sie gefangen gehalten worden.

Sie versuchte, ihr Entsetzen zu verbergen, also steckte Corday den Stick, auf dem seine wertvollen Filme waren, in das Gerät und suchte etwas Heiteres aus, das die meisten Leute kennen würden. Es funktionierte. Nach dreißig Minuten war die Starrheit aus Claires Schultern verschwunden.

„Den habe ich mit meinem Vater gesehen, als ich noch klein war", sagte sie und warf ihm einen kurzen Blick und ein kleines, kaum merkbares Grinsen zu. „Er hat diesen Film geliebt."

Corday schenkte ihr ein schiefes Lächeln. „Klingt so, als hätte dein Vater einen ausgezeichneten Geschmack."

„Den hatte er", stimmte Claire zu, ihr Gesicht weniger traurig. „Er war ein wirklich lustiger Kerl. Aber soooo Alpha."

Beide kicherten, weil sie genau wussten, was das bedeutete. Alpha-Eltern waren fanatisch, was ihre Kinder betraf. Viel zu involviert, prahlten ständig mit ihnen … generell einfach nervtötend.

„Was ist mit deiner Mutter?"

„Eine verklemmte Omega ohne Sinn für Humor … sie hat uns verlassen, als ich zwölf war."

Das war sehr ungewöhnlich. Kinder machten aus Omegas in der Regel unglaublich engagierte Eltern. Davon abgesehen hätte die Paarbindung sie dazu gezwungen, zu ihrem Alpha zurückzukehren. Corday wollte nachhaken, es stand ihm ins Gesicht geschrieben, also sagte Claire es einfach – es war schließlich nichts Neues. „Sie hat einen ruhigen Fleck in der Nähe der Gallery Gardens gefunden und eine Flasche Pillen genommen – Überdosis. Sie konnte nicht ertragen, ein Leben zu führen, das an jemanden gebunden war, den sie nicht mochte."

„Das tut mir leid."

Claire schüttelte den Kopf, ihre dunklen Haare wogten hin und her, und sagte: „Das muss es nicht. Letzten Endes hat sie ihre Wahl getroffen. Das respektiere ich." Sie blickte wieder auf den Bildschirm und fragte: „Was ist mit dir? Wie sind deine Eltern so?"

„Beide Betas. Dad wurde in den Undercroft geschickt, als ich noch klein war. Er, ähm, hat Dinge geklaut. Meine Mom hat mich großgezogen. Sie starb an dem Tag, an dem Thólos überrannt wurde."

Grüne Augen sahen wieder den Mann auf der Couch an, den Mann, der nett zu ihr gewesen war. Die Falten zwischen seinen Augenbrauen zeigten ihr seine Trauer. „Das tut mir leid."

Es schien eine Art Verständnis zwischen ihnen zu geben. „Mir auch."

Beide blickten wieder auf die Projektion und lachten an all den richtigen Stellen, keiner der beiden hundertprozentig sicher, ob der andere es nur vortäuschte. Als der Abspann rollte, kochte Corday ihnen Abendessen und stellte überrascht fest, dass die Küche in seiner Abwesenheit sauber geschrubbt worden war. Er betrachtete die Rückseite ihres Kopfes, sah, wie sie nervös mit ihren Haaren spielte, und fragte sich, wie zum Teufel die Welt zu dem geworden war, was sie war.

***

Wenn Claire *genau richtig* auf dem Boden saß und den Kopf neigte, war da ein dünner Streifen Himmel, der nicht von den umliegenden Gebäuden blockiert wurde. Direkte, herrliche Sonne wärmte ihre Haut, aber etwas an der ganzen Sache fühlte sich hohl an. Corday hatte ihr nicht gesagt, dass sie gehen musste, und sie musste zugeben, dass sie panische Angst davor hatte, auch nur vor die Tür zu gehen. Es schien so ironisch zu sein, dass sie einfach nur frische Luft hatte atmen wollen, und jetzt, wo sie es könnte … konnte sie es nicht. Aber sie konnte aus diesem Fenster schauen, so tief geduckt, dass keine Seele sie sehen konnte, bis auf die Vögel, die über ihr flogen.

Mit den Wolken im Blick fühlte Claire, wie ihre Gedanken langsam ruhig wurden, seufzte tief auf und genoss das angenehme Gepolter der Umgebungsgeräusche. Es dauerte fast eine Stunde, bis sie von der Panik über ein Geräusch, das nicht da sein sollte, aus ihrem Tagtraum gerissen wurde.

Shepherds Schnurren umgab sie von allen Seiten.

Sicher, dass das Ungeheuer hinter ihr stand, flog ihr Kopf herum und ihre Augen blickten sich hektisch in der kleinen Einzimmerwohnung um. Niemand war da.

Aber er *war* es …

Claire wusste – logisch gesehen –, dass sie allein war, aber sie konnte ihn förmlich in der Luft riechen. Ihr Herz raste und sie zog die Knie unter ihr Kinn und wandte sich wieder ihrer Aussicht zu, fest entschlossen, *ihren* Verstand zu kontrollieren. Je stärker sie sich wehrte, desto wärmer wurde der Wurm in ihrer Brust. Immer wieder zog etwas an der Schnur, leicht und behutsam. Es war ein sehr seltsames Gefühl, als ob die Bestie jetzt vollkommen ruhig war und sie fast sanft zu sich rief.

Claire traute der Sache keine Sekunde lang.

Shepherd war ein aggressiver Mann – in Unterhaltungen, in seinem Verhalten, im Bett. Es gab nichts ‚Sanftes' an ihm, außer es brachte ihm etwas ein. Und die Freundlichkeit, die er ihr gegenüber an den Tag gelegt hatte, war immer berechnend gewesen. Er hatte keine Gefühle – oder wenn doch, waren sie so sehr mit seinem Größenwahn verstrickt, dass sie nicht wirklich zählten. Was auch immer er dachte, dass er mit dem Versuch erreichen würde, sie mit etwas so Trügerischem wie einer sanften Einladung durch den Bund zu locken, sie würde sich nicht fügen. Claire würde das Fenster und den kleinen Flecken Himmel behalten und Dunkelheit und Isolation eine Absage erteilen.

Ein paar Stunden später war sie wieder auf der Couch und las ein Buch, das sie in Cordays kleiner Sammlung gefunden hatte. Es war das erste Mal seit langem, dass ihre Augen Papier sahen. Unter der Erde hatte sie nie eines der Bücher von Shepherd berührt – als ob seine verbotenen Schriften sie mit seinen verdorbenen Ansichten und seiner Bösartigkeit infizieren könnten.

Es fühlte sich gut an, etwas Normales zu tun.

In der Abenddämmerung kehrte Corday zurück. Sie tauschten die üblichen Höflichkeiten aus und Claire wartete darauf, dass er sie hinauswarf. Wieder schien er sich nicht daran zu stören, dass ein Eindringling still in dem einzigen Zimmer seiner Wohnung saß. Corday kümmerte sich um seine eigenen Angelegenheiten und sie wandte sich wieder dem Buch zu, und bevor sie sich versah, waren die Lichter aus und sie lag wieder auf der Couch, bereit, sich einer Nacht ohne Schlaf in schrecklicher Dunkelheit zu stellen.

Wenn sie schlief, wurde sie von lebhaften Träumen geplagt und gequält – immer wieder die gleiche Szene. In jedem Albtraum lauerte Shepherd in der Dunkelheit, die Hände brutaler Fremder griffen nach ihr, um sie festzuhalten und ihr wehzutun, wenn sie nicht zu ihm lief, wenn sie den zerstörten Turm nicht weiter hochkletterte.

Das Viadukt, das sie in eine bessere Zone bringen würde, der Ort, auf den sie zugeeilt war – es war immer kaputt. Es gab kein Entkommen. Zu ihrer Linken stand ihr großer Albtraum, zu ihrer Rechten die verschwommenen Gesichter derjenigen, die es kaum erwarten konnten, sie bluten zu sehen. Sie konnte es spüren, auf diesem himmelhohen, beschädigten Skyway; die eisige Luft, die von den Lower Reaches herauf strömte, der Schweiß auf ihrem Gesicht vom Rennen. Dann waren da noch die Quecksilberaugen. Ruhige Augen. Entschlossene Augen.

Aus den Schatten heraus streckte Shepherd eine Hand nach ihr aus, schweigend vor der Kulisse der lärmenden und wütenden Schreie, und krümmte seine Finger. Zu Claires Entsetzen bewegten sich ihre Füße jede Nacht einen Schritt näher auf das zu, was sie am meisten fürchtete.

Sie wachte schweißgebadet auf und schnellte von der Couch hoch, nur um sicherzustellen, dass Corday noch da war. Glücklicherweise schlief der Beta wie ein Stein und schnarchte leise. Es war ein Geräusch, das ihr viel Trost spendete. Flüsternd, damit er nicht aufwachte, redete sie mit sich selbst und erklärte sich, dass ihre Angst nicht echt war. Träume waren nichts anderes als die Auswirkung der Paarbindung.

Sie war frei. Sie konnte entscheiden.

Wenn der Drang sich zu übergeben verflog und das fieberhafte Zittern aufhörte, legte Claire sich wieder hin und versuchte, an schöne Dinge zu denken. Jede Nacht, während sie Cordays Decke anstarrte, verwandelte sich das Schnarchen des Jungen schließlich in das Geräusch weit männlicherer Atemzüge, sobald sie wieder einschlief. Das Gefühl einer warmen Hand, die ihr übers Haar strich, um sie zu beruhigen, ihr unbewusstes Verlangen danach, nur einen Moment lang das Schnurren zu hören … Ein kleiner Ausrutscher und der Traum kehrte wieder; ein Dutzend Mal pro Nacht, einhundert Mal? Es fühlte sich wie eine Endlosschleife an.

Die Sonne ging auf und auch Claire stand auf, müder als am Tag zuvor. Corday bemerkte es auch, sie konnte es an der Art und Weise erkennen, wie er ihr subtile Blicke zuwarf, wie er in der Nähe der Wände blieb und darauf achtete, ihr nicht zu nahe zu kommen. Keiner von ihnen sprach ihre Erniedrigung an. Was für einen Sinn hatte es letztendlich? Erst am fünften Tag – als Corday ihr sagte, dass er erst am nächsten Morgen wiederkommen würde – griff der

Beta in seine Hosentasche und nahm eine runde, weiße Pille heraus.

„Die hilft dir beim Einschlafen, wenn du sie haben möchtest."

Mit einem versöhnlichen Lächeln ließ er sie auf der Arbeitsfläche liegen und wünschte ihr einen schönen Tag. Claire berührte sie nicht, war viel zu fasziniert von dem runden Medikament und wie viele Probleme sie ihr in ihrem Leben bereitet hatten. Die Versuchung, sie in der Spüle wegzuwaschen, war so stark wie die Versuchung, sie sofort zu schlucken.

Die kleine Pille starrte sie den ganzen Tag lang an. Ihre Finger legten sich um die Kante der Arbeitsfläche und Claire hockte sich hin, um auf Augenhöhe mit der kleinen weißen Versuchung zu sein. Was, wenn sie sie nahm und nicht einschlief? Was, wenn der Traum trotzdem zurückkehrte und sie nicht aufwachen konnte, um sich davor zu retten, diese letzten Schritte auf einen Mann zuzumachen, den die manipulative Paarbindung zu einem Retter machte? Was, wenn sie eine ganze Dose Pillen nehmen würde?

Als schließlich die Dunkelheit hereinbrach, nahm sie die kleine weiße Pille nicht. Sie versteckte sie stattdessen. Claire lag unter vielen Decken begraben in der Dunkelheit und schloss die Augen, während der gleiche Film sich immer wieder in ihrem Kopf abspielte. Silberne Augen, eine ausgestreckte Hand, Bösewichte und Rauch … aber in dieser Nacht gab es keinen schnarchenden Rettungsanker in der Ecke des Zimmers, an den sie ihren Herzschlag angleichen konnte, wenn sie aufwachte. Sie lag zusammengerollt da, fühlte sich deliriös und hatte nach Tagen ohne Ruhe das Gefühl, verrückt zu werden und Dinge zu hören, war verwirrt. Als die Stunden immer länger wurden, erkannte Claire mit schleichender Besorgnis, dass es Shepherds rauer Atem war, den sie sich immer wieder in der Ecke vorstellte, nicht das Schnarchen des Betas, und dass es Shepherds Hand war, von der sie fast glaubte, dass sie über ihre Haare strich.

Sie wusste mit knochentiefer Überzeugung, dass sie endlich unbeschwert schlafen würde, wenn sie nur ein paar Momente dieses Schnurrens hören könnte.

Kapitel 5

"Shepherds genetische Marker stimmen mit keinem Gefangenen in unseren Aufzeichnungen überein. Ich sage es euch." Brigadier Dane war unnachgiebig. „Er war nicht im Undercroft eingekerkert."

Corday hatte tausend Erklärungen gehört. Keine von ihnen war möglich. Außerhalb des Dome erstreckten sich hundert Kilometer gefrorene Tundra in alle Richtungen; die Lage von Thólos war gezielt so gewählt worden, damit potenzielle kranke Wanderer die Annäherung nicht überleben würden. Alles im Inneren des Dome war selbsttragend und zu seinen Lebzeiten hatte nur zweimal ein Shuttle landen dürfen. Alle an Bord waren weiblich gewesen, Bürger aus anderen Biosphären, die zum Thólos Dome eingeladen worden waren, um den Genpool frisch zu halten.

Diejenigen, die hierherkamen, verließen die Stadt nie wieder, so wie diejenigen, die die gleiche Pflicht auf fremdem Boden erfüllten, nie wieder zurückkehren würden.

Alle Neuankömmlinge wurden sehr gründlich gescannt. Es war unmöglich, dass irgendeine unerwartete Lebensform die Tore hätte passieren können. Und selbst wenn, der letzte Austausch war fast ein Jahrzehnt her.

Corday widersprach ihr und teilte seine Meinung den wenigen Enforcern mit, die sich in aller Heimlichkeit versammelt hatten. „Der Mann ist mit Da'rin-Symbolen übersäht. Er wurde von den Gangs im Undercroft gebrandmarkt und hat lange genug da unten geschuftet, um Ausgestoßene zu einer Armee zu formen und zahlreiche Tunnel in ganz Thólos zu bauen, die niemand bemerkt hat."

Brigadier Dane war nicht gerade ein Fan von Rekrut Corday. Ihre Geduld mit dem jungen Mann ging langsam zur Neige. „Dann erkläre uns, warum er nicht in den Akten existiert."

Korruption war eine Krankheit, die selbst der Dome nicht herausfiltern konnte. Corday sagte mit steifem Kiefer: „Weil ihn jemand *inoffiziell* da runtergeschmissen hat."

„Wenn das der Fall wäre, hätten andere davon gewusst. Man kann nicht einfach durch diese Tunnel marschieren und einen Mann hinter sich herzerren. Allein die Sicherheitsprotokolle hätten das erfasst. Wenn jemand vermisst worden wäre, hätten die Leute es bemerkt. Was du behauptest, würde eine Verschwörung von epischem Ausmaß erfordern."

Es gab einen Mann im Raum, der die Macht und die Sicherheitsfreigabe hatte, es zu wissen. Mehrere Augenpaare richteten sich auf Senator Kantor und alle forderten ihn dazu auf, zu bestätigen, dass eine solche Grausamkeit nicht möglich war.

Der alte Mann hob eine Hand, um die kleinlichen Streitigkeiten verstummen zu lassen. „Ich würde gerne sagen, dass es nicht möglich ist, aber das kann ich nicht. So wie es nicht hätte möglich sein sollen, dass die im Undercroft gefangenen an der Oberfläche auftauchen, dass unsere Regierung gestürzt wird oder dass unser Volk den Verstand verliert. Es gibt vieles über den Aufstand, was wir nicht wissen. Im Augenblick ist die Identität des fanatischen Anführers der Anhänger weniger wichtig, als zu entdecken, wo er die Seuche gelagert hat."

Corday seufzte und ergriff das Wort, weil nichts einen Sinn ergab. „Die Informationen von Brigadier Dane würden Shepherds Angriff auf den Senat erklären und warum er die Leichen an der Zitadelle aufgehängt hat. Es könnte ein Racheakt sein."

Brigadier Dane verengte die Augen. „Oder einfach die Tat eines Psychopathen …"

Siebenundzwanzig Leichen in verschiedenen Verwesungsstadien verunreinigten die gefilterte Luft mit ihrem Gestank. Männer und Frauen, die dem Dome gedient hatten, vom Volk gewählt worden waren, schwangen in den Aufwinden hin und her.

Dann gab es noch den einen Namen, den niemand zu erwähnen wagte. Auch nach all den Monaten gab es immer noch keine Informationen über den vermissten Premierminister Callas – den nicht gewählten Regierungschef von Thólos. Alles, was man wusste, war, dass der Sektor des Premierministers in den ersten Momenten des Ausbruchs abgeriegelt worden war, eine Barrikade aus Stahl schnitt seine Residenz vom Rest des Domes ab. Shepherds Anhänger ignorierten sie und mittlerweile hielten dort keine Bürger mehr Wache,

119

um um Zuflucht zu betteln, es war lediglich ein weiteres verschlossenes Tor mit Gott weiß was auf der anderen Seite.

Brigadier Dane hatte noch mehr zu sagen, die Frau blickte den Untergebenen an, von dem sie am wenigsten erwartet hätte, dass er ihre Theorie tatsächlich unterstützen würde – Corday, und ihr Gesichtsausdruck war misstrauisch. „Aber das erklärt nicht, wie er sich mit der Roten Tuberkulose bewaffnen konnte oder wie die Seuche nach Thólos geschmuggelt wurde."

Senator Kantor, dessen graue Haare ohne den ordentlichen Haarschnitt, den er im Amt getragen hatte, zottig aussahen, schüttelte den Kopf. Es schien dem alten Mann schwerzufallen auszusprechen, genau zu formulieren, wie er es erklären sollte. „Bevor die Türen versiegelt wurden, waren mehrere Stämme der Roten Tuberkulose für Forschungsarbeiten gesammelt worden, und das Geheimnis des Aufbewahrungsorts war nur den höchsten Regierungsebenen zugänglich. Vor 34 Jahren gab es einen Unfall in dem Labor, das mit der Herstellung eines Impfstoffs beauftragt worden war.

120

Der Stamm war auf aggressive Weise mutiert. Ein Techniker infizierte sich. Das gesamte Labor wurde innerhalb weniger Minuten unter Quarantäne gestellt." Senator Kantor schien zutiefst traurig zu sein, als würde er die Erinnerung an etwas wirklich Entsetzliches erneut durchleben. „Ich habe mir die Überwachungsaufnahmen angesehen. Das Verbrennungsprotokoll hat versagt. Die Menschen, die hinter den Toren eingeschlossen waren, sie haben gelitten … bevor sie gestorben sind."

Entsetzen zeichnete die Gesichter der Personen, die im Dunkeln zusammenkauerten, die Gruppe war sprachlos.

Corday schluckte und versuchte, zu begreifen, dass die Pest, die die Menschheit ruiniert hatte, wissentlich im Inneren des Domes gelagert worden war. Er sagte leise: „Und der mutierte Stamm … wie hat er das Labor verlassen? Wie ist er in Shepherds Hände gelangt?"

Senator Kantor antwortete mit einem Stirnrunzeln: „Ich weiß es nicht. Das Labor ist unauffindbar, versiegelt. Selbst ich wusste nie, wo es war."

Wenn einer der mächtigsten Männer im Senat nicht über dieses Wissen verfügte, und da die Mehrheit seiner Kollegen tot oder vermisst war, ließen diese neuen Informationen die mitgenommenen Enforcer mit nichts als noch mehr Fragen zurück, die nicht beantwortet werden konnten.

Als er sah, wie so viele ums Überleben kämpfende Männer und Frauen von noch größeren Zweifeln zerfressen wurden, zog Senator Kantor seine Schultern zurück und seine Stimme nahm den Tonfall eines Redners an. „Freunde, es gibt immer noch vieles, was wir nicht wissen, und Spekulationen ohne Tatsachen, die sie untermauern, werden nur zu Streit führen. Wir machen einen Schritt nach dem anderen und vertrauen darauf, dass die Götter uns den Weg zur Erlösung zeigen werden."

Mit grimmigem Gesicht und genauso erschüttert wie die anderen, bot Corday der Gruppe ein ehrenwertes, unmittelbares Ziel, an dem sie sich festbeißen konnten. „Ich weiß, wo wir anfangen können. Ich habe erfahren, dass die Chem-Dealer, die auf den Skyways arbeiten, gefälschte Brunft-Hemmer verkaufen. Die untergetauchten Omegas fangen an zu brunften, während sie unvorbereitet und vermutlich ungeschützt sind. Sie werden brutal behandelt."

Senator Kantor runzelte die Stirn und nahm die angebotene Aufgabe in Angriff. „Wo haben Sie davon gehört?"

Corday sah den Alpha an und versuchte, seinen anhaltenden Ekel nicht in seinem Gesichtsausdruck durchscheinen zu lassen. „Vor ein paar Tagen fand ich ein sehr verängstigtes Omega-Weibchen, das auf dem mittleren Deck zusammengebrochen war."

Brigadier Dane machte einen Schritt auf ihn zu, Interesse wölbte ihre Augenbrauen. „Wie sah sie aus?"

Corday zuckte mit den Schultern. „Was für eine Rolle spielt das?"

„Es spielt eine Rolle", erklärte Senator Kantor mit ruhiger Stimme und zog ein Flugblatt aus seiner Tasche, „weil ein sehr großes Kopfgeld auf diese Frau ausgesetzt ist."

Es war ein Flyer, der all den anderen Fahndungszetteln ähnelte, die im Dome verstreut lagen. Die junge Frau lächelte, ihr welliges schwarzes Haar sah aus, als wäre es von einem Aufwind

123

zerzaust worden, ihre grünen Augen funkelten, waren sanft und einladend. Claire O'Donnell sah schön und strahlend aus ... und obwohl die Version, die Corday kennengelernt hatte, gebrochen und verängstigt war, war sie die Omega, die auf seiner Couch schlief.

Plötzlich machte alles einen Sinn. Die Frauen in den Essensschlangen wurden schikaniert, weil alle nach *ihr* suchten. Und das Kopfgeld war ein Vermögen. „Warum wird nach ihr gesucht?"

Die Lippen des Senators wurden zu einer dünnen Linie und er schüttelte den Kopf. „Ich weiß es nicht, aber sie könnte Informationen haben, die für uns wertvoll sind."

Corday konnte den Blick nicht von dem Foto abwenden. Er holte tief Luft, stieß sie durch die Nase aus und murmelte: „Dann sollten Sie besser mit in meine Wohnung kommen." Er warf dem Senator einen Blick zu und fügte hinzu: „Aber Sie müssen verstehen, dass sie sich momentan in Anwesenheit eines Alphas nicht wohl fühlen wird. Und wenn Sie ihr das Flugblatt zeigen, könnte ihr das den Rest geben."

Senator Kantor ging bereits in Richtung Ausgang. „Der Rest von Ihnen kann gehen. Corday, Sie werden mich sofort zu ihr bringen."

***

Es dämmerte fast, als sie den Schlüssel in der Tür hörte. Nach einer Nacht, in der sie höllisch schlecht geschlafen hatte und die sie komplett erschöpft hatte, war Claire schreckhaft und flüchtete sich zur Wand, als ein anderer Mann – ein Alpha – hinter Corday den Raum betrat.

„Kommen Sie mir nicht zu nahe!", fauchte sie und schaute sich nach etwas um, das sie benutzen konnte, um ihn damit zu schlagen. Sie entschied sich für eine Lampe und umklammerte sie so fest, dass sie zitterte.

Senator Kantor und Corday warteten an der Tür, damit Claire sich etwas weniger in die Enge getrieben fühlte.

Der ältere Alpha setzte seine freundlichste Stimme ein, weiche, beruhigende Augen und jahrelange Erfahrung darin, ein Publikum für sich zu gewinnen. „Wissen Sie, wer ich bin?"

Mit den Lippen zu einer Linie zusammengepresst und den Augen zu Schlitzen verengt, nickte sie. „Sie sind Senator Kantor." Der Mann, der als *Held des Volkes* bekannt war; er wurde von vielen aufgrund seines Engagements für das Proletariat geliebt, dafür, dass er sich für das Wohl aller Menschen in den Lower Reaches einsetzte.

„Ich bin nicht hier, um Ihnen etwas anzutun." Er deutete mit dem Kopf auf den jungen Enforcer. „Corday sagt, Sie brauchen Hilfe. Ich würde gerne sehen, was ich tun kann."

Ihr verschwitzter Griff um die Lampe herum wurde noch enger. „Ich will nicht, dass Sie mir noch näher kommen."

„Ich kann hier drüben bleiben." Er lächelte sanft und machte sogar ein paar Schritte zurück, um sich auf einen Hocker an der Küchenzeile zu setzen.

Das schien die Omega zu beruhigen und sie ließ langsam die improvisierte Waffe sinken. An den dunklen Flecken unter ihren Augen konnte Corday erkennen, dass sie kaum geschlafen hatte, und er konnte den anhaltenden Hauch von Angst in der Luft riechen. Sie befanden sich in einer Pattsituation und Claire schwieg, während sie den Alpha mit Argusaugen beobachtete. Senator Kantor wartete und ließ sie das tun, was sie für nötig hielt.

Als mehrere Minuten vergangen waren und ihre Brust aufgehört hatte, sich schnell zu heben und zu senken, begann der alte Mann zu reden. „Sie haben die gefälschten Brunft-Hemmer genommen und Ihre Brunft wurde an einem Ort ausgelöst, der gefährlich war."

„Ja."

„Was ist passiert?"

Sie rieb ihre Lippen aneinander und atmete tief durch. „Was wichtig ist … der einzige Weg, wie Sie mir helfen können, ist, einen Weg zu finden, die untergetauchten Omegas zu schützen. Sie sind am Verhungern … sie brauchen Essen."

„Ich muss wissen, was Ihnen zugestoßen ist, bevor ich herausfinden kann, wie ich Ihnen allen helfen kann."

Ihr Rücken war so hart an die Wand gedrückt, dass Claires Schulterblätter schmerzhaft dagegen pressten. Mit einem Gesichtsausdruck, der geradezu miserabel wurde, rang sie sich die Worte ab: „Es war gefährlich, uns unseren Anteil an den ausgewiesenen Stationen zu holen. Jeden Tag wurden mehr von uns aufgegriffen und diejenigen von uns, die Essen beschaffen konnten … es war nie genug, um uns alle zu ernähren. Also wurde beschlossen, dass ich zur Zitadelle gehen würde, um persönlich um Hilfe zu bitten.

Ich nahm die Pillen und zog mir Klamotten an, die an einer verwesenden Leiche gewesen waren, um meinen Geruch zu überdecken. Ich stieg die Stufen hoch und fand ihn. Er nahm mich nicht zur Kenntnis, also wartete ich." Sie atmete zittrig ein und hielt inne.

Corday nahm den Faden für sie auf und sagte vorsichtig: „Und dann wurde in der Zitadelle deine Brunft ausgelöst …"

Claire nickte.

Der junge Mann fuhr fort: „Und jemand hat das ausgenutzt."

Sie versuchte, es zu erklären, aber sie konnte diesen Namen einfach nicht über die Lippen bringen.

„Es gab einen Aufstand. Er hat viele Menschen umgebracht und mich weggeschleppt."

Beide Männer bemerkten, dass sie nicht einmal *Shepherd* gesagt hatte – dass sie Shepherd weiterhin als *ihn* bezeichnete. Es war Senator Kantor, der die Frage so taktvoll wie möglich stellte. „Und Shepherd war derjenige, der Sie entführt hat?"

Claire fing an zu weinen und wimmerte, während sie in Scherben zerbrach. „Er weigerte sich, uns unseren Anteil zu geben. Stattdessen verlangte er, dass ich ihm sage, wo die Omegas sind, damit sie von seinen Männern aufgegriffen und benutzt werden können. Er erzwang eine Paarbindung … hielt mich wochenlang in seinem Zimmer eingesperrt." Sie hob ihre Hand an die Brust, klopfte mit der Faust dagegen. „Und ich kann ihn immer noch spüren, genau hier."

Sie waren fassungslos, beiden stand der Mund offen.

Eine Paarbindung … der Mann suchte nach seiner Gefährtin.

Corday schüttelte den Kopf, als wäre es unmöglich. Er konnte verstehen, warum ein

Verbrecher wie Shepherd sie während einer Brunft besteigen würde, aber tatsächlich eine Paarbindung mit einer fremden Person einzugehen, schien extrem. Eine Bindung war für immer. Es gab keinen bekannten Weg, sie zu brechen, ohne dass einer der beiden starb. Und die Folgen waren unschön – der überlebende Partner konnte oft nie wieder eine Paarbindung eingehen. Er hatte Claire ihr Leben genommen. Kein Wunder, dass sie so verängstigt war. Ein Mann, der die Macht hatte, eine ganze Kolonie zu erobern, mit ergebenen Anhängern in seinem Rücken, jagte sie und war an sie gebunden.

Sie öffnete die Augen und zwang sich, mit dem Weinen aufzuhören. „Ich muss es den Omegas sagen. Ich muss zu ihnen."

Corday konnte nur murmeln: „Du kannst nicht nach draußen gehen, Claire. Wir reden hier von Shepherd. Sein Einfluss unter dem Dome ist nahezu absolut."

„Ich kann sie nicht im Stich lassen. Ich hätte eher gehen sollen, aber ich …" Sie musste nicht sagen, dass sie Angst hatte, das war offensichtlich.

„Sie sind eine sehr mutige Frau." Senator Kantor trug sein Anliegen mit ermutigender und starker Stimme vor. „Was Sie versucht haben, für die anderen zu tun, war unglaublich tapfer, aber Sie können es nicht allein schaffen. Lassen Sie uns helfen. Zusammen werden wir einen Weg finden, den Omegas zu helfen."

„Wie?" Große grüne Augen richteten sich auf den älteren Mann der leisen Töne.

„Für den Moment werden wir ihnen Essen und die richtigen Medikamente besorgen … aber wir brauchen eine langfristige Lösung. Wie viele sind es?"

Sie schüttelte den Kopf und wischte sich über die Augen. „Als ich sie das letzte Mal gesehen habe, waren es um die fünfundachtzig. Aber das ist über einen Monat her, es könnte nur noch die Hälfte sein … Ich habe keine Ahnung."

„Wo sind sie?", fragte Senator Kantor.

Ihr Gesicht wurde sofort hart und bedrohlich. Claire richtete sich gerader auf und sagte nichts. Sie würde zuerst mit den Omegas sprechen und sie würden entscheiden, ob sie ihren Standort irgendjemandem verraten sollte. Punkt.

Der herausfordernde Ausdruck auf dem Gesicht der Frau war unübersehbar. Senator Kantor hob seine Hand und fügte hinzu: „Ich will ihnen nichts Böses."

Sie knurrte und ein Hauch ihres alten Kampfgeistes kam zum Vorschein. „Ich vertraue *keinem Alpha*."

„Das verstehe ich." Und das tat er. Man konnte unmöglich von einer Frau, die diese Art von Erfahrung gemacht hatte, erwarten, andere möglicherweise dem gleichen Schicksal auszuliefern.

„Geben Sie mir ein paar Tage Zeit, um alle Möglichkeiten auszuloten und ein paar Lebensmittel zu organisieren." Senator Kantor stand von seinem Hocker auf und Claire hob bereits wieder warnend die Lampe. Der Senator nickte ihr zum Abschied zu und ging.

Den Rest des Tages verbrachten Corday und Claire schweigend, aber abends sahen sie sich gemeinsam einen anderen Film an, saßen an gegenüberliegenden Enden des Sofas mit einer Schale Popcorn in der Mitte. Corday wusste von ihrer

Vorliebe für Komödien und hatte seinen Lieblingsfilm ausgewählt, was die misstrauische Einstellung aufzuweichen schien, die Claire den ganzen Tag über unruhig hatte auf und abgehen lassen.

Als es Zeit zum Schlafengehen war, schien sie sich beruhigt zu haben, und als Corday sich schlafen legte, war er sich sicher, dass sie stärker war als zuvor.

Und das war sie.

Sobald Claire sein Schnarchen hörte, stand sie leise von der Couch auf, stahl seinen Mantel und verließ die Wohnung, um die Omegas zu finden. Es war dunkel, die Lichter in den Türmen ausgeschaltet – Shepherds Manipulation des Stromnetzes sorgte für die Einhaltung der Sperrstunden. Claire merkte sich, wo sie war, damit sie ihren Weg zurück zu dem weitläufigen Gebäude finden konnte, und lief – von Schatten zu Schatten – den ganzen Weg zu einem verwahrlosten Ort, der zwischen den Zonen lag: Ein mit Frost überzogener Schrottplatz auf der untersten Ebene, wo jeder Atemzug in einer Nebelwolke aufstieg.

Die vergessene Müllhalde war aufgefüllt, verlassen und geschlossen worden, bevor sie geboren worden war. Niemand kam hier vorbei und die Regierung hatte den Ort nie für einen anderen Zweck genutzt. Wie alle Dinge, die als unrein galten, und aufgrund der Tatsache, dass es sich in den kalten Lower Reaches befand, mieden die Leute das Gebiet im Allgemeinen. Es war perfekt für die Omegas: Ein Unterschlupf zum Übernachten und genug Wasser in der Luft, um es auffangen und trinken zu können, ohne Wasser von den oberen Ebenen holen und nach unten tragen zu müssen. Aber es war ein Gefrierfach. Es gab keinen Strom und keine Heizung.

„Es ist Claire!" Ein Schrei ertönte, als das schwarzhaarige Mädchen durch einen Spalt in der Wand stieg und Claire sich taumelnd den Frauen näherte, die eng beieinanderstanden, um sich zu wärmen.

Sie rang nach Luft, ließ den Kopf zwischen die Knie sinken und versuchte zu sprechen, obwohl sie außer Atem war. „Blaue Pillen, gefälscht …"

Jemand brachte ihr Wasser, ein Streichholz wurde angerissen und eine wertvolle Kerze angezündet. Das, was sie um das Licht herum versammelt sah, brach Claire das Herz. Die Omegas waren skelettartig und so viele sahen sie mit Augen an, in denen keinerlei Hoffnung zu erkennen war. Aber mit dem Licht änderten sich die Gesichtsausdrücke. Einige leuchteten bei ihrer Ankunft auf, andere wurden finster und argwöhnisch. Am schlimmsten war der unverhohlene Neid … und Claire verstand den Grund. Shepherd hatte sie gefüttert. Sie war gesund. Man hatte ihr Essen gegeben, während sie nichts gehabt hatten.

Es war Nona, eine der Älteren, die von der Gruppe respektiert wurde, die als erstes etwas sagte. „Meine Güte! Claire, ich habe mir solche Sorgen gemacht."

Ihre grünen Augen blickten in das vertraute herzförmige Gesicht, halb versteckt hinter strähnigen grauen Haaren. „Wie viele sind noch übrig?"

„Als wir zuletzt gezählt haben, waren es sechsundfünfzig."

Claire wurde schlecht. Sechsundfünfzig … praktisch ein Drittel der verbliebenen Omegas war aufgegriffen worden, während Shepherd sie gefangen

gehalten hatte. „Ich habe euch so viel zu erzählen."
Ihre Stimme wurde stärker. „Falls ihr es noch nicht
selbst festgestellt habt, die blauen Pillen sind keine
Brunft-Hemmer   …   sie   sind
Fruchtbarkeitsmedikamente. Mein Zyklus wurde
mitten in der verdammten Zitadelle ausgelöst."

Entsetztes Keuchen, zu viele starrten sie voller
Mitleid an, beschämten Claire.

„Da ist noch mehr. Shepherd wird uns nicht
helfen. Er weigert sich, Rationen zu senden, und
wollte, dass ich euren Aufenthaltsort verrate, damit
jeder eingesammelt, von der Bevölkerung isoliert und
für seine Anhänger bereit gemacht werden kann."

„Aber ist das nicht das, was wir wollen?",
fauchte eine rothaarige Frau an ihrer Seite.

Claire blickte Lilian direkt in die Augen, sah den
erbärmlichen Zustand, auf den sie reduziert worden
war, und sagte: „Du würdest eingesperrt und während
der Brunft einem Fremden angeboten werden,
müsstest eine Bindung zu einem Mann seiner Wahl
eingehen. Das hat er mir selbst gesagt."

„Aber würde er uns etwas zu essen geben?"

„Ist es das, was du willst?" Sie hob ihre gewölbten Augenbrauen. Claire wollte fluchen, die Frau schelten, aber sie schüttelte bloß den Kopf und redete weiter. „Ich habe auch Senator Kantor getroffen. Er bietet uns Essen an. Er will uns helfen."

„Wie?", fragten mehrere Stimmen gleichzeitig.

„Er braucht ein paar Tage, um einen Plan auszuarbeiten. Sobald ich weiß, wie der Plan aussieht, komme ich zurück und erzähle euch davon. Dann können wir alle entscheiden."

Nona legte Claire ihre Hand auf die Schulter. „Du wirst nicht bleiben? Es ist gefährlich für dich da draußen. Weißt du nicht, dass ein riesiges Kopfgeld auf dich ausgesetzt ist? Amelia hat vor zwei Tagen das Flugblatt gesehen."

Claire blickte finster drein, aber die Nachricht war nicht gerade überraschend.

Lilian stupste gegen Claires fleischige Wange. „Du bist dick geworden. Shepherds Männer haben dir Essen gegeben."

Claire schob die Finger beiseite und bellte: „Ich war fünf Wochen lang in einem Zimmer eingesperrt!"

„Aber sie haben dir Nahrung gegeben!"

137

„Ruhe, Lilian", schnauzte Nona die Anstifterin an. „Du bist hungrig, nicht dumm … man kann an ihrem veränderten Geruch erkennen, dass Claire eine Paarbindung eingegangen ist. Sie werden das ernähren, was sie behalten wollen. Anstatt bei ihrem Gefährten zu bleiben, ist sie geflohen und hierhergekommen, um uns allen zu helfen."

Claire war entsetzt.

Roch sie wirklich anders? Als mehr Augen im Licht der Kerze zu glänzen begannen und Nasen anfingen zu schnüffeln, schaffte sie es kaum, nicht zurückzuweichen.

Die Frage flog durch die Luft. „Wer war es? Wer hat dich für sich beansprucht?"

Claire murmelte schnell: „Es spielt keine Rolle."

Lilian, die Lippen zu einem höhnischen Grinsen verzogen, lachte leise. Claire versuchte daran zu denken, dass die Rothaarige dem Hungertod nahe war und in einem permanenten Zustand der Angst lebte. Ihr wildes Verhalten war nachvollziehbar.

„Ich gehe besser." Claire zog Nona in ihre Arme. „Erwartet mich in ein paar Tagen wieder."

Es fühlte sich gut an, jemand so Vertrautes zu riechen und zu halten, eine Person, von der sie wusste, dass sie ihr wichtig war. Als die lange Umarmung ein Ende fand, ging Claire, stieg die dunklen Skyways von Thólos hinauf, bis zu Cordays Wohnung.

Er hatte nicht einmal bemerkt, dass sie weg gewesen war.

Kapitel 6

Mit dem Kopf tief zwischen den Schultern eingezogen ging Corday über den schattigen Skyway, während der Mann vor ihm im flatternden Mantel ihn betrachtete, als wäre er Frischfleisch.

Er hatte zwei Tage lang beobachtet, wie die Chem-Dealer den Bürgern Unmengen an Drogen andrehten. Es schien erschütternd, wie frei die Drogenringe jetzt zu Werke gingen, nachdem die Enforcer von der Bildfläche verschwunden waren. Der Gangster machte absolut kein Geheimnis aus seinem rechtswidrigen Geschäft, fast so, als forderte er jeden, der sein Handeln hinterfragen könnte, höhnisch dazu heraus, es ihm ins Gesicht zu sagen.

Ohne ihn zu begrüßen, grunzte Corday: „Ich brauche eure Brunft-Hemmer, die kleinen blauen."

„Klar doch, Mann." Der Tonfall und die Kadenz der Stimme des Chem-Dealers machten offensichtlich, dass der Händler ein Outcast war. Wenn man nach der Weitung seiner Pupillen ging, dann war er einer von denen, die ihre eigenen Waren probierten. Sein fleischiger Unterkiefer wackelte, als er eine Dose herausholte. „Das wird dich was kosten. Der übliche Preis ist ein Kilo frisches Obst und Gemüse und fünf Rationen Fleisch."

„Ist das so?" Corday schüttelte den Kopf und versuchte, bei dem Sträfling, der ungefähr so alt war, wie sein Vater jetzt sein würde, nicht nach Familienähnlichkeiten zu suchen. „Ich habe etwas viel Wertvolleres als Lebensmittel, das wir bereit sind einzutauschen … Wenn du mir 20 oder 30 Flaschen besorgen kannst."

Vergilbte Augen verengten sich. „Warum braucht ihr so viele?"

Corday schenkte dem Mann sein perversestes Grinsen. „Sagen wir einfach, dass wir unsere Omegas gerne betteln hören. Wenn du liefern kannst, darfst du mitmachen."

„Ein Mann nach meinem Geschmack." Abgebrochene, braune Zähne kamen zum Vorschein, als ein wissendes Lächeln die Frage des Dealers begleitete: „Wie viele habt ihr gefangen?"

Corday zuckte mit den Schultern. „Genug, um die Schwänze der Hälfte der Zone feucht zu halten, solange sie in der Brunft sind."

Der Chem-Dealer kratzte sich am Kinn und rotzte einen großen Batzen Schleim aus seiner Kehle hoch, während er lachte. „Shepherds Anhänger schlachten jeden Mann ab, der mit einer induzierten Omega erwischt wird. Ein weiser Geschäftsmann würde möglicherweise nach mehr als nur Medikamenten Ausschau halten ..."

Corday fragte mit desinteressierter Stimme: „Zum Beispiel?"

„Das, wofür du wirklich hergekommen bist. Partner. Meine Gang hat keine Angst vor Shepherd und seinen Anhängern. Wir können euch beliefern und die Geschäfte am Laufen halten."

Shepherds Namen beiläufig erwähnt zu hören, zauberte ein höhnisches Grinsen auf Cordays Gesicht. „Scheiß auf Shepherd."

„Himmeltrottel ... ohne Männer wie uns auf deiner Seite *wird* Shepherd dich ficken."

Corday ließ seinen Nacken knacken und murmelte: „Er macht mir keine Angst."

Atem, der nach verwesenden Dingen roch, glitt wie Schmiere Cordays Nase hinauf, als der Gangster sich vorbeugte, um zu spotten: „Das liegt daran, dass du noch nie gesehen hast, wie er jemanden umbringt, oder wie Psychos sich verneigen, um ihm die Füße zu küssen."

Corday blickte in die vergilbten Augen und trat so dicht an den Mann heran, dass es nicht mehr gemütlich war. „Du musst denken, dass wir *Himmeltrottel* ziemlich dumm sind. Die Masche ist nicht neu. Aber im Gegensatz zu dir waren wir nicht dämlich genug, uns erwischen und in den Undercroft stopfen zu lassen. Ich sagte, scheiß auf Shepherd, und das habe ich so gemeint."

Der Mann lachte schallend. „Du bist ein arroganter kleiner Wichser. Wenn deine Vorräte was taugen, besorge ich dir, was du brauchst, Junge. So viel, wie du brauchst. Und du wirst uns genau das besorgen, was wir wollen. So funktioniert eine Allianz. Oder nennt man das unter dem Dome ein Handelsabkommen?"

***

„Sie müssen wirklich glauben, dass jeder letzte gesetzestreue Enforcer tot ist", murmelte Brigadier Dane leise.

Der Idiot auf den Skyways war entweder debil oder völlig schamlos, was seine Verbrechen betraf, und benahm sich so, als ob Konsequenzen nicht mehr existierten. Er hatte keine Ahnung, dass Corday ein Ortungsgerät an ihm angebracht hatte, schien noch nicht einmal misstrauisch gewesen zu sein. Und selbst jetzt, wo der Widerling wieder in seinem heimeligen, schäbigen Loch war, konnte sie den Mann lachen hören, grunzende Geräusche und heisere, animalische Laute im Hintergrund.

Es war schwer, all dem zuzuhören. Das Alpha-Weibchen wusste genau, was hinter den Betonmauern vor sich ging, von denen die bösen Männer glaubten, sie würden ihr eklatantes Geheimnis sicher verbergen.

Was Corday behauptet hatte, zu besitzen – Omegas, die wie Vieh gehalten wurden –, hatten diese Männer im Überfluss. Und sie wurden benutzt, selbst als der Gangster vom Skyway mit seinen Kumpels plante, wie er den eingebildeten Jungen, der eine so freche Schnauze hatte, aufschlitzen würde, und darüber lachte, wie einfach es sein würde, den Burschen zu betrügen, und wie viel sie damit verdienen würden, den Männern, die draußen Schlange standen, etwas anderes als vielbenutzte, ausgeleierte Pussy anzubieten.

Von Cordays fortwährenden Problemen mit Ungehorsam mal abgesehen, hatte der Beta Enforcer ausnahmsweise etwas richtig gemacht. Den Gräueltaten, die diesen Frauen angetan wurden, musste ein Ende bereitet werden. Alle Männer hinter der Mauer mussten ausgelöscht werden. Und es musste für Ordnung gesorgt werden – auch wenn es nur ein kleiner Schritt zurück zu dem war, was vorher gewesen war.

Alles unter dem Dome war den Bach runtergegangen, die Schönheit des funktionierenden Systems war beim ersten Anzeichen von echten Problemen in Rauch aufgegangen. Es beschämte Dane, ihre Brüder und Schwestern so geschwächt zu sehen, zu wissen, dass die kostbaren Überlebenden der Kriege und Plagen trotzdem zu nichts anderem als den Tieren reduziert werden konnten, zu denen die

Menschheit vor den Domes geworden waren. Der Thólos Dome war eine Bastion der Kultiviertheit gewesen. Der größte Dome auf allen Kontinenten. Was unter dem Glas erreicht worden war – die blühende Kultur, die Schönheit eines Lebens jenseits des bloßen Überlebens –, war jetzt vom Erasmus Dome, vom Bernard Dome und sogar vom ärmsten Vegra Dome aufgegeben worden. Ein Hinweis auf die Pest und jede Chance auf Unterstützung von außen löste sich in Luft auf.

Das Problem musste intern gelöst werden. Shepherd und seine Anhänger mussten eliminiert werden. Die Seuche musste zerstört werden. Und die Infektion – Männer wie die Gangster, bei denen es Dane in den Fingern juckte, sie zu töten – musste ausgelöscht werden. Ein Exempel musste statuiert werden, dem andere folgen konnten.

Nach ein oder zwei Tagen Beobachtung würde ihr Team das emporkommende Syndikat zerstören. Brigadier Dane grinste bei dem Gedanken an einen dringend benötigten Sieg, konnte es kaum erwarten, den Blick auf den Gesichtern der Mistkerle zu sehen, wenn sie ihnen etwas Unerfreuliches in den Körper schob – etwas Spitzes – um zu sehen, wie es ihnen gefiel.

***

Claire war ausgemergelt und blinzelte mehrmals, während sie so weit von Senator Kantor entfernt blieb, wie der kleine Raum zuließ. Corday war gegangen und der Senator war geblieben, um sie in seiner Abwesenheit zu befragen, damit sie Optionen für die Omegas besprechen konnten.

Die Optionen, so hatte es den Anschein, waren begrenzt. Aber alles war besser als der andere Ausgang. Als da wären Sklaverei, Vergewaltigung oder Mord.

Aber die Hilfe hatte ihren Preis.

Senator Kantor war klug genug, Abstand zu halten und auf sanfte Weise mit der Frau zu sprechen, die seinem Blick auswich und wie verrückt auf und abging. „Sie müssen mir von Shepherd erzählen. Was Sie wissen, könnte unsere Rettung sein."

Allein das Hören dieses Namens lenkte ihre Aufmerksamkeit in alle Ecken, als könnte der Alpha

147

mit nur einem Wort heraufbeschworen werden. Claire blieb stehen und rang die Hände. „Ich sage Ihnen immer wieder, ich kann es nicht. Ich weiß rein gar nichts."

„Sie können es tun", drängte Senator Kantor. „*Jede* Information, die Sie uns geben, wird uns allen helfen."

„Sie verstehen nicht." Sie schob sich ungeduldig die Haare hinters Ohr und gab sich Mühe, nicht über die Worte zu stolpern. „Er hat nicht mit mir *geredet* …"

Der mitleidige Blick in Kantors Augen löste zuerst Wut, dann Scham aus. Nach dem, was passiert war, würde man ihr diesen Blick bis zu ihrem Tod zuwerfen.

Der Alpha erläuterte die Nuancen dessen, was er wissen wollte. „Wir können uns einfach über den Mann unterhalten, Ihre Beobachtungen."

„Okay …"

Senator Kantor begann mit etwas Einfachem. „Die Da'rin-Symbole, wissen Sie, was sie sind?"

Claire zitierte das, was sie in der Schule gelernt hatte, und sagte: „Die Tattoos der Outcasts –

Symbole, die das Verbrechen abbilden, für das ein Gefangener eingesperrt wurde."

Senator Kantor nickte und gewährte weitere Einblicke: „Aber die meisten entstehen im Undercroft, die Häftlinge verabreichen sie sich gegenseitig – ein Testament, das die Gefangenen zu Mustern unter der Haut formen."

„Formen?"

„Sie bestehen nicht aus Tinte. Da'rin ist ein Parasit."

Claire zog die Augenbrauen zusammen und fragte: „Sie *infizieren* Sträflinge absichtlich?"

„Die Männer im Undercroft leben ohne Sonne und sind schwierigen Bedingungen ausgesetzt. Wir unterziehen sie einer hilfreichen Symbiose, damit sie das Umfeld, in dem sie arbeiten, ertragen können. Und sollten sie entkommen, können sie sich nicht in der allgemeinen Bevölkerung verstecken. Nicht nur, weil sie gebrandmarkt sind – die Male brennen, wenn sie Sonneneinstrahlung ausgesetzt sind, wissen Sie?"

Aber Shepherd lief offen mit entblößten Armen und Hals herum, seine großen, prallen Muskeln waren für alle sichtbar mit Schwarz überzogen. „Das ergibt keinen Sinn."

Der alte Mann seufzte. „Die von Shepherd gewählten Muster haben für die Ausgestoßen eine große Bedeutung. Es könnte dem Widerstand helfen, wenn wir den Mann besser verstehen würden … Wenn Sie uns die Abbildungen beschreiben könnten, die wir nicht gesehen haben, könnten wir ein Profil erstellen und seine Geheimnisse erfahren."

Natürlich kannte sie Shepherds Male auswendig, konnte fast ihre Wärme spüren, wie sie sich unter ihren wandernden Händen bewegten. Claire stammelte mit rotem Gesicht: „Die auf seinen Armen, die Sie gesehen haben. Was haben die zu bedeuten?"

„Eine Liste der Männer, die er getötet hat."

Ihre beschämte Röte verschwand und sie wurde kreidebleich. Es gab so viele Symbole, die über die Haut des Alphas wirbelten, Hunderte von filigranen Malen, Tausende, und sie erstreckten sich über seine Brust, seinen Rücken, seine Oberschenkel und seinen Hintern … sogar über seinen …

Ihre Angst kehrte stärker als zuvor zurück und die Verbindung summte, als wollte sie fragen, warum sie voller Angst und allein blieb, wenn ihr Beschützer sich danach sehnte, sich um sie zu kümmern.

Senator Kantor machte einen Schritt auf sie zu, um ihre Aufmerksamkeit wieder auf sich zu lenken. „Gibt es etwas, was Sie auf den Listen gesehen haben, das Sie für bemerkenswert halten?"

Claire sah den Mann nur an, Tränen liefen ihr übers Gesicht, sie hatte keine Ahnung. „Er ist bedeckt, überall. Die Muster sagen mir nichts, nur Kanten und Wirbel." Jedes Mal, wenn sie sie im Dunkeln mit den Fingerspitzen nachgefahren war, hatte sie unwissentlich den Tod eines weiteren von Shepherds Opfern bewundert. „Ich wusste nicht …"

Die Tür öffnete sich und Corday kehrte zurück, sah, dass Claire extrem verstört war und den Kopf in den Händen hielt.

„Claire." Der Beta eilte auf sie zu. Als sie nicht in Panik geriet, zog er sie in eine sitzende Position, bevor ihre wackligen Beine nachgaben. „Du bist hier sicher, weißt du noch? Du brauchst keine Angst zu haben."

Dass Corday im Raum war, löste irgendwie ihre Zunge und Claire platzte in ihrem Entsetzen über die

Symbole mit sinnlosen Beobachtungen heraus. „Seine Anhänger sprechen eine andere Sprache. Ich konnte nie verstehen, was sie gesagt haben." Mit einem müden Lachen, das extrem verstörend war, nannte sie das Einzige, was absolut korrekt war. „Er liest gerne. Er hält meine Haare fest, während er liest, damit er merkt, wenn ich mich bewege. Ich muss ganz still bleiben."

Corday flüsterte die Frage: „Was ist passiert, wenn du dich bewegt hast?"

„Das Buch wurde weniger interessant." Claire verstummte und drehte den Kopf zum Senator, Trotz trocknete ihre Tränen. „Ich war in einem Raum eingesperrt. Ich habe bis auf ihn niemanden gesehen. Es gab keine Fenster, alles war grau. Der Mann hat noch nicht einmal zusammen mit mir gegessen. Jetzt habe ich Ihre Fragen beantwortet und Sie beantworten meine. Abgesehen davon, sie mit echten Brunft-Hemmern zu beliefern, was werden Sie für die Omegas tun?"

Der Senator, der dringend eine Rasur brauchte, schenkte ihr ein Lächeln. „Sobald wir wissen, wie viele es sind, werden separate Zellen von zwei oder drei Personen zu sicheren Häusern geschmuggelt, die verteidigt und überwacht werden können."

Claire merkte auf, etwas an Kantors Aussage kam ihr sehr bekannt vor. „Warum können Sie das Essen nicht einfach dorthin schicken, wo sie jetzt sind? Es besteht keine Notwendigkeit, die Gruppe zu verlegen oder Frauen voneinander zu trennen, die sich gegenseitig unterstützen."

„Wir können diese Option besprechen, obwohl ich glaube, dass sie das weitaus angreifbarer macht, als wenn sie sich in unseren Schutz begeben."

Wann hatte die Regierung Omegas jemals beschützt? Ihre Artgenossen hatten ohne einen Gefährten, der für sie sprach, praktisch keine Rechte. „Sie werden nichts tun, bis ich mit den Omegas gesprochen habe. Sie müssen die Entscheidung treffen", sagte sie.

„Claire", bat Senator Kantor und trat näher an die Frau heran, die ganz offensichtlich ihren Glauben verloren hatte. „Sie müssen uns vertrauen und hierbleiben, wo Sie geschützt sind. Wir können Kontakt zu Ihren Omegas aufnehmen."

„Nein." Ihre Stimme klang weniger wie die eines verängstigten Kindes als vielmehr wie die einer wütenden Frau. „Ich weiß zu schätzen, was Sie anbieten, aber selbst Shepherd konnte mir den Ort unseres Verstecks nicht entlocken. Dieser Plan, den Sie vorschlagen, ist ihre Entscheidung und ich werde als erstes mit ihnen sprechen."

„Du hast seit Tagen nicht geschlafen, du isst kaum …" Corday wurde hartnäckig, drückte ihre klammen Finger. „Wenn du in diesem Zustand in Thólos herumwanderst, wird dich das umbringen. Wenn du gehen musst, dann nimm mich mit. Ein Beta wird weniger bedrohlich sein und gemeinsam sind wir stärker."

Sie zog ihre Finger aus seiner Hand und dachte darüber nach. Die Entscheidung fiel ihr leicht. „Wir gehen heute Abend, nur du und ich."

Beide Männer schienen beschwichtigt zu sein.

Claire bat verlegen um einen Gefallen. „Ich werde Kleidung brauchen, die meinen Geruch überdecken kann. Alles, was hier ist, habe ich bereits getragen … Ich darf nicht wie eine Omega riechen."

Corday deutete mit einem Nicken an, dass er es verstanden hatte, ging zu seiner Kommode und zog sich einen dicken Pullover über. „Ich werde laufen gehen. Du kannst den hier tragen, wenn ich zurückkomme."

Ihre Wimpern senkten sich und sie flüsterte: „Danke."

Senator Kantor verließ die Wohnung in Cordays Begleitung.

Alleingelassen stand sie vom Sofa auf, um sich vorzubereiten.

Sie musste sich kalt duschen, all das eiskalte Wasser würde helfen, die Spinnweben zu vertreiben. Claire drehte den Hahn auf, freute sich auf die Flut. Sie seufzte, als die Rohre ächzten, und ihr von Schlafmangel geplagter Verstand hielt den Laut für etwas ganz anderes. Die Wirkung war sofort spürbar. Unter dem Wasserstrahl, die Augen geschlossen, wurde das, was kaltes Wasser auf ihrer Haut hätte sein sollen, durch die Hitze großer Hände ersetzt.

Raue Handflächen fuhren über die Linie ihres Rückgrats, glitten über die Vertiefungen an ihrer Lendenwirbelsäule … die Luft war erfüllt von genüsslichem Grunzen. Dieselben Hände, schwielig und vertraut, streichelten ihren weichen Bauch, wanderten nach oben, um das Gewicht ihrer Brüste zu halten. Daumen umkreisten steife Brustwarzen, bis sie so empfindlich waren, dass Claire wimmerte. Der Faden pulsierte in ihrer Brust und reichlich Feuchtigkeit tropfte ihre Beine hinunter, als das Knurren ein drittes Mal ertönte.

Überall um sie herum hallten leise Atemzüge wider, tief und hungrig, seine warme Brust war an ihren Rücken gepresst, sein dicker Schwanz rieb über ihre Pofalte.

Zwei Finger wurden ihr in den Mund geschoben.

Seine Stimme an ihrem Ohr befahl ihr zu saugen und Claires Augen rollten zurück.

Claire wurde gegen die Fliesen gedrückt, der Fugenmörtel rieb ihre Nippel wund und ihre Zunge kreiste hungrig umher, so wie er es ihr befohlen hatte. Die Eichel seines Schwanzes, glühend heiß, bohrte sich beharrlich in die Stelle, an der sie ein Ziehen verspürte. Er drang nicht langsam in sie ein. Shepherd spießte sie auf, sein Rhythmus unberechenbar, füllte den kleinen Raum mit Claires gedämpften Schreien, egal wie hart er ihren Mund mit seinen Fingern fickte.

Mit der Stirn gegen die Fliesen gedrückt, kaum in der Lage zu atmen, kam Claire mit einem Schrei. Alles in ihr zog sich zusammen, ihre Säfte ergossen sich wie ein Fluss und die Halluzination endete.

Die Phantomhände waren verschwunden.

Shepherd war nicht hier.

Kein Knurren.

Kein zügelloses Grunzen.

Es hatte nur das Geräusch der Rohre gegeben und ihre unzulänglichen Finger, die ihre Pussy bearbeiteten.

Erschüttert blickte sie auf ihre Hand hinunter, entsetzt darüber, was sie getan hatte. Sie war dabei, den Verstand zu verlieren, ihre Gedanken gerieten außer Kontrolle. In Panik griff sie nach der Seife und begann, die von Pheromonen durchtränkte Feuchtigkeit weg zu schrubben, bevor die ganze Wohnung nach der Erregung einer Omega stank.

Sie war in der Küche, als Corday zurückkehrte. Claire blickte von den Nudeln auf, die sie zum

Abendessen zubereitet hatte, und lächelte. „Willkommen zurück."

Corday war ordentlich durchgeschwitzt und sein schiefes Lächeln verschwand schnell, als er sich den stinkenden Pullover über den Kopf zog. „Lass mich nur schnell duschen. Wir essen und dann machen wir uns auf den Weg."

Sie nickte und lächelte, dankbar für seinen Einsatz, und verkündete: „Das Abendessen wird fertig sein, wenn du fertig bist."

Nachdem Corday hinter der Badezimmertür verschwunden war, holte sie die kleine weiße Pille heraus, die sie Tage zuvor versteckt hatte. Sie zerkleinerte sie zu einem feinen Pulver und mischte das Medikament unter seine Portion.

Claire wusste, dass es nicht genug Seife gab, um die im Badezimmer verbleibenden Pheromone wegzuwaschen. Als er länger als sonst brauchte, errötete sie bis über die Ohren und versuchte, Cordays gedämpftes Grunzen zu ignorieren, schämte sich dafür, ihn in diese Lage gebracht zu haben.

Ein weiterer erstickter Laut, ein ausgedehnter Fluch, und das Geräusch von Wasser verstummte.

Als Corday aus dem Bad kam, war ihre Beschämung der vertrauten Müdigkeit gewichen und sie reichte ihm das Gericht.

Nachdem er laufen gegangen war, sich unter der Dusche einen runtergeholt hatte und die Schlaftablette, die sie in seinem Essen versteckt hatte, gegessen hatte, dauerte es weniger als eine Stunde, bis Corday im Tiefschlaf versunken war. Claire zog sich die verschwitzten Klamotten an, die er für sie vorbereitet hatte, deckte den Beta zu, der so freundlich gewesen war, und machte sich auf den Weg, ihre Omegas zu finden.

***

Die beißende Kälte der Lower Reaches wurde von den leichten Schauern hervorgehoben, die Claires Kleidung durchfeuchteten. Die Distanz war weit, ihr Tempo gefährlich für eine erschöpfte Frau, die kurz davor war umzufallen.

Es hatte den Anschein, dass sie sie erwartet hatten, eine kleine Gruppe Omegas stand bereits mit einer Kerze in der Hand an dem Riss, der als Eingang diente. Claire beugte sich vornüber, nachdem sie sicher im Inneren war, und rang nach Atem. Sie krächzte: „Senator Kantor hat einen Plan. Er kann uns mit Nahrung und echten Brunft-Hemmern beliefern."

„Wie?" Es war Lilian, die Rothaarige, die die Kerze näherbrachte.

„Das müssen wir noch besprechen. Er will uns in kleinere Zellen unterteilen und in sichere Häuser schmuggeln, wo bewaffnete Enforcer Wache halten könnten. Oder sie bringen die Rationen hierher, wenn wir es verlangen."

„Die Enforcer werden durch die Straßen gejagt." Lilian schnaubte spöttisch. „Die werden alle in weniger als einem Jahr tot sein. Wer würde uns dann Essen bringen, Claire?"

Zu müde, um geduldig zu sein, stellte Claire sich aufrechter hin. „Ich biete nur Optionen an. Die Gruppe muss selbst entscheiden, ob sie sofortige Sklaverei oder anstrengende Freiheit will."

In diesem Moment ging Claire auf, dass keine weiteren Omegas gekommen waren, um sich ihnen anzuschließen. Nona war nirgendwo zu sehen. Die einzigen Gesichter um die Kerze herum waren Lilian und zwei sehr unfreundlich aussehende Frauen.

„Wir haben uns bereits entschieden", knurrte Lilian und schwang ihre Faust, in der sie einen Stein hielt.

Die Welt drehte sich, stechende Schmerzen explodierten neben Claires Ohr. Kaputter Asphalt und verstreuter Müll zerkratzten ihre Beine, als ihr schlaffer Körper tiefer in den Unterschlupf gezogen wurde. Sie versuchte, sich zu konzentrieren, das Klingeln in ihrem Kopf zu ignorieren, und ihre flackernden Augen suchten in der Menge nach Nona, nur um zu sehen, dass die ältere Frau gefesselt war und versuchte, sich freizukämpfen.

Sie rief ihr zu, flehte die Omegas an, der Angst nicht nachzugeben, und spürte, wie eine Hand sich in ihren Haaren zu einer Faust ballte und sie wegzerrte. Claire wurde zu einer Lagerkammer geschleppt und hineingeschubst, dann ertönte der Klang von etwas Schwerem, das vorgeschoben wurde, um ihren einzigen Ausgang zu versperren.

Desorientiert und von Dunkelheit umgeben, starrten ihre grünen Augen ausdruckslos auf die rissigen Wände.

Sie waren grau.

Sie hörte das Echo ihres gebrochenen Lachens. Als sie Blut in ihrem Mund schmeckte, drehte sie sich, damit der eisige Boden die pochende Beule kühlen konnte, die auf ihrem Kopf anschwoll.

Aber es blieb keine Zeit zum Ausruhen. Sie musste aufstehen.

Es kostete sie viel Mühe, sich aus der Embryonalhaltung aufzurichten und zur Tür zu kriechen. Claire stellte sich vornübergebeugt hin und schrie ihre Geschichte heraus, sagte ihnen, sich nicht in Verzweiflung und Panik zu verlieren, rational zu denken und zu sehen, dass Shepherd das Kopfgeld nie zahlen würde, dass die ganze Sache eine Falle gewesen war, nur um sie zu fangen. Sagte ihnen, aufzuhören, bevor sie sich alle zu Sklavinnen machten.

Sie konnte die Trümmer, die ihr den Weg versperrten, nicht bewegen. Sie konnte nicht laut genug schreien.

Claires Stimme wurde immer schwächer, und als sie sie verlor, verlor sie auch ihre Fähigkeit, Fantasie von Realität zu unterscheiden.

Als sie an der Wand hinunterrutschte, begann der Traum.

So viel Gerenne, die Welle des Zorns hinter ihr, aber Shepherd war da und hielt die Dunkelheit zurück, streckte den Arm aus. Sie rannte direkt auf ihn zu, war nah genug, um ihn zu riechen, bevor ihre Füße schlitternd zum Stehen kamen. Sie hörte Schreie, die wütenden Schreie der Omegas hinter ihr. Die lärmende Welle rückte näher. Erschrockene Augen wanderten wieder zu Shepherd, zurück zu dem Mann, der wie ein Fels in der Brandung stand und seinen Finger krümmte.

Sie machte noch einen Schritt.

Der Traum begann von vorne.

Licht ging in ihrer Zelle an, die baumelnde Leuchte über ihr, die in einem erbärmlichen Zustand war, flackerte. Das Summen der alten Glühbirne und der Glühfaden im Inneren veranlassten sie dazu, sich auf ihre zerkratzten Knie und dann auf wacklige Füße zu kämpfen.

Die Meute. Sie konnte sie hören, ihre Schreie kamen näher. Jeden Moment würden sie sie erreichen. Sie würde weglaufen, weil sie immer weglief. Und sie würde ihn finden, weil er immer da war und wartete.

Wieder und wieder.

Ihr Kopf drehte sich in Richtung Tür, weil es unvermeidlich schien, dass sein großer Körper den Eingang ausfüllen würde, dass sie die gleiche abgenutzte Rüstung sehen würde, die gleichen Da'rin-Symbole, die sich um seinen Hals schlängelten … diese Augen.

Die Intensität, mit der Shepherd sie anstarrte, wirkte unnatürlich.

Was auch immer er in ihrem Gesichtsausdruck sah, veranlasste den Riesen dazu, in die Hocke zu gehen, als ob er kleiner erscheinen wollte. Der Alpha streckte eine Hand aus, langsam, um sie nicht zu erschrecken.

Er hatte sich in ihrem Traum noch nie hingehockt.

Claire schloss die Augen, war sich sicher, dass sie endgültig den Verstand verloren hatte, und dann ertönte dieses Geräusch … das Schnurren, nach dem sie sich so lange gesehnt hatte, versicherte ihr laut und zuversichtlich, dass alles in Ordnung war.

„Komm zu mir, Kleine." Selbst seine raue Stimme schien perfekt zu sein, melodisch, als die Worte die vernarbten Lippen verließen. Schmeichelnd, nicht drohend, fügte er hinzu: „Du wirst nicht bestraft werden."

Der Faden pulsierte, flüsterte ihr währenddessen zu und köderte sie, damit sie einen Schritt nach vorne machte und die Hand ihres Alphas nahm. Sagte ihr, dass er nach ihr rief. Dass er sie vermisste.

Claire hatte keine Ahnung, was sie dazu brachte, die Worte zu sagen, aber sie ertönten leise, wie ein Geständnis. „Du hast mich in meinem Schlaf verfolgt. Jedes Mal, wenn ich die Augen schließe, bist du da."

„Du warst auch in meinen Träumen." Shepherds Stimme war so tief, dass sie sich einbildete, dass sie spüren konnte, wie die Schwingungen sie auf zellulärer Ebene veränderten. „Du hast für mich gesungen, Kleine."

Sie holte benommen tief Luft, roch den Duft, der sie umgeben sollte – den vertrauten Moschus dieses Alphas. „Was habe ich gesungen?"

Ein Lächeln lag in seinen Augen, die Haut in seinen Augenwinkeln knitterte. Er schnippte mit den Fingern, winkte sie zu sich, und Claire war von der Bewegung wie hypnotisiert. „Komm."

In der Ferne waren Geräusche zu hören, die beängstigenden Geräusche der Meute aus ihren Träumen. Bald würde sie weglaufen müssen … oder sie könnte beschließen, der Sache ein Ende zu bereiten.

Sie brauchte drei schwache Schritte, bis sie direkt vor ihm stand. Claire sah den Mann an, der sogar in der Hocke auf Augenhöhe mit ihr war, und nahm nicht seine Hand.

Stattdessen sank sie gegen ihn und verlangte mit erschöpfter Stimme: „Schnurre."

Er tat es und drehte sich leicht, um die desorientierte Frau zu betrachten, die ihren Kopf auf seine Schulter gelegt hatte, nahm die Schönheit ihres in die Länge gezogenen Stöhnens zur Kenntnis, das verkündete, dass es nichts auf der Welt gab, das jemals so beruhigend sein könnte wie das Geräusch, das aus seiner Brust grollte.

Massige Arme legten sich sofort um sie, als sie anfing, zu Boden zu rutschen.

Shepherd stand auf.

Claire sah den blauäugigen Soldaten nicht, der seine Position als Wache einnahm. Sie wusste nicht, dass Shepherd seinen Mantel auszog, fühlte nicht, wie ihrem Körper die Kleidung ausgezogen wurde, die nach einem anderen Mann stank.

Sie wurde auf seinen warmen Mantel gelegt, in den Duft des Alphas eingehüllt. Unkonzentriert und gleichgültig spürte sie, wie sein Körper sich zwischen ihren Schenkeln niederließ. Shepherd war im Vergleich zu dem kalten Raum ein Backofen.

„Du bist verloren, Kleine. Ich werde dich nach Hause holen."

Sie murmelte eine Antwort, ihr schwammiger Verstand war einverstanden. Warme Hände, schwielig und beruhigend, fuhren über ihren Bauch, spreizten ihre Beine weit auseinander. Bevor sie sich beschweren konnte, legten sich Lippen fest auf den Teil von ihr, den noch nie jemand auf diese Weise berührt hatte, und eine hervorschnellende Zunge bewegte sich über sie.

Shepherd kostete sie, stellte sicher, dass sie von keinem anderen verunreinigt worden war … nur ihm gehörte.

Als er feststellte, dass sie unverdorben war, knurrte der Alpha wild. Das Geräusch ließ ihren Körper sich durchbiegen und ihre Pussy reagierte mit einem Schwall Feuchtigkeit. Shepherd saugte lautstark alles in seinen Mund, schluckte und leckte sie wie verrückt.

Die Art und Weise, wie er sie gründlich reinigte, hatte nichts Sanftes an sich.

Claire schrie erstickt auf und ihre Augen öffneten sich. Alles, was sie in ihrer Benommenheit sehen konnte, war sein Gesicht, das zwischen ihren Schenkeln vergraben war. Er hatte die Augen geschlossen, als ob das Festmahl perfekt wäre. Er spürte ihre Aufmerksamkeit und sein metallischer Blick blitzte auf. Der untere Teil seines Gesichts blieb verdeckt, während Shepherd sie verschlang und knurrte: „Du bist extrem ungehorsam gewesen. Eine schwierige und trotzige Gefährtin."

Claire keuchte, schrie auf, als er über ihre Klit schnippte, und stritt sich mit der Erscheinung: „Das ist deine eigene verdammte Schuld! Du bist ein Tyrann. Du erwartest Dinge von mir, die ich nicht verstehe. Ich weiß kaum etwas über dich. Du hörst nicht zu … hältst mich unter der Erde gefangen. Wie würde es dir gefallen, in einem Gefängnis zu leben?"

Shepherd lachte leise und böse, packte ihre Hüfte, um sie davon abzuhalten, sich zu winden, und zog ihre triefende Fotze gefräßig näher zu sich heran.

Sie versuchte, ihr Keuchen und das kehlige Stöhnen zu unterdrücken, und warf ihm vor: „Du fickst mich immer nur!"

Sie fühlte, wie seine Zähne über ihre Falten streiften und seine Lippen sich zu einem Lächeln verzogen. Shepherds Antwort war auskostend, liederlich. „Ich genieße es *sehr*, dich zu ficken."

Sie wünschte, dass er verschwinden und der Traum enden würde, aber erst, nachdem sie sich mit gebrochener Stimme dazu zwang, ihm vorzuwerfen: „Du zwingst mich dazu."

Er entkräftete ihre Worte, seine Zähne bissen leicht in die kleine Knospe, die sein Daumen freilegte, was sie wild zucken ließ und seinen Standpunkt belegte. „Ich sorge immer dafür, dass du Lust empfindest, wenn wir uns paaren."

Sie atmete mit einem unglücklichen Stöhnen aus und wimmerte: „Das ist nicht wahr."

„Ich habe dich einmal bestraft, indem ich es mit dir getrieben habe, ohne dass du dabei Befriedigung gefunden hast, und festgestellt, dass es nicht die beste Methode war, um dich für schlechtes Verhalten zu disziplinieren. Seitdem habe ich es nicht mehr getan." Als die Worte gesprochen waren, attackierte er sie mit schnellen Bewegungen seiner Zunge und ein erfreutes Knurren entwich seinen lächelnden Lippen, als seine Zuwendung, der ihre festgehaltenen Hüften nicht entkommen konnten, dazu führte, dass seine Kleine anfing, förmlich zu schluchzen.

Als Claire kurz davor war, tiefer im Delirium zu versinken, leckte Shepherd sich ihren Körper hoch und vernachlässigte ihre bebende Pussy, um sie nieder zu drücken. Er fing eine Brustwarze ein und saugte fast zu hart daran, bis die Knospe länger wurde. Entfernt hörte sie das Surren eines Reißverschlusses und saugte dann den berauschenden Geruch des Moschus eines starken Alphas ein, als sein Glied freigelegt war. Die knollige Eichel stieß gegen sie und er schob sich langsam an eine Stelle, die empfindlich und eng war, weil sie so lange vernachlässigt wurde.

Als sie abgelenkt war, versuchte Shepherd, die eine Sache zu nehmen, die er ihr noch nicht hatte entlocken können. Er eroberte ihre geöffneten, stöhnenden Lippen, um sie zu einem Kuss zu verführen. Es riss sie aus dem Zauber und ihre schwarzen Wimpern flatterten auf.

Es war kein Traum.

Alles, was sie sehen konnte, waren lusterfüllte silberne Augen, die sie dazu herausforderten, mitzumachen, während Shepherd seine Zunge in ihren Mund tauchte. Er drang in sie ein – damit sie kosten konnte, wie perfekt sie schmeckte – und fing an, sie zu stoßen.

Sie versuchte, ihm ihren Mund vorzuenthalten. Um es zu verhindern, legte er ihr eine Hand an die Wange und strich so oft er wollte mit seinen Lippen über ihre. Er wusste, dass sie realisierte, was er getan hatte, dass er ihre letzte Barriere überwunden hatte, und kämpfte um den Kuss, den sie ihm weiterhin verweigerte.

Das Gefühl seines Schwanzes – es war alles so berauschend, so vereinnahmend und unendlich verstörend. Claire wurde fieberhaft, als er anfing, sie mit voller Wucht zu rammen. Shepherd fickte sie so hart, dass es an brutal grenzte, bis sie sich wand und schrie, Erlösung brauchte, Schlaf brauchte, alles brauchte, was er ihr geben konnte, und noch mehr. Er drehte ihren Kopf zur Seite und seine

Hand hielt ihre Wange fest, damit seine Lippen sich die freiliegende Seite ihres Halses hinunter saugen konnten.

Das Gefühl seines Mundes, das Gleiten seiner warmen Zunge auf kalter Haut und ihre Frustration verschmolzen mit wahnhafter Ekstase. In der Sekunde, in der ihre Pussy sich zusammenzog und ihr Verderben seinen Anfang nahm, schob er sich tief in sie und sein Knoten schwoll zu einer enormen Größe an, dehnte sie gnadenlos aus. Claires Orgasmus war so hart, dass es wehtat, und ihre Pussy melkte ihn verzweifelt, als Shepherd die Zähne fletschte und brutal in die Narbe auf ihrer Schulter biss – die Narbe, die sie zu seiner machte. Ein Knirschen ertönte, Zähne durchstachen Haut und Blut begann zu fließen.

Claires Kehle brachte nur einen stummen Schrei zustande und ihre Qualen wurden ignoriert, während er seinen Kiefer heftig anspannte. Sein riesiger Knoten hielt sie gefangen, es gab kein Entkommen, und es wurde noch schlimmer, als ihre Pussy krampfte und die Schmerzen mit Lust vermischte, mit jedem heißen Spritzer Sperma, den der Alpha in ihr vergoss.

Die Omega schluchzte, als es vorbei war, sie blutete stark und war so überwältigt, dass sie nicht mehr wusste, wo sie war.

„Sch", flüsterte er und leckte das fließende Blut auf, beschwichtigte sie sanft, während sie weinte. Er gab ihr das Schnurren, das sie gewollt hatte, streichelte und liebkoste sie, seine Lippen an ihrem Ohr. „Jetzt kannst du schlafen, Kleine."

Alles war zu viel gewesen. Zu viel Angst, zu viel Kummer, zu viel Wut, zu viel Verlangen. Überwältigt schloss Claire die Augen und überließ sich der Sache, die ihr Körper am meisten brauchte. Shepherd schob ihre schlaffen Arme in die Ärmel seines Mantels. Er hob sie auf seine Hüfte, sie waren immer noch durch seinen Knoten verbunden, und ging aus der Tür, ihr nackter Körper und ihre Verbindung von einem Vorhang aus abgenutztem Leder verdeckt.

Vor der Müllhalde wurden die Omegas auf ein Transportgefährt getrieben, das sie in den Undercroft bringen würde. Ein paar von ihnen knurrten, andere schrien, aber die Mehrheit schlang einfach die Nahrungsergänzungsriegel hinunter, die seine Anhänger verteilten.

Claire bekam in ihrem tiefen Schlaf nichts davon mit.

Kapitel 7

Claire verspürte keine warme Benommenheit, kein erfüllendes Gefühl der Zufriedenheit, als sie aufwachte. Stattdessen runzelte ein tiefsitzender Schmerz ihre Stirn, der nur noch schlimmer wurde, als sie sich bewegte. Jemand hatte sie mit einem Transportwagen überfahren, sie ausgewrungen ... sie weggeworfen. Verwirrt flatterten ihre Wimpern auf und Claire sah nichts als unterirdische Finsternis und Betonwände.

Es war der Geruch, der das Puzzle löste, das Nest aus vertrauten, weichen Decken, die von dem Duft ihres Gefährten durchtränkt waren.

Nicht Gefährte ... Claire durfte es nicht vergessen. *Shepherd.*

Sie hasste es, dass sein Gestank ihr Unbehagen linderte, dass die Schnur erfreut summte und ihr sagte, dass es okay war, sich schwach zu fühlen, solange er in der Nähe war, um über sie zu wachen ... Dass alles wieder so war, wie es sein sollte. Der Wurm pulsierte in ihrer Brust und wurde warm. Es war diese manipulative Paarbindung, die sie überhaupt erst verformt hatte – Shepherds Einfluss, der sie Tag für Tag in ihre Einzelteile zerlegt hatte, als sie die

Forderung ihres Gefährten, zu ihm zurückzukehren, ignoriert hatte – und die zu Erschöpfung und Halluzinationen führte. Jetzt räkelte es sich voller Zufriedenheit und wob ein Netz aus der verführerischen Lüge von Schutz und Sicherheit.

Sie schien erstarkt zu sein – die Schnur, die zwischen ihnen summte, fühlte sich fester in ihrer Brust verankert an. Lag es daran, dass er sie ein für allemal bezwungen hatte? Oder vielleicht daran, dass sie in ihrem Bedürfnis nach Schlaf direkt auf ihn zu gestolpert war? Claire wusste es nicht. Sie wusste nur, dass ihre Anstrengungen und ihre Sturheit umsonst gewesen waren.

Sie waren miteinander verbunden. Selbst als sie sich versteckt hatte, hatte er die Kontrolle gehabt.

Dieser Raum mit den grauen Wänden war kein Zufluchtsort. Er war ihr Gefängnis. Shepherd hatte sie in seinem Käfig, sie war wieder unter seiner Fuchtel … und sie würde diesen Raum wahrscheinlich nie wieder verlassen.

Claire schluckte ihren Kummer herunter und realisierte, dass sein schweres Gewicht die Matratze an ihrer Seite einsinken ließ. Ihr Oberschenkel war an seinen Rücken gedrückt, als ob sie sich im Schlaf dicht an ihn gepresst hatte. Shepherd saß der Wand zugewandt, die Ellbogen auf den Knien, und starrte in Gedanken versunken geradeaus.

Claire leckte sich ihre trockenen Lippen und wollte von ihm wegrutschen, nur um fluchend wieder in die Kissen zu fallen. Die Schmerzen waren überwältigend und schossen so scharf durch ihre Schulter, dass sie kaum noch atmen konnte.

Die Muskeln auf der breiten Fläche seines nackten Rückens spielten unter seiner Haut und Shepherd drehte den Kopf, um die wieder eingefangene Frau anzusehen. Seine silbernen Augen waren ausdruckslos, die Miene des Alphas versprach weder eine bevorstehende Bestrafung noch bot sie Trost. Er wirkte statisch, aber seine quecksilbernen Augen beobachteten sie, als wäre sie lästig und leicht zu zerquetschen.

Sein Gesichtsausdruck versetzte sie in Verlegenheit und Claire wandte den Blick ab, richtete ihre Aufmerksamkeit auf den blutgetränkten Verbandsmull an ihrer Schulter. Nicht sicher, warum sie sich unter seinem prüfenden Blick schuldig fühlte, warum sie versucht war, sich zu entschuldigen, konzentrierte sie sich darauf, unter den Verband zu schauen. Was sie vorfand, ließ sie fast würgen. Die Wunde war irgendwann gereinigt und verbunden worden, während sie geschlafen hatte, aber sie war ein nässendes, träge blutendes Wrack, geschwollen und gequetscht und einfach widerlich.

Kein Wunder, dass es so sehr wehtat. Shepherd hatte sie verstümmelt.

Er streckte eine Hand aus und zog den Verband zurück, um sich die Bisswunde anzusehen. Er wirkte zufrieden. „Das wird eine schöne Narbe hinterlassen."

Es würde eine schreckliche Narbe hinterlassen … zwanzigmal schlimmer als die letzte Wunde, die er ihr verpasst hatte.

Unerbittliche silberne Augen durchbohrten die Frau und sahen dabei zu, wie sie den Verband wieder festdrückte und versuchte, ihre Atmung zu beruhigen. „Vielleicht wirst du jetzt nicht mehr vergessen, dass du einen Gefährten hast", sagte er.

Sie hatte die Einschüchterungen und die Angst und das Schweigen satt und zwang ihren Körper dazu, sich aufzusetzen. Sie ignorierte die Qualen in ihrem nicht reagierenden Arm und ihre grünen Augen blitzten auf, während ihre kleine Hand sich auf den Verband legte, als ob sie ihn vor ihm schützen wollte. Entsetzt knurrte sie: *„Du wirst nicht bestraft werden?* Was soll das dann sein? Wie würde es dir gefallen, wenn ich ein Stück aus dir herausreiße?"

Shepherd zog eine Braue hoch und forderte sie heraus: „Ich bin dein Gefährte. Du kannst mich markieren, wenn du möchtest."

Etwas an seinen Worten löste ein plötzliches und so starkes Verlangen danach aus, zuzubeißen, dass sie die Zähne fletschte. Mit einer schnellen Bewegung rollte Claire unter den Decken hervor und ihre Nägel gruben bereits kleine rote Halbmonde in Shepherds Bizeps, als sie sich hektisch positionierte, um ihre Zähne in die Stelle zwischen Schulter und Hals vergraben zu können.

Irgendwie realisierte sie während der verschwommenen Aktion, dass die Bestie stillhielt, dass kein großer Arm hervorschoss, um sie in Erwiderung auf ihre Aggression durch die Luft fliegen zu lassen. Ihre instinktive Reaktion war so schnell, so blindwütig gewesen, dass sie sich nur eine Sekunde, bevor sie ihr Mal in den richtigen Fleck Haut biss, davon abhielt.

Ein unerwarteter Schwindelanfall ließ ihr Blickfeld verschwimmen und überwältigende Übelkeit riss sie aus ihrem Wahnsinn.

Nach einem zittrigen Atemzug kehrte die Vernunft zurück.

Claire war verwirrt davon, wie sehr sie ihn immer noch beißen wollte, wie alles in ihr ihr sagte, dass es ihr Recht war – dass sie es *brauchte* – und sackte erschöpft zusammen. Shepherds Hände waren bereits an ihrer Taille und hielten sie fest, als sie ihre Stirn auf seine Schulter fallen ließ.

Sie waren Haut an Haut und er roch, als gehörte er ihr. Die Schnur war über seine Nähe hocherfreut.

Warum musste es sich so gut anfühlen, als er sie näher zog und sie festhielt, damit sie wieder zu Kräften kommen konnte?

Nach einer Minute löste sie unbeholfen ihre Krallen von seinem Arm, hatte wieder die Kontrolle über ihre Triebe, war störrisch und entschlossen, sich zu widersetzen. Aber ihr drehte sich immer noch der Kopf, als sie aufblickte. Flüssiges Quecksilber beobachtete sie, so wie er sie immer beobachtete, wie ein Wolf, der sich die Lefzen leckt. Sie machte Anstalten, von seinem Schoß zu klettern und zur Wärme des Bettes zurückzukehren, aber seine Arme hielten sie fest, positionierten ihren Körper so, dass sie rittlings auf seinen Oberschenkeln saß.

Ein Finger fuhr ihre Wirbelsäule hinunter, eine Erinnerung daran, dass sie nackt war … ein Zustand, in dem er sie schon so häufig gesehen hatte, dass ihm wenig Scham anhaftete.

„Es gibt Themen, über die wir reden müssen." Er sagte es beiläufig, aber sein Gesichtsausdruck ließ sie wissen, dass sie es ja nicht wagen sollte, einen Streit anzufangen. „Zuerst wirst du mir sagen, wo du die letzten acht Tage warst."

Ihre Stimme schien zu stocken, verschlissen davon, ihre Omega-Schwestern anzuschreien, um genau dieses Szenario zu verhindern. „Man hat mir Zuflucht geboten, nachdem ich auf der Straße zusammenbrach. Es war ein Mann, der nett zu mir war, der mir zugehört hat und der versucht hat, zu helfen."

Die Hitze seiner massigen Handflächen sank tief in ihre Lendenwirbelsäule, drückte sie enger an ihn heran. „Wer war dieser Mann?"

Claire schüttelte den Kopf, runzelte die Stirn und machte sich bereit, für die Worte, die sie gleich aussprechen würde, bestraft zu werden. „Ich werde nicht zulassen, dass du ihn tötest, nur weil er nobel war."

Er verengte über einem warnenden Grinsen kaum merklich die Augen. Shepherds Stimme war säuselnd, seltsam wohlgefällig und eine totale Lüge. „Vielleicht möchte ich den Beta belohnen, dessen Gestank deine Kleidung durchtränkt hat. Schließlich hat er sich um meine entlaufene, törichte Gefährtin gekümmert."

„Nein. Du willst wissen, wie du an Senator Kantor herankommst, damit du ihn an der Zitadelle aufknüpfen kannst." Claire wusste, dass die Omegas, die er gefangen genommen hatte, in ihrer Angst jedes Wort verraten würden, das sie ihnen erzählt hatte. Sie hatten sich vielleicht in Verzweiflung und Hunger verloren, aber

Claire war stärker geworden, während sie als Shepherds Schoßhund mit Essen versorgt worden war, und sie würde dem Alpha keine Informationen geben, um ihm zu helfen, jemanden zu jagen, der sich möglicherweise seiner Besatzung widersetzte.

Shepherd fädelte seine großen Finger durch ihre Haare und fing an, die Knoten herauszukämmen. „Weißt du, wo er ist?"

„Das weiß ich nicht. Er kam zu mir. Aber selbst wenn ich seinen Aufenthaltsort erfahren hätte, würde ich ihn dir nicht verraten."

„Glaubst du, dass deine Loyalität zu diesen Männern sie retten wird?"

Sie richtete sich gerader auf und bemühte sich, nicht zuzulassen, dass Traurigkeit ihre Stimme schwächte. „Sie waren die Einzigen, die tatsächlich bereit waren, mir zu helfen, die im Gegenzug nichts haben wollten, die mich als Person respektiert haben – nicht als Objekt … Ich werde kein Wort sagen, das dir helfen könnte, ihnen zu schaden." Sie schniefte und reckte ihr Kinn in die Luft, voller Trotz und überheblicher Entschlossenheit. „Du magst die Omegas unter deiner Kontrolle haben, du magst mich wieder in diesem Raum haben, aber du wirst nie meine Integrität oder Ehre haben."

Ein Finger fuhr die Kante ihres Kiefers nach und seine silbernen Augen waren fast weich, als er ihr Gesicht forschend betrachtete. „Du bist immer noch so trotzig."

„Ich bin immer noch Claire."

Das Schnurren grummelte unerwartet los, sickerte in sie hinein und besänftigte ihre gereizte Streitlust. Als Shepherd sprach, waren seine Worte milde. „Du bist … eigensinnig und auf törichte Weise nobel … Ich stelle fest, dass ich es nicht enttäuschend finde."

Warum sah er sie so sanft an? Warum sagte er nette Dinge? Claire verengte die Augen, war misstrauisch, auch wenn das Schnurren alles besser machte, und spannte sich an.

Shepherds Daumen strich über ihre Lippen. „Hast du mich vermisst, Kleine?"

Der dunkle Fächer ihrer Wimpern senkte sich und Claire war nicht bereit, zu antworten. Sie hatte ihn vermisst. Hatte seinen Geruch und sein Schnurren vermisst, die Ruhe, die er mit Präzision pflegte. Aber ihr Wunsch nach diesen Dingen war nur das Ergebnis der Verbindung. Sie hatte nicht das ständige Gefühl vermisst, gefangen zu sein – Tag für Tag zu sehen, wie immer mehr Stücke ihrer selbst weggeschält wurden.

„Antworte mir, Kleine." Er benutzte die Macht, die er hatte, und ließ die Schnur in ihrer Brust scheppern.

Sie sah verloren aus, als ihre smaragdgrünen Augen in seine schauten. „Du bist in meine Gedanken eingedrungen."

„Und in deinen Körper", fügte er hinzu und hielt sie ein wenig fester.

„Und in meinen Körper", stimmte Claire zu, ihr Gesichtsausdruck gebrochen und resigniert. „Ist es das, was du hören wolltest?"

Er hielt ihr Kinn zwischen Daumen und Zeigefinger fest, damit sie nicht wegschauen konnte, und warnte: „Du wirst nicht wieder weglaufen."

Die Paarbindung war so überwältigend geworden, dass sie keine Chance auf wahre Freiheit hatte, selbst wenn sie es tun würde. Die Träume, die Halluzinationen im wachen Zustand – Shepherd würde bei ihr sein, egal wo sie sich zu verstecken versuchte. Aber es zu wissen und es zu akzeptieren, war nicht dasselbe. Claire wollte frei sein, sie wollte entscheiden können.

"Shepherd." Sie sagte seinen Namen, etwas, das selten war, es sei denn, sie war im Rausch der Leidenschaft. „Ich musste frische Luft atmen. Ich musste den Himmel sehen."

Sein Schnurren hörte auf.

„Den Himmel." Shepherd spuckte das Wort aus, als ob das Konzept überbewertet wäre. Ein tiefer Atemzug rasselte in seiner Brust. „Du denkst, du weißt, was ein

Gefängnis ist, Kleine. Das tust du nicht. Im Gefängnis ist man von der schlimmsten Art von Männern umgeben. Wenn ich Essen oder Wasser wollte, musste ich dafür töten. Schutz, Vorräte … alles war hart verdient. Was du Vergewaltigung nennst, ist nichts im Vergleich dazu, worin der Abschaum schwelgt. Dein Leben ist sicher und bequem. Ich sorge für dich und besänftige dich – kümmere mich um deine Bedürfnisse." Seine Stimme nahm einen zutiefst angewiderten Tonfall an. „Und trotzdem sehnst du dich nach deinem Himmel."

Shepherd hatte noch nie eine persönliche Meinung kundgetan. Fasziniert von der Merkwürdigkeit einer solchen Aussage, runzelte Claire die Stirn und sagte: „Ich kann nicht erkennen, welches deiner Da'rin-Male erklärt, für welches Verbrechen du im Undercroft gelandet bist."

Shepherd ignorierte ihre angedeutete Frage und grinste. „Der Begriff, den du dafür verwendest – der Undercroft – ich finde ihn amüsant. Ein poetisches Wort dafür, einen Ort der Dunkelheit zu beschreiben, der gefüllt ist vom Flehen von tausenden von Menschen, die an den Türen kratzen, um herausgelassen zu werden. Und was die Verbrechen betrifft … Verbrechen ist irrelevant. Ich wurde nie dazu verurteilt, in deinem Undercroft zu landen. Ich bin dort geboren."

Shepherd war ein Mann, der unerbittlich Leid heraufbeschwor – jemand, der die dunklen Funktionsweisen des menschlichen Verstandes so gut verstand, als wären sie ihm ins Blut übergegangen –, aber eine solch monströse Vergangenheit konnte nicht wahr sein. Claire starrte ihn an, suchte nach dem Fehler, nach der Lüge.

Angespannte Worte ließen seine Irritation erkennen. „Du hast behauptet, nichts von mir zu wissen. Jetzt habe ich dir etwas erzählt, und du bist stumm."

Sie schob ihr Gesicht etwas näher an ihn heran, eine Falte bildete sich zwischen ihren Augenbrauen. „Frauen werden nicht dazu verurteilt, im Undercroft zu landen. Sie arbeiten auf den Farmebenen, getrennt von den Männern, bis sie rehabilitiert sind. Was du behauptest, kann nicht wahr sein. So etwas verstößt gegen unsere Gesetze."

Shepherd lachte trocken. „Eure Gesetze? Was weißt du über den Käfig, in dem du lebst, und über die falschen Geschichten, die du auswendig lernen musstest?"

Sein Hohn ließ ihre Wangen aufflammen und Claire zuckte zurück. „Indem du mich also von der Welt isolierst, willst du mich genauso geistesgestört machen wie dich?"

Die Frage schien ihn vorübergehend zu verwirren. Nach einer kurzen Pause antwortete er: „Ich will, dass du fügsamer wirst, dass du aufhörst, dich zu widersetzen, und

184

die Dinge objektiv siehst, anstatt mit verletzten Gefühlen, die dir nie nützen werden."

„Und ich soll einfach vergessen, was du getan hast?" Schmerz lag in ihren Augen, als Claire seine Sünden aufzählte. „Du hast mich gegen meinen Willen genommen, hast nicht angeboten, mir bei meinem Anliegen zu helfen … hast nur alles an dich gerissen. Du hast die Omegas gefangen genommen und hältst sie auch jetzt noch gefangen, um sie an Fremde verschenken zu können. *Du* siehst uns als Objekte. Wie kannst du nicht verstehen, warum ich mich so widersetze, warum ich Angst habe?"

Er schnurrte fast unhörbar, als sie behauptete, Angst zu haben. Er war komplett auf ihren Gesichtsausdruck fixiert, seine Aufmerksamkeit voller Konzentration, und legte ihr eine Hand an die Wange. Ein großer Daumen strich über ihre weiche Haut und er erklärte: „Deine eigenen Leute haben dich verraten. Verschwende deine Gedanken nicht an die, die unwürdig sind."

Sie konnte spüren, wie ihr Tränen in die Augen stiegen, wusste, dass er sie nicht den Blick abwenden lassen würde, und zwang sich zu fragen: „Wurde eine von ihnen verletzt?"

„Keine bedeutsamen Wunden. Drei werden gehängt werden."

Claire flüsterte entsetzt: „Aus welchem Grund?"

Shepherds Gesichtsausdruck wurde hart und der Arm, der sie auf seinem Schoß festhielt, spannte sich an. „Sie haben meine Gefährtin attackiert und versucht, dich an mich zu verkaufen … wollten Tauschhandel mit einem Leben treiben, das mir bereits gehört, um ihren Komfort zu garantieren. Denk nicht, dass sie auch nur einen Gedanken an die anderen verschwendet haben. Diese Frauen hatten nicht die Absicht, wieder zurückzukehren, um ihre Beute zu teilen."

Claire umklammerte die Hand, die er an ihr Gesicht gelegt hatte, und flehte ihn an. „Bitte töte sie nicht. Lilian und die anderen waren hungrig, verängstigt und verzweifelt."

„Das warst du auch." Seine verengten Augen flackerten. „Du hattest noch mehr Angst als sie. Und du hast versucht, und versuchst immer noch, dich für sie einzusetzen."

Claire senkte voller Traurigkeit den Blick und murmelte: „Und ich habe nichts für sie erreicht."

„Du hast dich in Anbetracht deiner Chancen ziemlich gut geschlagen", räumte er leise ein. „Dein Fehler war, davon auszugehen, dass es Gutes in Thólos gibt, aber das tut es nicht. Deshalb hast du verloren."

„Ich weiß, dass du dich irrst. Einige dieser Frauen sind meine Freundinnen. Sie *sind* gute Menschen. Die, die mich angegriffen haben … Ich kenne sie nicht gut, aber ich würde ihnen gegenüber lieber Gnade walten lassen, als verzweifelte, hungernde Frauen zu verurteilen, die von der Lüge von Essen in Versuchung geführt wurden, die du mit deinem Flugblatt verbreitet hast."

„Und deshalb bist du schwach", es schien fast ein Kompliment zu sein, „und ich stark."

„Du bist stärker als ich", bestätigte Claire und betrachtete die Da'rin-Symbole auf Shepherds Schulter, unsicher, wie viele Tote auf diesem Fleck Haut abgebildet waren. „Du bist schneller und du hast Macht, aber dir fehlt etwas Wichtiges. Und du wirst es in dem Leben, das du führst, nie finden."

„Tut es das?" Es war, als wüsste er, was sie sagen würde, als fände er ihre Meinung kindisch und niedlich. „Sprichst du von Liebe?"

Sie schüttelte den Kopf, schwarze, verknotete Haare schwangen um ihre Schultern herum. „Nicht Liebe. Jeder kann lieben."

„Was dann, kleine Weise?"

„Menschlichkeit … die Quelle der Freude. Du hattest sie vielleicht einmal, aber was auch immer für ein Leben du geführt hast, hat sie aufgefressen."

Er summte sie an, ihr Urteil war ihm gleichgültig. „Ich verstehe Menschlichkeit in ihrer niederträchtigsten Form und habe viel mehr Erfahrung in der Welt als du, Kleine. Die Art und Weise, wie die Bürger sich verhalten – wie diese Frauen, die ich hängen werde, egal wie sehr du flehst oder weinst –, beweist, dass sie nie gut waren, auch nicht zu einer Zeit, als sie nicht am Verhungern waren. Leiden bringt lediglich das wahre Gesicht all der Lebewesen zum Vorschein, die unter der Kuppel verwesen."

„So wie du sprichst, klingst du so, als ob du glaubst, dass du Erleuchtung bietest, indem du wissentlich Elend inszenierst", spottete Claire und schüttelte den Kopf, überrascht davon, dass er noch nicht angefangen hatte, sie einfach zu ficken, um sie zum Schweigen zu bringen.

Es war die gleiche stürmische Wut, die sich in seinen Augen ausbreitete, wenn ihre Worte ihn verärgerten. Claire hatte immer noch Angst – Angst vor dem Monster, das sie so leicht zerquetschen konnte, Angst vor der Wirkung der Bindung – aber Shepherd wirkte ruhig und fast bereit, sie sprechen zu lassen.

„Die Bücher, die du hast", hauchte sie leise und blickte zu den Regalen auf der anderen Seite des Raums. „Du hast so eine seltsame Sammlung … ein regelrechtes Lehrbuch darüber, wie man ein Diktator wird. Aber es gibt auch zarte Dinge: Gedichte, Schriften großer spiritueller Führer und tugendhafter Menschen. Liest du sie in dem Versuch, das zu finden, was dir fehlt?"

188

Er sagte voller Stolz: „Ich bin Shepherd, *der Hirte*. Ich führe die Herde an."

Sie flüsterte die Worte, fasziniert von ihrem Austausch: „Durch Terrorismus?"

„Deine Naivität gleicht der eines Kindes. Unter diesem Dome grassiert die Ungerechtigkeit. Thólos ist ein Sumpf, der mit Korruption, Gier, Apathie und Lastern gefüllt ist – ein Nährboden für Lügen. Schwäche muss beseitigt, Täuschungen aufgedeckt und Strafen verbüßt werden."

Ihre von dichten Wimpern umrandeten grünen Augen weiteten sich. „Ist dies eine Art Gerichtsprozess?"

„Du bist weiser geworden, Miss O'Donnell."

Die Tatsache, dass er ihren Nachnamen benutzt hatte, war ernüchternd. Das Ende der Schnur begann verstimmt zu summen, die Verbindung zu einer solchen Kreatur unerwünscht und abscheulich. „Du willst überhaupt keine Macht ... du willst, dass die Stadt in dem versinkt, was dein Ausbruch befeuert hat. Du willst uns leiden sehen."

Ein selbstgefälliges Grinsen, etwas Böses, verzerrte seine vernarbten Lippen. „Rede weiter, Kleine."

Sie begann langsam, den Mann und sein Denken zu verstehen. „Du denkst, du bist eine Art Held ... wie Premier Callas oder—"

Shepherd unterbrach sie und schnauzte wütend: „Deinen geschätzten Premier gibt es nicht mehr. Ich habe ihn mit bloßen Händen zerrissen und ich warne dich davor, seinen Namen in meiner Gegenwart auszusprechen."

Premier zu sein bedeutete, der ultimative Diener von Thólos zu sein: Eine erbliche Position, die die Familie innehatte, die den Dome errichtet hatte, und die man bis zu seinem Tod ausübte. Sie waren makellos, lebten klug und gingen mit gutem Beispiel voran. Aber Shepherds Hass war persönlich … unerklärlich. Claire musste es wissen. Ihr Herz raste, als sie das Schicksal herausforderte und flüsterte: „Warum?"

„Eure Enforcer sind tot, die Überreste eures Premiers verwesen und bald wird jeder Senator vor der Zitadelle hängen, damit gesamt Thólos den wahren Gestank ihrer Korruption einatmen kann." Shepherd legte seine Lippen an ihren Hals und sog ihren Duft ein, bewegte seine Hüfte, um seine größer werdende Erektion zwischen die weichen Beine zu drücken, die um ihn geschlungen waren. „Du siehst also, dass es niemanden gibt, der dich retten wird. Du hast nur mich."

Die Worte ließen Panik in ihr aufsteigen und ihre Gedanken rasten über den Punkt der Furcht hinaus. Wenn Shepherd nicht in diesem Moment begonnen hätte zu schnurren, hätte sie vielleicht angefangen zu schreien.

Große Hände wanderten zu seinem Gürtel. Er spürte, wie sie zitterte und Widerstand leistete, als er sein Glied herauszog, und hielt seine geschwächte Gefährtin mit Leichtigkeit auf seinem Schoß fest. Er betastete die weiblichen Kurven, die von dem Essen, mit dem er sie versorgt hatte, genährt worden waren, und stieß ein hungriges Knurren aus. Sobald sie gerade eben feucht genug war, ließ er sie auf seine stramme Erektion sinken.

Das Tempo war nahezu träge. Ihr Kopf war an seiner Schulter vergraben, während er sie hob und senkte, und Claires Panik löste sich in der verwirrenden Verkommenheit auf.

Es gab kein Entrinnen, all ihr Kämpfen war umsonst gewesen – diese Dinge flüsterte er ihr ins Ohr.

Sie zeigte ihm nicht ihr Gesicht oder ihre leisen Tränen – sie sah nur, wie sein dicker Schwanz, auf dem ihre Feuchtigkeit glänzte, in ihren Körper eindrang, während seine höhnischen Bemerkungen ihre Gedanken infiltrierten.

Shepherd strich mit einer Hand nach oben, um sie ihr um den Nacken zu legen, und zog sie näher heran, bis ihre Brüste an seine Brust gepresst waren und der Ort ihrer Verbindung sich berührte. Er hielt sie so, dass ihre feuchten, grünen Augen gezwungen waren, in seine zu schauen. „Küss mich."

Claire spürte, wie alles wieder von vorne begann. „Nein."

Es war seine Show. Es war *immer* seine Show. Ihr Leben gehörte ihm, ihr Körper auch. Aber ihre Lippen gehörten ihr.

Ihr Widerstand erregte Shepherd nur noch mehr. Mit einem tiefen, animalischen Knurren wurde das, was ohne Eile geschehen war, zu einer sinnlichen Großoffensive. Er drehte sie und ließ sie auf die Matratze fallen, um in das duftende, hübsche Loch zu hämmern, das ihn so perfekt umhüllte. Sie schrie, die Luft war erfüllt von seinem geschluchzten und gestöhnten Namen. Shepherd hielt sie am Nacken fest, spürte die Wucht ihres Höhepunktes auf seinem Schwanz, als er anschwoll und sich mit ihr verband. Und obwohl seine Hüften durch den Knoten bewegungslos gehalten wurden, hielt es ihn nicht davon ab, mit seinem Daumen über Claires geschwollene Klit zu reiben.

Er war gnadenlos und katapultierte sie an der Wollust vorbei, bis die Empfindungen sie überforderten.

Sie versuchte, sich windend seinem Finger zu entziehen, die Reibung war zu heftig, konnte aber nichts tun, weil sie feststeckte. Claire flehte, keuchte in atemlosen, abgehackten Lauten: „Shepherd, hör bitte auf."

Er beobachtete, wie ihre Lippen die Worte formten, sezierte das gequälte Verlangen und die unkontrollierte Lust, und rieb noch schneller. Er knurrte wie ein Tier, flutete ihre Gebärmutter immer noch mit Spritzern seiner Sahne und fragte: „Wem gehörst du?"

Tränen quollen aus Augen, die fest geschlossen waren, während seine Malträtierung ihrer Klit und der krampfartige Orgasmus, der viel zu lange andauerte, sie zucken ließen. „Biiiitte, bitte, hör auf … Ich kann nicht …"

„WEM GEHÖRST DU?"

Sie würde sterben; es war zu viel, die Empfindungen so stark, dass sie qualvoll waren. Alles wurde weiß, als wäre die Welt aus nichts anderem als blendendem, schrecklichem Licht gemacht, das sie entblößte. Sie drückte den Rücken durch, schnappte nach Luft, wie der erste keuchende Atemzug eines Neugeborenen, und spürte eine weitere Welle verheerender Zuckungen in ihrer Körpermitte. Mit einem von schmerzhafter Lust erfüllten Gesicht keuchte Claire: „Ich gehöre dir!"

„Ganz genau, Kleine", ertönte eine Stimme wie aus meilenweiter Entfernung. Der Druck auf ihre Nerven ließ nach und sie schluchzte, als der übermächtige, in die Länge gezogene Höhepunkt abzuklingen begann. Weitere Spritzer von heißem Sperma brandmarkten sie von innen, als Shepherd schnurrte: „Du gehörst nur mir."

Die Bestrafung war brutal gewesen und er brauchte fast eine Stunde, um ihre zitternden Muskeln und ihren abgehackten Atem zu beruhigen. Mit fest verschlossenen Augen schmiegte Claire sich an ihn, drückte sich fest an seinen Körper, weil sie Angst hatte, dass sie aufhören könnte zu existieren, falls der Kontakt abbrach.

Das Monster strich mit seiner Hand bis zu ihrer Hüfte und dann wieder nach oben und erklärte mit einem tiefen, leisen Knurren. „Wenn ich jemals wieder den Duft eines anderen Mannes an dir rieche, werde ich ihn jagen und ihm die Gliedmaßen ausreißen, während du zusiehst … dann werde ich dich in der Lache seines Blutes ficken."

Ihre Finger wurden zu Krallen, wo sie sich an ihm festhielt, gruben sich tiefer ein. „Wenn du so sprichst, macht mir das Angst."

Seltsamerweise beschwichtigte er sie, als würde er ein Kind trösten, und schloss sie fester in seine Arme.

Kapitel 8

Er konnte es einfach nicht glauben. Corday schüttelte den Kopf, litt mit ihr und kämpfte gegen seine siedende Wut an. Gerüchte hatten sich wie ein Lauffeuer verbreitet, unterschiedliche Geschichten davon, wie eine Enklave von Omegas gerettet worden war.

Das war der Begriff, mit dem der Dome Broadcast es beschrieb. *Gerettet*.

Und Claire war verschwunden. Tief in seinem Inneren fühlte Corday sich verantwortlich – er hätte wissen müssen, dass die Omega das tun würde, was sie für das Beste hielt – und hasste sich selbst dafür, dass er die Anzeichen nicht erkannt hatte.

Als er mit einem steifen Hals von dem seltsamen Winkel auf der schäbigen Couch aufgewacht war, hatte er sofort realisiert, was sie getan hatte. Corday war auf die Füße gesprungen und hatte vor sich hin geflucht, während er aus der Tür gerannt war.

Er hätte nicht suchen müssen, die Stunden, die er durch die Stadt gerast war, waren umsonst. Wenn er einfach seinen COMscreen eingeschaltet hätte, hätte er eine verzerrte Version der Geschichte – einschließlich der

195

Aufnahmen von abgemagerten Frauen, die Essen entgegennahmen – gesehen, die immer wieder abgespielt wurde. Es hatte keine Aufnahme von Claire gegeben, und auch nicht von Shepherd. Aber ein kleiner Beta, der als Shepherds Stellvertreter bekannt war, bot den Omegas Decken an und wies Anhänger an, sie in Sicherheit zu bringen.

Eine Lüge.

Corday wusste nicht, wie Shepherd sie gefunden hatte, aber nachdem er das Flugblatt und das unverschämt hohe Kopfgeld gesehen hatte, vermutete er, dass eine von Claires Freundinnen sie verraten hatte.

Die Vorstellung brach ihm das Herz.

Der Enforcer kannte Thólos, wusste, womit sie es zu tun hatte. Die unschuldige Claire war zu idealistisch, zu süß, und egal wie eigensinnig sie war, sie war immer noch eine Omega. Sie sah die Welt durch die Augen einer fürsorglichen, nährenden Person – nicht durch die einer Kriegerin.

Wenn man nach dem frostigen Boden ging, der während der Gefangennahme zu sehen war, und dem Dampf, den die hungernden Frauen ausatmeten, waren es die Lower Reaches, wo Claires Gruppe Zuflucht gefunden hatte – ein gefährlicher Ort, an dem mehr als nur das eiskalte Wetter einen umbringen konnte.

Corday hatte sich in den Nebel gewagt, um sich selbst umzusehen, getarnt als Plünderer, der den Bau durchsuchte, und mischte sich unter den Rest der Geier, die sich bereits über die spärlichen Habseligkeiten hermachten, die zurückgelassen worden waren.

Claires Geruch hing noch in der Luft, voller Angst, kräftig, weil sie ins Schwitzen gekommen sein musste, als sie zu ihren Freundinnen gerannt war. Corday folgte dem Duft, ignorierte die verwaisten persönlichen Gegenstände, die in den Räumen verstreut waren, den Müll. Die Spur endete in einem Schrank, in dem er – nachdem er die Tür geöffnet hatte – eingeschlossene Luft fand, die nach Sex stank. Shepherd hatte sie gefickt, sobald er sie gefunden hatte. Das war nicht nur an dem Geruch erkennbar, sondern auch an dem Anblick des weggeworfenen Pullovers und der Hose, die Claire getragen hatte. Seine Klamotten – die Corday an dem Tag speziell für sie vorbereitet hatte.

Er ging in die Hocke, nahm den Stoff und hob ihn an seine Nase, saugte einen Atemzug der Omega ein, ließ den Kopf sinken und fühlte sich wie ein Versager.

Es konnte nicht auf diese Weise enden.

Er war seiner Pflicht Claire gegenüber vielleicht nicht nachgekommen, aber ihre Informationen über die Pillen hatten ans Licht gebracht, dass es andere hilfsbedürftige

Omegas gab, und die Enforcer – angeführt von Brigadier Dane – bereiteten sich schon darauf vor, zuzuschlagen. Corday würde ihnen helfen, wie er es versprochen hatte. Denn was war der Sinn eines Widerstandes, wenn man sich nicht tatsächlich wehrte?

***

Corday fiel es schwer, Respekt vor einer Frau wie Brigadier Dane zu haben. Danes Arroganz und ihr kurzsichtiges Bedürfnis, ihn andauernd an die Verbrechen seines Vaters und dessen anschließende Inhaftierung zu erinnern, hatte sie vom ersten Moment an, als er seine befehlshabende Offizierin getroffen hatte, in Konflikt gebracht. Aber in den Monaten, seit die Stadt gefallen war, hatte sich etwas in Dane verändert. Es war offensichtlich, dass das Alpha-Weibchen unter der großen Bürde des Überlebensschuld-Syndroms litt. Dane gab sich weitaus mehr Mühe, redete viel weniger und schien ebenso grimmig entschlossen zu sein wie Corday, mindestens ein Unrecht zu berichtigen, wenn sie es konnte.

Das Wetter war miserabel. Selbst am Mittag war es fast dunkel, der zugezogene Himmel über der Kuppel genauso abweisend wie die Wachen vor dem Versteck des Chem-Dealers. Als Corday eintraf, um sich Danes taktischem

198

Angriff anzuschließen, konnte er riechen, wie Drogen gekocht wurden, der bittere, chemische Hauch verpestete die Luft. Und er konnte die zugedröhnten, notleidenden Rufe der Frauen hören, die flehten, von dort befreit zu werden, wo auch immer der Dealer mit dem schlaffen Gesicht sie eingesperrt hatte.

Etwa zwölf Männer befanden sich auf dem Gelände. Die Hälfte waren mit Artillerie der Enforcer bewaffnet, zu der sie keinen Zugang hätten haben sollen. Über ihren Schultern hingen Waffen, ihre Gesichter waren emotionslos – die Schläger waren an die Abscheulichkeit gewöhnt, von der sie umgeben waren. Dank Danes Informationen wussten die Enforcer mittlerweile, wer hier das Sagen hatte: Ein älterer, stämmiger Alpha namens Otto. Dane hatte befohlen, ihn am Leben zu lassen, damit er befragt werden konnte.

Sie mussten wissen, wer diese Männer mit diesen Waffen versorgt hatte. Waren sie ein Bündnis mit den Anhängern von Shepherd eingegangen? Gab es noch andere Kartelle mit Artillerie, die beschlagnahmt werden konnte?

Kunden schlurften bereits mit Waren heran, die sie eintauschen wollten, zuckten vor Verlangen danach, eine brunftige Omega mit ihrem Knoten zu füllen. Es hatte den Anschein, dass so etwas Simples wie ein frisches Stück

Obst oder ein Sack Reis ausreichte, damit ein Alpha oder Beta Sex haben konnte. Es gab einen großen Vorrat an Lebensmitteln, Kisten, die in einer bewachten Ecke gestapelt waren und die nach der Beschlagnahmung einen besseren Einsatzzweck finden würden.

Diese Männer hochzunehmen, könnte möglicherweise den Anfang einer echten Rebellion finanzieren.

Angeführt von Brigadier Dane, Corday direkt hinter ihr, schlug das Team aus zwölf gepanzerten Enforcern in taktischer Formation eine Bresche in das Betonlager. Alle Zielpersonen wurden ohne Zögern eliminiert, die Infiltration so präzise choreographiert, dass selbst Shepherd voll Bewunderung gewesen wäre.

Während Dane die Männer niedermähte, die über die Tische gebeugt waren und Drogen kochten, rannte Cordays Team um eine Ecke und zur Rückseite des Gebäudes. Als sie sich dem Ort näherten, an dem die Omegas eingepfercht waren, wurden die Enforcer, so wie alle Menschen, anfällig für die lustauslösenden Pheromone, die sich unter den Gestank des menschlichen Drecks mischten. Das Tier in Corday schnüffelte, war sofort verführt, während der Mensch, der diese Triebe kontrollierte, alles, was er sah, abstoßend fand. Der Anblick war abscheulich. Sechs Frauen waren an die Wand gekettet, Halsbänder lagen um ihre Hälse, als wären sie Hunde. Zwei waren durch die nicht endende Brunft so abgemagert, dass Corday sich nicht sicher war, wie sie noch atmen konnten.

Jede Gefangene war gleich weit von den anderen entfernt – nur ein bisschen zu weit weg, um sich zu berühren. Ein paar wurden immer noch von Alphas bestiegen, die die Soldaten, die sich auf sie stürzten, nicht wahrnahmen. Es gab keine Gnade in einer Stadt, die ein Kriegsgebiet war. Ein einzelner Schuss in den Kopf und die Übeltäter starben, zu sehr durch den Knoten an Ort und Stelle gefangen, um sich lösen zu können. Am Ende wurden nur drei der Barbaren – einschließlich des erforderlichen Ottos – lebendig gefangen genommen und in der Mitte des Raums gefesselt. Die Enforcer begannen, die Omegas zu befreien, und bereiteten sich darauf vor, sie so schnell wie möglich zu transportieren, bevor bei einem der Offiziere durch die Pheromone instinktiv eine Brunft ausgelöst wurde.

Es gab Dinge, die Corday in seinen wenigen Jahren als Enforcer gesehen hatte, Verbrechen, die so vulgär waren, dass er einfach nicht glauben konnte, dass jemand fähig war, sie zu begehen. Es stellte sich heraus, dass die Gräuel des Omega-Zwingers lediglich der Anfang waren. Hinter einem mit einer Kette verschlossenen Kühlraum lagen die verbrauchten Körper zahlreicher skelettartiger Kreaturen.

Die abgemagerten Leichen von elf ermordeten Omegas, verletzt und geprügelt, starrten aus leblosen Augen auf das Nichts, zu dem sie geworden waren. Sie waren willkürlich aufeinandergestapelt worden und gefroren in der Kälte, die verhinderte, dass sie verwesten.

Brigadier Dane starrte, dem Alpha-Weibchen hing die Kinnlade runter, als sie ein kleines Mädchen erblickte, das so sehr wie ihre vermisste Schwester aussah, dass es einen Moment dauerte, bis sie das Geschrei ihrer Männer registrierte. Sie wandte den Blick ab und eilte in Richtung des Aufruhrs. Eine der Omegas, eine Frau, die gerade erst gefangen genommen worden war und bei der das Medikament noch nicht voll wirkte, hielt eine Glasscherbe fest, an der Blut heruntertropfte. Sie stand nackt über Otto und seinen Schlägern und durchsägte den Hals des gefesselten Gangsters, bis ihre Hand blutete.

Sie hatte ihre Informationsquelle getötet.

Corday sprach in gedämpften Tönen mit der Omega, versuchte, sie zu beruhigen und dazu zu bringen, das Glas fallen zu lassen, aber nichts schien durch ihren zombieartigen Zustand zu dringen. „Sch-sch, es ist alles okay, legen Sie das Glas weg. Wir sind Enforcer und wir werden Sie an einen sicheren Ort bringen, Ma'am."

Als sie den jungen Mann ansah, der die Hände ausgestreckt hatte, als wollte er sie besänftigen, schaffte sie es, mit gebrochener Stimme zu sagen: „Sie haben meinen Doug getötet, mein Baby."

„Legen Sie bitte das Glas weg."

Glasige Augen wanderten wieder zu den toten Männern, die sie angekettet hatten, die ihr ihr Leben genommen hatten. Sie zögerte nicht einmal einen Moment. Sie rammte sich die blutige Waffe so tief in den Hals, dass sofort ein Blutschwall herausströmte.

Corday eilte vorwärts und legte seine Hände an ihren Hals.

Brigadier Dane wusste, dass es unmöglich war, das Weibchen vor der klaffenden Schnittwunde zu retten, die sie in ihren eigenen Hals gerissen hatte, egal wie sehr der verzweifelte Beta es versuchte. Aber es wäre möglich gewesen, all die Frauen zu retten, die in dem Kühlhaus aufeinandergestapelt waren – wenn die Enforcer es bemerkt hätten, wenn sie vor Monaten gehandelt hätten. Stattdessen waren sie zu sehr damit beschäftigt gewesen, sich zu versammeln, Pläne zu machen und nichts zu tun.

In den Herzen aller, die zusahen, verflog jegliches Siegesgefühl, es sickerte weg, während das Blut der Omega den Boden färbte. Dane ging in die Hocke und schloss die Augen der toten Omega, während sie ihr Gebet sprach.

Als die Beschwörung der Muttergöttin der Omegas abgeschlossen war, wurde Danes Stimme härter. Befehle wurden gebellt. Der Berg an Lebensmitteln wurde abgebaut und auf den Transporter geladen. Die von ihrer Brunft benebelten Omegas wurden weggebracht.

Die Leichen mussten zurückgelassen werden. Es gab nichts, was man für die Toten tun konnte.

Alle Medikamente wurden ausgeschüttet und vergossen, füllten die Luft mit giftigen Dämpfen – das perfekte Rezept für eine Läuterung durch Feuer. Corday entzündete die Flamme, zerstörte die gefälschten Brunft-Hemmer, die Methamphetamine … die Beweise der Gräueltaten und den Beitrag der Enforcer dazu, sie zu bereinigen. Aber der Rohbau des Gebäudes blieb stehen.

Thólos war feuerfest.

***

Claire streckte müde ihre Beine unter den warmen Decken hervor und stellte ihre Füße auf den Boden. Sie fühlte sich … merkwürdig, von einer Lethargie erfüllt, die einer Krankheit vorausging, und war dankbar, dass Shepherd nicht im Raum war, um sie zu betatschen, so wie er es immer tat, wenn sie aufwachte. Er hatte sie für ihren Widerstand bestraft, hatte ihr Angst gemacht und sie dann besänftigt, wendete wieder seine alten Tricks an, um ihren Charakter zu verderben.

Sie saß auf der Bettkante, rieb sich den Schlaf aus den Augen und runzelte die Stirn, als ihre Schulter schmerzte. In dem Zimmer war alles genau dort, wo es das letzte Mal gewesen war, als sie eingesperrt gewesen war. Bis auf ihr Gemälde von den Mohnblumen. Es war schief, das Papier weniger steif, als ob jemand es häufig angefasst hatte. Claire widerstand dem Impuls, es geradezurichten, und betrachtete die Blumen, war sich sicher, dass Shepherd in ihrer Abwesenheit dasselbe getan hatte.

In Anbetracht der großen Wut, die zu Beginn ihrer Flucht von seiner Seite der Bindung her gedröhnt hatte, gab es in der Zelle keine Anzeichen für einen derartigen Zorn. Keines der Möbelstücke war kaputt. Ihre dürftigen Habseligkeiten waren genau da, wo sie sie zurückgelassen hatte, fast so, als wäre sie nie weg gewesen. Selbst die Bettwäsche war die gleiche; muffig, da sie während ihrer Abwesenheit nicht neu bezogen worden war.

Claire bewegte sich im Schneckentempo ins Badezimmer, schälte den Verband von ihrer Schulter ab und stellte sich unter das warme Wasser. Es war schwierig, den Arm zu bewegen, ohne dass er schmerzte, das Shampoo reizte ihre Wunde und sie knirschte mit den

Zähnen, weil es ihr so viel Unbehagen bereitete, einfach wieder sauber zu werden.

Als ob er gewusst hatte, dass sie nach dem Aufwachen würde duschen wollen, warteten ein steriler Verband und Klebeband auf dem Waschtisch. Claire wollte die hässliche Wunde verdecken, damit sich ihr der Magen nicht mehr umdrehen würde, damit er nicht mehr drohen würde, sich jedes Mal, wenn sie die Wunde ansah, zu übergeben, und legte den Verband auf den Biss. Als sie das Klebeband festdrückte, wobei sie auf die Prellungen Rücksicht nahm, fielen ihre Augen auf etwas, das nicht sein sollte. In der kleinen Tonne, die sie für ihre Wäsche benutzten, war eines ihrer Kleider zu sehen, das relativ weit oben hervorlugte. Da sie acht Tage lang weg gewesen war, erschien ihr das seltsam. Als sie es herauszog, schossen ihre Augenbrauen nach oben. Der Stoff roch nach ihr, stank aber nach Shepherds Sperma … als ob er daran gerochen hätte, während er masturbierte, bevor er auf ihre Kleidung kam.

Die Vorstellung löste ein unerwünschtes Ziehen zwischen ihren Beinen aus und ohne darüber nachzudenken, durchwühlte Claire den Rest, nur um festzustellen, dass fast jedem ihrer Kleidungsstücke die gleiche Behandlung widerfahren war. Warum würde er das tun – oder vor allem, warum roch es so gut? Als sie realisierte, dass sie das erste Kleid immer noch an ihre Nase gedrückt hielt, ließ eine Welle der Beschämung ihre Wangen warm werden. Claire stopfte die anstößige Wäsche schnell wieder nach unten.

Sie spritzte sich kaltes Wasser ins Gesicht und das Fieber schien zu vergehen.

Etwas an dem Akt, den er begangen hatte, beschäftigte sie. In all ihren Tagen der Freiheit hatte sie sich Mühe gegeben, nicht an Shepherd zu denken, sich nicht zu fragen, was für Auswirkungen ihre Trennung auf ihn haben könnte. Claire hatte sich nicht erlaubt, darüber nachzudenken, ob er so gelitten hatte wie sie. Ihre Verleugnung seines Rufes, ihre Verleugnung der Bindung, es hatte sie verrückt gemacht. Was hatte es mit ihm angestellt? Hatte er sich Sorgen gemacht, sie könnte verletzt worden sein? Sogar das Kopfgeld hatte festgesetzt, dass sie unversehrt abgeliefert werden musste, um die Belohnung zu erhalten. Der Mann hatte großes Zutrauen in die Gier anderer gehabt … und es sah so aus, als wäre seine Einschätzung richtig gewesen.

Claire verließ das Badezimmer, ließ ihr errötetes Spiegelbild zurück, und fing an, auf und abzugehen.

Sie schaute sich geistesabwesend um und stellte fest, dass ihre vormalige Einschätzung falsch war. Das Zimmer war einfach nicht richtig. Es fing mit der Bettwäsche an, die unbefriedigend war. Sie musste ausgetauscht werden. Sie zog sie ab und fühlte sich etwas besser, als frische Bettwäsche vor ihr lag. Ihr Gemälde musste bewegt werden, musste ausgerichtet werden. Kopfschmerzen breiteten sich dröhnend aus, die Beule an ihrem Schädel pochte. Sie fing wieder an, auf und abzugehen. In einem Moment war ihr heiß, im nächsten kalt. Aber egal ob sie schwitzte oder zitterte, sie fühlte sich nicht wohl.

Sorge um die Omegas rückte in den Mittelpunkt ihrer Gedanken. Shepherd hatte ihr versichert, dass niemand verletzt worden war. Aber was war mit Lilian? Was war mit ihren Helferinnen? Hatte er sie ermordet? Hängte er sie genau in dieser Sekunde auf?

Claire drehte sich der Magen um und einen Moment lang fühlte sie sich wirklich krank. Das Gefühl verflog, erstickte sie mit Angst und hinterließ Leere. Das war's dann. Grüne Augen taxierten eintönige, graue Wände, schauten sich im Raum um. Das war ihr Leben – ein Leben, das an einen Mann gebunden war, der davon besessen war, sie unter Verschluss zu halten; der drei Frauen hängen würde, weil sie versucht hatten, das von ihm ausgeschriebene Kopfgeld zu kassieren. Ein besitzergreifendes Monster, das Böses wie ein Werkzeug benutzte … ein Unhold, der schreckliche Dinge sagte und dann mit ihr kuschelte, um sie fälschlicherweise in Sicherheit zu wiegen.

Shepherd war eingestandenermaßen böse. Sie waren nicht kompatibel – was ihre Bedürfnisse betraf, ihre Ideale, die Beschaffenheit ihrer Seelen. Und sie waren durch die Paarbindung aneinander gebunden. Für immer.

Bevor sie anfangen würde, zu weinen, versuchte Claire, sich darin zu verlieren, den Raum zu putzen, wurde dabei durch ihren Arm verlangsamt und von ihren Sorgen abgelenkt. Egal, wie sehr sie schrubbte, nichts schien sauber genug zu sein. Aber der Wurm pulsierte, bestärkte sie in ihrem verrückten Verhalten, flüsterte ihr zu, wie perfekt es war, flüsterte von der Schönheit dieses Raums mit den grauen Wänden, von der Stärke ihres Gefährten und wie klug er war, dass er sie wieder erwischt hatte.

Als Shepherd kam, hatte Claire resigniert und saß am Tisch, ihr Kopf auf ihren Armen. Ihr Gefährte hatte ein Tablett für sie und sah sich wohlwollend im Raum um, als er feststellte, dass sein Weibchen ihre Zeit praktisch genutzt hatte. Sie sprachen nicht miteinander. Claire setzte sich einfach auf, steckte ihre Haare hinter ihrem Ohr fest und betrachtete stirnrunzelnd das Essen.

Es war eine schön angerichtete Hühnerbrust, die von einer würzigen Sauce mit Pilzen und Knoblauch bedeckt war. Genau die Art von Mahlzeit, die Claire liebte, aber etwas an dem Geruch war seltsam. Es war ihr schwergefallen, in den letzten Tagen ihrer Freiheit zu essen, eine Nebenwirkung ihrer Gegenwehr gegen die Verbindung, und sie fühlte sich unbehaglich, als sie nach der Gabel griff. Der Mann schnurrte, roch durch und durch nach Alpha, alles Dinge, die sie hätten trösten sollen, alles Dinge, nach denen ihr Körper und ihr Geist verlangt hatten, als sie sich versteckt hatte. Trotzdem schaffte sie es kaum, die Hälfte des Gerichts hinunterzuwürgen.

Es hätte gut schmecken sollen. Sie hätte hungrig sein sollen.

Claire fühlte sich unwohl, schob das Essen weg und hatte das Gefühl, sich übergeben zu müssen. Er stellte sich neben sie, nahm das übliche Vitamin, das sie zu vergessen pflegte, und wartete darauf, dass sie es nahm. Sie wollte es einfach hinter sich bringen, warf es sich in den Mund und trank einen großen Schluck Wasser. Nachdem sie es getan hatte, als die Pille ihre Kehle hinunter gewandert war, fing sie an zu würgen.

Eine warme Hand legte sich auf ihren Nacken und drückte ihren Kopf zwischen ihre Knie, während das Schnurren an Lautstärke und Intensität zunahm. Die Welle der Übelkeit verging, aber sie war in kalten Schweiß gebadet. Es musste der Stress sein, oder vielleicht hatte sie sich ein Fieber eingefangen. Claire wusste nur, dass sie auf gar keinen Fall noch etwas schlucken würde.

„Ich muss deine Bisswunde auf Anzeichen einer Infektion überprüfen." Es war kein Vorschlag, es war ein Befehl, und das wusste sie auch.

„Kannst du mir eine Minute geben?", murrte Claire, vornübergebeugt und nicht scharf darauf, sich aufzurichten.

„Ich werde das holen, was ich brauche. Es wird ein paar Minuten dauern, die du nutzen kannst, um dich zu sammeln."

Das Gewicht seiner Hand verschwand von ihrem Nacken und Claire sah zu, wie seine Stiefel sich entfernten. Sie saugte langsame, kühlende Atemzüge ein, schaffte es, sich aufzurichten und wischte sich mit dem Unterarm den Schweiß aus dem Gesicht. Als er zurückkehrte, saß sie zurückgelehnt in dem Stuhl, starrte die vertraute Betondecke an und fühlte sich immer noch scheiße.

Die Bestie näherte sich. „Setz dich gerade hin."

Ein neues Tablett wurde abgestellt, auf dem verschiedene medizinische Instrumente und zwei bereits gefüllte Spritzen lagen. Claire beäugte das seltsame Sortiment und verspannte sich, als Shepherd den Träger ihres Kleides nach unten schob. Der Verband wurde vorsichtig weggezogen. Mit Wasserstoffperoxid getränkte Tupfer fuhren kühl über ihre heiße Haut, machten aus dem wütenden Stechen ein Zischen. Sie wandte den Blick ab, war sich nicht sicher, ob sie sich übergeben würde. Alles, was er tat, schien so präzise wie möglich zu sein, um die Schmerzen minimal zu halten, der Hüne war vornübergebeugt und verarztete sie sanft.

Sie saß still, während er sie untersuchte, extrem unglücklich mit den Geschehnissen und kurz davor, die Beherrschung zu verlieren und sich im Badezimmer zu verstecken. Salbe wurde über das Fiasko geschmiert, ein frischer Verband wurde festgeklebt und dann steckte er ihr ein digitales Thermometer ins Ohr und nickte, als er das Ergebnis sah.

Als die großen Hände nach einer der Spritzen griffen, versteifte Claire sich und fragte schnell: „Was ist das?"

„Es ist ein Antibiotikum." Shepherd hielt ihren Arm fest, als ob sie sich möglicherweise losreißen würde, und injizierte es schnell. Claire beobachtete, wie die Nadel aus ihrer Haut gezogen wurde und eine winzige Blutperle hinterließ. Als er sich ihr mit der zweiten Spritze näherte, wurde sein Griff fester und er stach sie ihr viel härter in den fleischigen Teil ihres Bizepses. Als sie irritiert Aua sagte, drückte er den Kolben nach unten und sagte offen: „Und das ist eine deutlich reinere Form der

212

Fruchtbarkeitspille, die du in deiner Tasche hattest, als du hierhergekommen bist."

„*Was?*"

Claire schob ihn bereits von sich weg, schlug mit ihrer Faust auf seinen Arm ein, damit er sie verdammt noch mal losließ. Der Alpha ignorierte einfach jeden Schlag, drückte einen sterilen Wattebausch auf die Einstichstelle und rieb ihren Arm damit, bis es wehtat.

„DU VERFICKTER BASTARD! WIE KANNST DU ES WAGEN!"

Scheinbar heiter erklärte er: „Das war deine zweite Dosis. Die erste Injektion wurde dir bei deiner Ankunft vor 24 Stunden verabreicht. Deshalb fühlst du dich krank."

Der säuerliche Magen, die kalten Schweißausbrüche, das Fieber … es war genau das, was sie gefühlt hatte, als sie im Gerichtshof gewartet hatte, nur zehnmal so intensiv. Aber diesmal hatte sie keine Angst. Stattdessen war sie kurz davor, ihn umzubringen. Während sie ihm jede Obszönität entgegen schrie, die sie kannte, bis sie rot im Gesicht war, hielt Shepherd einfach ihren Arm fest und knetete die injizierten Medikamente weiter in ihren Muskel ein.

Sie hätte mindestens drei weitere Monate nicht gebrunftet, fünf, wenn sie Glück hatte, und dieses Arschloch zwang ihr eine Hitze auf.

"Wieso hast du das getan?", fauchte sie ihn an. *„Wieso?"*

Ohne Reue erklärte er: „Dein Körper war während deiner letzten Hitze zu schwach, um befruchtet zu werden. Du bist jetzt stärker. Die Wahrscheinlichkeit einer erfolgreichen Befruchtung ist deutlich größer."

„Also pumpst du mich mit Medikamenten voll, um mit mir wie mit einem Pferd zu züchten? Hast du irgendeine Vorstellung davon, wie abgefuckt das ist? Die Paarbindung zwischen uns besteht seit weniger als zwei Monaten! Das ist doch krank! *Und ich hätte im Frühjahr auf natürliche Weise meine nächste Brunft gehabt!"*

Shepherd sagte, von ihrem Wutanfall komplett unbeeindruckt: „Zeit ist ein Faktor und da du eine Omega bist, wird die Mutterschaft dir Freude bereiten."

Claire war kurz davor, sich die Haare auszureißen. „Shepherd, verschwinde verdammt noch mal aus diesem Raum! Nimm dein Gift und deine kurzsichtigen Annahmen über Omegas und GEH!"

Als sie das Lachen zwischen seinen Wimpern sah, rastete sie aus und schlug ihn so hart sie konnte. Alles, was ihre Gewalt erreichte, war eine schmerzende Handfläche. Claire ballte ihre Finger zu einer Faust zusammen, um sie vorsichtig an ihre Brust zu halten. Er schien ruhig, als ob er ihren Ausraster erwartet hatte, und blieb einfach stehen, während sie schimpfte und versuchte, vom Stuhl aufzustehen.

Als sie ein zerzaustes Häuflein Elend war, die Haare wild und Mord in den Augen, fühlte sie eine weitere Welle schrecklicher Fiebrigkeit, schlimmer als zuvor, und knurrte wie ein Tier. „Ich hasse dich!"

„Du bist hormonell."

Natürlich war sie hormonell, er hatte sie mit Hormonen vollgepumpt!

Es drang zwischen fest zusammengebissenen Zähnen hervor. „Du bist ein Schwein … ein schlechter Gefährte."

„Ich garantiere dir, dass du mich in wenigen Stunden deutlich lieber haben wirst", flüsterte er böse und streckte die Hand aus, um ihr mit der Rückseite seiner Finger über die Wange zu streichen.

Claire zuckte zurück und brach in Tränen aus. Sie wusste nicht, ob es eine Art abgefuckte Strafe war oder nur ein weiterer Teil ihres Lebens, den er kontrollierte. Sie wusste nur, dass nichts an dem, was er getan hatte, in Ordnung war.

Als er versuchte, ihre Haare zu streicheln, schlug sie seine Hand weg und schrie: *„Fass mich nicht an!"*

Sie beugte sich vor, verbarg ihr Gesicht in ihrem Rock und schluchzte. Shepherd stand während der gut zehn

Minuten neben ihr, die es dauerte, bis ihr Wehklagen zu einem keuchenden Schluckauf wurde.

„Wenn du aufhörst zu weinen, bringe ich dich nach draußen und zeige dir deinen Himmel", bot er an, sein Spott durch subtile Lockmittel ersetzt.

Sie blieb vornübergebeugt, ihr Gesicht versteckt, und schlug in seine Richtung in die Luft. „Fahr zur Hölle."

Die Schnur, das kleine Bindeglied zwischen ihnen, war nur eine Stunde zuvor so glücklich, so erfüllt und warm gewesen, aber jetzt war die Schnur nur noch Schmerz, wie eine Rasierklinge in ihrer Brust. Sie hoffte bei Gott, dass es ihm genauso sehr wehtat wie ihr, dass der verdammte glitschige Faden keine Einbahn der Folter war. Aber dann erinnerte sie sich daran, dass er lediglich ein Psychopath ohne Herz war, nicht dazu fähig, menschliche Gefühle zu empfinden …, dass er Thólos absichtlich folterte.

Als Claire an ihre Mutter dachte, verstand sie alles, was der Frau all die Jahre durch den Kopf gegangen sein musste … wie es sie zerfressen hatte, bis sie es einfach nicht mehr ertragen konnte. Ihr Vater mochte ein anständiger Mann gewesen sein, aber selbst Claire konnte sehen, dass ihre Mutter ihn nicht gewollt hatte … Dass sie sich nach der weiblichen Alpha von nebenan gesehnt hatte, die sie nie haben konnte. Wie befreiend musste ihr Selbstmord gewesen sein. Die Kontrolle über ihr

Schicksal, über die eine Sache, die der Alpha, der über die Paarbindung Einfluss ausübte, nicht für sie entscheiden konnte. Die Vorstellung wurde immer reizvoller.

„Mir gefällt die Richtung deiner Gedanken nicht", knurrte Shepherd, tief und bedrohlich.

Claire ignorierte ihn.

Große Hände schlossen sich um ihre Arme und zogen sie auf die Füße. Sie weigerte sich, ihn anzusehen, schniefte und wandte den Kopf ab, starrte mitleiderregend auf die hintere Wand.

„Wir werden nach draußen gehen. Du wirst deinen Himmel sehen und dich besser fühlen." Es war ein Befehl. „Diese emotionale Reaktion auf das Medikament wird vorübergehen."

Es war, als hätte er keine Ahnung davon, wie Leute funktionierten.

All die Anzeichen eines beständig herannahenden Brunftzyklus waren da: Bebendes Zittern, kalter Schweiß, wie ihr Verdauungstrakt den Betrieb einstellte. All das Saubermachen, das Bedürfnis danach, den Raum vorzubereiten … Shepherd hatte recht. In ein paar Stunden würde sie ihn anflehen, sie zu ficken.

Sie bedeckte ihren Mund, als eine weitere Welle der Übelkeit über sie hereinbrach.

Er ließ sie gehen und sah zu, wie sie ins Badezimmer rannte, um sich zu übergeben. Zwischen den Intervallen, in denen ihr Magen sich würgend entleerte, merkte sie entfernt, dass er ihr die Haare aus dem Gesicht hielt, dass seine Hand ihr über den Rücken streichelte. Alles, was sie gegessen hatte, wurde ausgespien, bis nichts als Galle hochkam. Sie fühlte sich so unfassbar krank und so komplett entwürdigt, als sie dort kniete, mit dem Verursacher ihrer Qualen als Abklatsch von Trost.

„Warum tust du das?", hauchte sie, während er ihr mit einem kühlen Handtuch übers Gesicht wischte.

„Ich will Nachkommen haben. Ein Vermächtnis."

„Du bist krank." Rationale Gedanken erhielten wieder Einkehr und Claire krabbelte von seinem Schoß, um zum Waschbecken zu gehen und sich den Mund auszuspülen. „Selbst du musst einsehen, dass dies kein Ort für ein Kind ist."

Er sprach voller Zuversicht, während er beobachtete, wie sie sich die Zähne putzte, und deutlich näher an sie heranrückte, als ihr lieb war. „Die Schwangerschaft wird dich beruhigen und in den richtigen Gemütszustand versetzen. Du musst dich nicht aufregen, Kleine. Ich werde euch beiden Sicherheit und Komfort bieten."

Sie fauchte knurrend: „Sicherheit? Du hast mich gerade vergiftet. Komfort? Ich lebe in einem Betonkasten!"

Seine eindringlich warnenden silbernen Augen verengten sich – Shepherd verlor eindeutig die Geduld. „Es war notwendig und es wird nur von Vorteil für dich sein, wenn du in deinem nächsten Brunftzyklus schwanger wirst."

„Tu nicht so, als ob deine Taten mir nützen. Ich wäre dir völlig ausgeliefert. Eine Schwangerschaft würde bedeuten, dass ich dich tatsächlich *brauche*!"

„Du bist mir bereits völlig ausgeliefert. Hör auf zu schmollen." Er packte sie am Nacken und ging mit ihr zurück ins Schlafzimmer, wobei das Schnurren, das er unaufhörlich von sich gab, nie nachließ. „Wir werden jetzt gehen."

Claire war nicht dumm. „Tu nicht so, als wäre es ein Akt der Nächstenliebe. Du willst, dass ich den Raum verlasse, damit andere reinkommen und ihn vorbereiten können."

„Du bist sehr clever, Kleine. Eine gute Eigenschaft für die Mutter meines Nachkommen."

„Und du bist böse", erwiderte sie und beäugte den Berg vor ihr mit bitterer Abscheu.

Shepherd schien zu wachsen, schien sich in der düsteren Dunkelheit auszudehnen. „Das kann ich sein. Aber ich bin auch ein Mann und ich erwarte ein Kind von der Frau, die ich als meine Gefährtin ausgewählt habe. Es ist bedauerlich, dass die Zeitachse dir nicht gefällt, aber es ist das, was ich mir wünsche." Eine große Hand wurde ihr entgegengestreckt, damit sie sie nahm, nicht wirklich ein Akt der Höflichkeit und nicht wirklich eine Drohgebärde. „Jetzt komm. Ich werde dich nach draußen begleiten."

Claire hatte keinen Mantel und keine Schuhe, also wickelte Shepherd sie in eine Decke, wischte ihr übers Gesicht und glättete ihre Haare, schnurrte währenddessen laut, damit sie nicht fauchte. Es war keine Menschenseele in den Fluren, durch die er sie führte, als hätte er Vorbereitungen getroffen und alle Männer weggeschickt, die der Omega, die ihm gehörte, hätten begegnen können. Während sie durch das Labyrinth gingen, merkte Claire sich jede Abzweigung, jeden kleinen Orientierungspunkt, und erstellte eine Karte in ihrem Kopf, um bei der ersten Gelegenheit fluchtbereit zu sein. Shepherd hielt die ganze Zeit über ihre Hand fest, sein Griff war unerbittlich. Sie würde nirgendwo hingehen.

Ihre schweigende Reise endete an der unteren Terrasse, in der Nähe des Fußes der Zitadelle – ein enttäuschender Bereich, der wenig zu bieten hatte, was die Aussicht über die nebelbedeckten Lower Reaches betraf. Der blauäugige Beta war da, bewaffnet und mit starr geradeaus gerichtetem Blick, aber er war der Einzige.

Ihre Füße froren auf dem Boden, eine steife Brise drückte den Stoff der Decke gegen ihre Beine, aber jegliche Beschwerden wurden von der unglücklichen Omega ignoriert. Obwohl es dunkel war, dehnte sich weit über ihnen der Himmel aus, umgeben von den Türmen, die bis zur Spitze der Kuppel reichten.

Wenn sie blinzelte, könnte sie vielleicht die Sterne sehen.

Claire war von schmerzhafter Sehnsucht erfüllt, ihr Herz ein tief sitzendes, verrottendes Stück Fleisch, das von Rippen umgeben war, die durch den bohrenden Faden lädiert waren. Sie fing abwesend an, die Stelle zu reiben, starrte durch ihre Tränen hindurch, fühlte sich krank und näherte sich der Hoffnungslosigkeit.

Shepherd stand dicht hinter ihr, um ihr Körperwärme zu bieten, spielte mit ihren Haaren, die in den Böen flatterten. Jeder Teil von ihr sehnte sich danach, ihn wegzustoßen, ihre Haare aus seinen Fingern zu ziehen, aber sie wusste, dass ein schreiender Wutanfall in dem Raum das Ausmaß an Ungehorsam war, das Shepherd dulden würde. Ihn vor einem Mann, seinem untergebenen Anhänger, herauszufordern, würde kein gutes Ende für sie nehmen. Es gab so viel mehr, womit er sie bedrohen konnte, jetzt, wo die chemisch ausgelöste Brunft bevorstand. Wenn sie ihn stark genug provozierte, könnte er so weit gehen, seinen Männern zu erlauben, sie zu besteigen, und der Gedanke daran, wie eine Hure geteilt zu werden, entsetzte sie.

Die reinste Tortur stand ihr bevor. Sie war jung und fruchtbar, und Shepherds Duft tat kund, dass er ein potenter Mann war. Sie waren biologisch gesehen extrem kompatibel. Er konnte Leben in ihr entstehen lassen. Als ob es schon Realität wäre, blickte Claire auf ihren flachen Bauch und drückte ihre Hand auf die Stelle, wo in weniger als einer Woche ein Baby heranwachsen würde.

Seine Nase war an der Hinterseite ihres Schädels und Shepherd atmete tief ein. „Du fühlst dich besser."

„Spielt es eine Rolle, wie ich mich fühle?", fragte sie leise genug, dass die Worte zwischen ihnen blieben.

Er zog sanft an ihren Haaren, auf genau die Weise, die sie am besten beruhigen würde, und antwortete: „Es spielt eine Rolle."

„Ich werde dir das nie verzeihen."

Der Mann schnurrte lauter, sein Arm legte sich wie ein Anker um ihre Mitte.

Claire drehte sich um, ihre Augen auf Höhe seiner Brust, und legte ihre Hand auf den Teil seines Körpers, wo ihre eigene bohrende Schnur sich verhakt hatte. Nasse, stachelige Wimpern hoben sich, um in ausdruckslose silberne Augen zu schauen, und sie weinte offen. „Hier bist du mit mir verbunden, hier ist die Bindung verknüpft. Vielleicht kannst du nicht spüren, was du getan hast, aber eins weiß ich: Paargebundenen Alphas sollten ihre Omegas wichtig sein. Aber das ist bei dir nicht der Fall … warum bist du also eine Paarbindung zu mir eingegangen? Wenn du nur ein Kind haben wolltest, hättest du mich genauso mit deinen Medikamenten injizieren und mich besamen können. Warum zwingst du mich dazu, die Last einer nicht erfüllenden Verbindung zu schultern? Warum ruinierst du mich, so dass ich nie wieder glücklich sein werde?"

Er wandte den Blick nicht ab, aber sie hatte das Gefühl, dass er versuchte, durch sie hindurchzuschauen. Nachdem drei Atemzüge vergangen waren, sprach Shepherd. „Du bist jung und glaubst, dass du die Welt aus deiner kurzsichtigen, idealistischen Perspektive heraus verstehst. Du denkst, dass du viel mehr weißt, als du tust", erklärte er, als wäre er irgendein grandioser, eloquenter Lehrer, die Musikalität seiner Stimme unbeeinträchtigt vom Wind. „Manchmal ist es schlichtweg so, dass ein Mann einfach etwas will, weil er es kann, dass er eine Chance sieht und sie nutzt."

Der Riese redete im Kreis, sagte ihr überhaupt nichts. Claire nahm ihre Hand von der Stelle, an der sie hoffte, dass er etwas fühlte – einen Hauch von Bedauern für sie, irgendetwas, das über das Konzept von Besitztum hinausging. „Ich werde mich gegen die Brunft wehren."

„Du wirst es versuchen." Ein Finger legte sich unter ihr Kinn und lenkte ihre Aufmerksamkeit nach oben. Er war ernst, sein Gesichtsausdruck machte seinen Standpunkt klar. „Aber ich bin dein Gefährte und ich werde dich durch diese Hitze begleiten. Ich werde für dich sorgen und dich befriedigen und wenn es vorbei ist, wirst du mir geben, was ich will."

„Wenn ich nicht schwanger werde, wirst du mir wieder Medikamente verabreichen?"

Er steckte ihre eine Haarsträhne hinters Ohr, nickte und antwortete leise: „Ja."

Sein silberner Blick hielt Claire gefangen, und sie murmelte verloren und erschüttert: „Meine Füße sind kalt."

„Dessen bin ich mir bewusst, aber ich will, dass du deinen Himmel so lange wie möglich siehst." Er rieb ihr den Rücken, als wollte er sie aufwärmen, und fuhr fast sanft fort: „Wir beide wissen, dass man dir nicht trauen kann, Kleine. Deshalb wirst du ihn eine ganze Weile lang nicht wieder sehen."

Ein großer warmer Daumen war bereits da, um die wütenden Tränen wegzuwischen, von denen er gewusst hatte, dass sie bei seiner Verkündung fließen würden.

Corday drückte sich mit dem Rücken an die Wand hinter ihm und versuchte, das chemisch bedingte Betteln der Frauen zu ignorieren, die hinter ihm eingesperrt waren. Nur sechs Beta Enforcer hatten die Erlaubnis bekommen, vor Ort im Unterschlupf zu bleiben, und sie wechselten einander ab, um den Raum zu betreten und die Omegas alle vier Stunden mit Brunft-Hemmern zu zwangsernähren. Sie taten, was sie konnten, um die Pheromone auszublenden, trugen Masken, die in penetrant riechendes Öl getränkt waren, bewegten sich so schnell wie möglich. Trotzdem fingen die Betas an zu brunften und jeder Mann war auf die Probe gestellt worden. Zwei waren nach draußen geschleppt worden, um saubere Luft zu atmen, als die Person, die sie durch die Glasscheibe beobachtete, sah, wie sein Kamerad von der Veränderung übermannt wurde.

Es geschah nicht mit Absicht und keine der Frauen war angefasst worden. Der Drang war einfach ein natürlicher Vorgang, auf den sie sich mit gegenseitigen Kontrollen vorbereitet hatten. Die Enforcer, die sich um die Omegas kümmerten, arbeiteten aus genau diesem Grund als Team. Aber selbst unter ihrer sorgfältigen Pflege war eine der

Frauen – ein Körper, der nicht viel mehr als Haut und Knochen war – bereits an Nährstoffmangel und unsichtbaren inneren Verletzungen gestorben.

Niemand kannte ihren Namen, als sie sie auf einer mit Rasen zugewachsenen Terrasse beerdigten, so tief wie möglich gruben, bis sie auf Bausubstanz stießen. Ihre Geschichte war nicht bekannt, eine weitere Unbekannte, die durch Shepherds Besatzung der Verwesung überlassen wurde. Die Omega hatte dunkle Haare wie Claire, einen ähnlich schmalen Körperbau. Als sie mit Erde bedeckt worden war, war Corday übel geworden. Er hatte fast geweint und war wieder reingegangen, bevor es erledigt war, konnte nicht länger zuschauen.

Zwölf Stunden waren vergangen, seit die Omegas ihre erste Dosis bekommen hatten. Durch das kleine Fenster konnte Corday sehen, wie der Himmel dunkel wurde, und wappnete sich. Er würde als nächster den Raum betreten, in dem es nach chemisch verstärkter Brunft stank.

Ein Alarm piepte und der Enforcer, der aufpassen würde, während er den Frauen die Medikamente in den Mund schob, sagte: „Es ist Zeit, Mann."

Corday stand nickend auf, nahm die in Mief getränkte Maske, die ihm gereicht wurde, und schnappte sich dann die Pillen und das Wasser. Die Tür wurde geöffnet und er bewegte sich vorwärts, hielt unbewusst den Atem an und fing von links nach rechts an.

Ihre Kiefer öffneten sich bereitwillig, um an seinen Fingern zu lutschen. Sie dazu zu bringen, zu schlucken, war das, was fast unmöglich war. Er musste gebrochen schnurren, was ihn dazu zwang, einzuatmen, und sie praktisch ertränken, bis sie es schafften, die Pille zu schlucken. Er schaffte alle fünf, spürte das Fieber und wich zurück, noch während sein Schwanz anfing, so heftig zu pochen, dass es wehtat. Sobald er den Raum verlassen hatte, rannte er förmlich nach draußen, seine Gedanken bei Claire und dem Moment der Schwäche, den er in der Wohnung gehabt hatte, als das Badezimmer so verdammt gut gerochen und ihn so verdammt hart gemacht hatte.

Die Tatsache, dass er selbst in diesem Moment in seine Hose greifen und sich einen runterholen wollte, erfüllte ihn mit Selbsthass. Corday kämpfte dagegen an, stand über eine Stunde lang in der Kälte … genau wie alle anderen Enforcer es getan hatten, die den Raum betreten hatten. Irgendwann fand er zu sich selbst zurück, wurde schlaff und ging wieder rein, um seine Wache fortzusetzen. Er betete zum Gott der Betas, dass er nicht in diesen Raum zurückkehren musste.

Das Gebet, wie all seine anderen, wurde nicht erhört.

Es dauerte fast drei ganze Tage, bis die Brunft der Omegas endete, und fünf weitere Trips in die von Pheromonen durchdrungene Hölle für Corday. Als die Frauen zur Besinnung kamen, waren sie verwirrt und verängstigt … die meisten von ihnen waren so high gewesen, dass sie sich kaum daran erinnerten, was mit ihnen geschehen war. Diejenigen, die sich erinnerten, waren untröstlich oder ausdruckslos – wie Puppen ohne Innenleben. Die Enforcer gaben ihnen Essen und jedem Mann wurden Schichten zugewiesen, um sie wegen Selbstmordgefahr zu beobachten.

Eine weitere Omega war am nächsten Morgen tot, die ausdruckloseste … Ursache unbekannt. Es war Brigadier Dane, die seufzte und sagte, es hatte den Anschein, als hätte das Mädchen einfach beschlossen, nicht mehr zu atmen.

Corday wusste zumindest, dass ihr Name Kim Pham war, und begrub sie direkt neben der Unbekannten. Dieses Mal weinte er wie ein Baby.

Kapitel 9

Als sie auf der Terrasse standen, spürte Claire die ersten Regungen, die ersten Warnzeichen dafür, dass es an der Zeit war, gegen ihre Brunft anzukämpfen. Eine Hitzewallung vertrieb die Kälte, die Decke um sie herum wurde unangenehm heiß, juckte ... sie versuchte, es zu verstecken. Ihr Versuch, Normalität vorzutäuschen, machte keinen Unterschied. Shepherd spürte die Veränderung sofort. Ohne ein Wort wurde sie hochgehoben und schnell wieder in ihren Käfig getragen. Sobald die Tür verschlossen war, huschte sie von ihm weg, schuf Raum zwischen ihnen, in dem sie anfing, auf und abzugehen. Sie marschierte stundenlang, ihr Magen sauer, ihre Stimmung düster. Dem Männchen schien es recht zu sein, sie die Hände ringen und hin und her gehen zu lassen. Er bemerkte, dass sie sich weigerte, auch nur in Richtung der bereitgestellten Nistmaterialien oder zu dem Tisch voller Essen zu schauen, das ihn während einer möglicherweise langen Abschottung ernähren würde.

Die Knoten in ihrem Unterleib ziepten und kurz darauf atmete sie schwer, drückte eine Hand auf ihren Bauch und machte sich Sorgen darüber, was seine Medikamente mit einem Körper anstellten, der nicht annähernd bereit für einen Eisprung war.

Eine beruhigende, gedämpfte Stimme ertönte aus der Ecke. „Das Unbehagen wird vorübergehen. Es wird keine langfristigen Schäden geben."

Claire knurrte das unliebsame Wesen lange und bösartig an, hasste, wie er redete, als könnte er ihre Gedanken lesen. Er ignorierte ihre Respektlosigkeit, saß einfach wie ein Wasserspeier da, der zu groß für seinen Stuhl war.

Es machte sie rasend.

Sie wollte, dass er den Raum verließ, war es nicht gewohnt, in diesen unangenehmen Momenten vor der Brunft in der Nähe eines Mannes zu sein. Claire zwang sich dazu, den Eindringling zu ignorieren, und nutzte ihr Repertoire an Tricks, die sie sich im Laufe der Jahre angeeignet hatte, kleine Ablenkungen, die den Wahnsinn verringern könnten. Sie schob fieberhaft die Hände in ihre Haare. Sie flocht ihre Strähnen, ging auf und ab, löste den Zopf wieder auf, atmete – wieder und wieder. Der köstliche Geruch in der Luft – der Duft eines viel zu nahen Alphas –, sie tat so, als wäre er etwas anderes: Orangenblüten aus den Obstgärten, die ihr Vater gerne besuchte. In ihrer Kindheit hatte er jeden Sommer ein

Familienticket für die höchste Ebene des Gallery Towers gekauft, damit sie in der Erde spielen konnte, wie es kleine Mädchen einst getan hatten, bevor die Menschheit sich zum Überleben unter Glas zurückgezogen hatte.

Jedes kostbare Wochenende hatte ihren Vater einen Monatslohn gekostet.

Claire musste ihren Hals knacken lassen, ihre Knochen wurden lockerer, und sie ließ geistesabwesend ihre verletzte Schulter kreisen. Der sofortige Schmerz stoppte jegliche Bewegung. Sie hatte es vergessen. Sie blickte auf die Bandage und fuhr mit den Fingern leicht über den Verbandsmull. Es tat deutlich weniger weh. Gedämpfte Schmerzrezeptoren waren ein Signal dafür, dass die volle Brunft in greifbarer Nähe war.

Angst schärfte einen umnebelten Verstand. Claire zwang sich, wieder an Orangenblüten zu denken, ignorierte das Bedürfnis, ihre Gelenke knacken zu lassen, und zog an ihren Haaren.

Aber die Zeit marschierte weiter, genau wie sie. Bewegungen, die eine brütende, steife Kadenz gehabt hatten, wurden lockerer. Die Frustration erreichte ihren Höhepunkt, nahm ab, pendelte sich ein. Und egal wie sehr sie versuchte, sich zu konzentrieren, ihre Gedanken wurden konfus.

Als ein Schnurren ertönte, fing Claire gedankenverloren an zu summen. Etwas Weiches tauchte unter ihren Fingerspitzen auf. Bettwäsche, total flauschig, komplett neu, lag in ihren Armen. Als sie realisierte, dass sie, ohne zu überlegen, angefangen hatte, das Nest zu organisieren, ließ sie alles fallen, verstreute die Versuchung und stolperte zurück, als hätte sie sich verbrannt.

Shepherd lachte leise. „Du schlägst dich ziemlich gut, Kleine, aber du wirst nicht mehr lange durchhalten."

Ihr Kopf drehte sich langsam in Richtung des unerwünschten Wesens. Als Claire sah, dass Shepherd nackt war, kamen ihre Gedankengänge zu einem krachenden Halt und ihre Aufmerksamkeit wurde auf die pralle Pracht seines steifen Schwanzes gelenkt.

Grüne Augen fingen an, sich zu weiten.

Die Omega hatte bemerkenswert lange durchgehalten. Sie hatte ihn mit einer Willenskraft verleugnet und ignoriert, die Bewunderung verdiente. Aber er würde keine weitere Zeit verschwenden. Basierend auf ihrem Verhalten, war Claires Reaktion auf die Injektion stärker als prognostiziert, ihre Gereiztheit und regelrechte Aggression waren fast niedlich, während sie immer weiter absank. Shepherd hatte festgestellt, dass er sie wie hypnotisiert beobachtete, als sie leise vor sich hin sang und etwas von Feldern mit Orangenbäumen murmelte.

„Komm zu mir", lockte er sanft. „Lass uns dieses Affentheater beenden. Gestatte deinem Gefährten, sich um dich zu kümmern."

Sie betrachtete ihn, als wäre sie ihm in diesem Kräftespiel überlegen, und schnauzte: „Was, damit ich zu deinen Füßen knien kann, Alpha? *Nein!*"

Als die Bestie sich erhob, um sie so anzuschauen, wie man Beute ansieht, blieb die wütende Omega standhaft und bleckte die Zähne.

Als er sich näherte, hielt sie den Atem an, war wild entschlossen, zu beweisen, dass sie seinem Duft und seiner Gegenwart widerstehen konnte. Claire konnte die Oberhand gewinnen.

Shepherd ließ sich auf die Knie nieder, schnurrte wunderbar und streichelte ihre Hüften. Seine Nase suchte nach dem Dreieck zwischen ihren Schenkeln, die Hitze seines Atems war hypnotisch. „Ist es das, was du dir wünscht, dass ich vor dir niederknie?"

Seine Nähe verschlimmerte das interne chemische Problem, gegen das sie sich so gut gewehrt hatte. Claire beobachtete ihn, wusste, dass er sich ihr genähert hatte, sich hingekniet hatte, um seine Agenda voranzutreiben, und wimmerte. Sie stand starr und unbehaglich da, kämpfte so sehr gegen den Drang an, ihn zu berühren, dass ihre Muskeln zitterten.

„Deine Augen sehen auf diese Weise sehr schön aus, Kleine", sagte Shepherd im Flüsterton, fasziniert davon, wie die grünen Iris langsam vom größer werdenden Schwarz ihrer Pupillen verschlungen wurden.

Er hielt sie nicht fest. Sie könnte einfach weggehen. Ein Schritt, dann noch einer – es wäre einfach. Stattdessen verzog sie das Gesicht, als sie den ersten stechenden Krampf ihrer brunftigen Säfte spürte. Er roch es sofort und seine silbernen Augen flackerten. Shepherd erhob sich mit fließender Anmut und rieb sich an ihr, zog ihr das Kleid mit einer raschelnden Bewegung über den Kopf.

Aus der Brust des Alphas drang ein forderndes Knurren und das Männchen genoss, wie der Körper seiner Gefährtin sich bei seinem Ruf krümmte. Er hatte stundenlang sein Bedürfnis danach kontrolliert, sich in Pose zu stellen und auf und abzugehen, damit sie ihren Augenblickserfolg haben konnte. Er hatte sich selbst getestet, anstatt in der Brunft zu versinken und sie zu zwingen. Jetzt tropfte ihre Feuchtigkeit offen ihre Beine hinunter. Jetzt musste jede Faser seines Seins sie ficken.

Shepherd legte eine Hand um Claires Nacken und drückte sie nach unten. Er nahm seinen Schwanz in die Hand und rieb die Eichel seiner Männlichkeit über ihre

Lippen, verbreitete die berauschende Flüssigkeit, um sie verrückt zu machen. Sie versteifte sich und keuchte, ihre Zungenspitze schnellte gegen ihren Willen hervor.

Sie schluckte und ein Wehklagen ertönte.

„Ist es nicht besser, wenn du nicht gegen das ankämpfst, was du bist?", fragte er und strich ihre schwarzen Haare zurück, um den Blick auf ihre ausgehöhlten Wangen freizulegen, war begierig darauf, ihr dabei zuzusehen, wie sie seinen Schwanz lutschte.

Einen Moment lang erinnerte Claire sich daran, wer sie war. Auf den Knien und gedemütigt, glitt Shepherds Schwanz von ihren Lippen und sie sah aus, als würde sie gleich weinen. „Was du getan hast, ist falsch."

Seine Fingerkuppen gruben sich in ihre Kopfhaut. „Ich gebe dir Leben."

Sie konnte nicht aufhören, mit ihrer Nase über seine warme Leistengegend zu fahren, und keuchte: „Ich hatte bereits ein Leben. Du hast es zerstört."

Claire spürte, wie die Wut, die Lust und die Leidenschaft mit elendigem Verlangen verschmolzen, und krallte sich seinen Körper entlang nach oben. Mit weit aufgerissenen und brennenden Augen knurrte sie den Mann an. Das Geräusch hatte ihre Kehle kaum verlassen, als Shepherd sie herumdrehte und mit dem Rücken auf die Matratze presste.

Claire drückte das Kreuz durch, hatte Schwierigkeiten damit, den Berg in sich aufzunehmen, der seinen pulsierenden Schwanz in die Pussy stopfte, die für ihn troff, und ihre Brunft wurde endgültig voll ausgelöst. Das Zupfen an der Schnur war harmonisch, ihr Inneres begierig darauf, den ersten echten Schluck dessen zu kosten, was ihr paargebundener Gefährte versprach, ihr zu geben. Shepherd hakte seine Arme unter ihre Beine, erlaubte ihr, ihn zu kratzen und sich an ihn zu klammern, während er sie attackierte, sie schnell und hart stieß, ihr in die geweiteten Pupillen starrte, während seine Kleine aufheulte.

Er hatte während der ersten Hitze der Omega seinen Spaß mit ihr gehabt, aber etwas an diesem zweiten Brunftzyklus war weitaus erfüllender. Shepherd war von ihren Pheromonen ebenso berauscht wie sie von seinen, und sein Knoten schwoll jedes Mal mit einem lautstarken Brüllen an, wenn ihre Pussy sich um ihn schloss und die Flüssigkeit aus seinem Schwanz melkte. Es wurden Worte gesprochen, an die sie sich kaum erinnern konnten, ekstatische Schreie und wilde Gewalt. Claire war so viel stärker als zuvor – natürlich nicht im Vergleich zu ihm, aber sie hatte keinerlei Bedenken, ihn zu attackieren, wenn er sie nicht befriedigte. Und Shepherd liebte es, war begeistert davon, wie er sie festnageln und ihrer Bissigkeit Herr werden musste, um sich seine Beute zu sichern.

Claire schlief in Schüben, lag dabei immer auf ihm, unabhängig davon, wie oft er versuchte, sie an seiner Seite festzuhalten. Als sie das erste Mal aufwachte, blickte sie auf das Durcheinander an Decken und wusste einfach, dass alles falsch war. Sie schob die warme Masse, die ihr im Weg war, beiseite und knurrte, bis sie sich bewegte, zerrte die weichen Stoffe unter dem Alpha hervor.

Während sie das Nest baute, blieb die Hitze seines Körpers an ihrer Seite. Shepherd roch oft an ihr, fuhr mit den Fingern durch die tropfende Flüssigkeit, die träge ihre Oberschenkel hinunterlief, und ließ nur davon ab, um der Omega Kissen zu reichen, oder wonach auch immer sie verlangte. Als sie fertig war, drückte Claire ihn zurück in das, was sie gebaut hatte, und nahm sich, was sie wollte – etwas, was sie noch nie zuvor getan hatte. Sie ritt seinen Schwanz in ihrem Tempo, beobachtete ihn und genoss, wie er diesen schrecklichen inneren Juckreiz linderte. Sie kam heftig und liebte den Blick in seinen Augen, als sie grinste.

Die Omega kroch über ihn, ihre schwarzen Augen komplett von seinem Körper gebannt. Es sorgte dafür, dass er tagelang hart blieb. Als sie zahmer wurde, als die übertriebene Reaktion auf die erzwungene Brunft nachließ,

237

hielt sie lange genug still, damit er sie mit seinem Duft markieren konnte, damit seine großen Hände die Pfütze aus Sperma, die aus ihrem Schoß getropft war, auf ihrer ganzen Haut verteilen konnten, und um sie damit zu füttern, während er schnurrte und ihr Zuneigung schenkte.

Als ihr Rausch sich seinem Ende näherte, bewegte Shepherd sich zärtlich in ihr, seine silbernen Augen beobachteten jede Regung, sahen, wie sie sanft lächelte und bei jedem Stoß voller Wonne nach Luft schnappte. Er legte seine Lippen auf ihre.

Selbst in den Fängen der Brunft weigerte sie sich wiederholt, ihn zu küssen.

Es missfiel Shepherd sehr.

Sie war so klein, und wenn sie erobert, erschöpft und durch den Orgasmus abgelenkt war, wäre es so einfach, es sich zu nehmen … aber sie musste kommen, damit er sie mit seinem Knoten verbinden konnte. Sie musste aufschreien – denn sobald sie das tat, sobald er sie so sehr umgarnt hatte, dass sie nicht widerstehen konnte, würde er das erzwingen, was ihm zustand.

Er war begierig auf seine wohlverdiente Belohnung, seine Hüften schossen vor und er umklammerte sie zu fest. Mit seinem Mund an ihrem Ohr heulte Shepherd: „KOMM JETZT!"

Etwas an seinem Tonfall, an dem absoluten Befehl, ließ Claire krampfen. Die Augen rollten in ihrem Kopf nach hinten und ihr Höhepunkt brach zu früh und zu hart über sie herein. Shepherds Knoten schwoll hinter ihrem Beckenknochen zu seiner vollen Größe an und mit jedem Schwall stöhnte die Bestie laut auf. Als ein lautloser Schrei ihren Mund öffnete, nutzte er es aus. Unnachgiebige Hände hielten sie fest, als ob die Frau in Panik geraten würde. Seine rauen Lippen krachten auf ihre.

Sie versuchte, den Kopf wegzudrehen, ihr Körper wand sich. Egal wie sehr er ihre Zunge neckte, wie stark er an ihren Lippen saugte, Claire machte nicht mit.

Shepherd ergoss sich mit einem weiteren Strahl Sperma in seine Omega, hob den Kopf und stellte fest, dass ihre Augen halb geschlossen und distanziert waren. Er knurrte frustriert und forderte: „Küss mich, Kleine."

Volle Lippen legten sich wieder auf ihre. Als Claire die Zähne zusammenpresste, packte er ihren Kiefer und hob ihr Gesicht an seines. „Sieh mich an."

Es war die ungehobelte Stimme, die durch den Schleier ihres Orgasmus brach; Shepherd klang verzweifelt und fast menschlich. Sie blickte die Quelle verwirrt an. Eine zerklüftete Narbe verlief diagonal über einen Mund, der trotzdem schön war. Sie entdeckte einen starken Kiefer.

Sie sah ihn an, als wäre es das erste Mal, betrachtete den Alpha, der sie gestohlen hatte, der ihr Medikamente gespritzt hatte, um ihr ein Kind aufzuzwingen – der Mann, dessen Schnurren ihr fast genauso viel Frieden brachte wie der Himmel.

„Schau den Mann an, den du vorgibst zu hassen." Die geknurrten Worte wurden durch knirschende Zähne verzerrt. „Und küss mich, Kleine."

Claire starrte ihn weiter an, streckte die Hand aus, um ihn zu berühren und die Linien des Gesichts ihres Gefährten nachzufahren – die Stoppeln an seinem Kiefer, seine feine Nase und die aggressiven Lippen mit der faszinierenden Narbe. Sie flüsterte ihm zu. Die große Bestie begann zu zittern und ihre Augen trübten sich mit etwas, das fast wie körperlicher Schmerz aussah.

Sie gab ihm nicht ihre Lippen, aber sie zog seinen Kopf an ihre Brust und bot ihm stattdessen eine kribbelnde Brustwarze an. Er saugte sie gierig in seinen Mund.

***

Seine Omega war an ihn gekuschelt und schlief viel tiefer als damals, nachdem er ihren vorherigen Brunftzyklus beendet hatte. Shepherd fuhr vorsichtig mit den Fingern durch die dunkle Masse ihrer Haare und schnurrte, genauso besitzergreifend wie er von Anfang an gewesen war. Besessene Gedanken kreisten durch seinen Kopf, in deren Mittelpunkt das Weibchen in seiner Obhut war, wie er sie behalten konnte, wie er weitermachen konnte. Sie gehörte ihm. Er würde sie nie teilen. Sie würde in diesem Raum bleiben und er würde sie so viel streicheln und schnurren, wie nötig war, während das Kind, das er in sie gepflanzt hatte, heranwuchs.

Was war der Himmel im Vergleich dazu? Nichts. Der Himmel war nichts.

Seine Kleine rührte sich und dunkle Wimpern flatterten auf. Als Claire sein Gesicht sah und die Vertrautheit seines Atems roch, summte sie traurig und legte eine Hand auf ihren Bauch. „Ich bin schwanger."

„Das bist du, Kleine. Dein Geruch verändert sich bereits." Er ignorierte den Blick in ihren Augen, der nicht gerade erfreut war, und streichelte ihre Wange. „Du wirst mir ein schönes Kind schenken."

Etwas an der Art und Weise, wie er redete, beunruhigte sie sehr. Der Schleier der Lust war verschwunden. Die Momente der zärtlichen Worte und unglaubwürdigen Verkündungen waren Vergangenheit. Das Schnurren wurde automatisch lauter und er zog wieder an ihren Haaren. Claire betrachtete ihn misstrauisch und durchsuchte ihre Erinnerungen an die letzten Tage, war sich bewusst, dass er geduldig gewesen war, als sie ihn anfänglich in ihrer durch die Medikamente ausgelösten Aggression zurückgewiesen hatte. Shepherd hätte sie erniedrigen können, aber er hatte ihr stundenlang einfach zugesehen – bis sie angefangen hatte zu triefen, bis die Brunft unvermeidlich geworden war. Nicht, dass es ihn von dem freigesprochen hätte, was er getan hatte, der manipulative Bastard. Sie wünschte sich fast, dass er sie unumwunden vergewaltigt hätte.

Er hatte bekommen, was er wollte, ohne ihre Zustimmung oder ihr Einverständnis, und war mit einer sehr willigen Bettgenossin in der Brunft belohnt worden.

„Wirst du unser Kind auch in diesem Raum einsperren?", fragte sie und war nervös, dass seine Antwort nicht gut genug sein würde, egal wie sie ausfiel.

„Nein." Das Schnurren erklang mit voller Wucht.

Claire griff nach seiner Hand und sah ihm in die Augen, während sie die raue Handfläche über ihren klebrigen Körper zog, bis sie über dem Leben ruhte, das ihr eingepflanzt worden war. Es war fast unmöglich, sich dazu zu bringen, zu flüstern: „Wirst du mich trennen, von …"

Die Hand auf ihrem Bauch spannte sich über einer Gebärmutter an, die sich schnell teilende Zellen enthielt, in denen ihre kombinierten Gene waren. „Du brauchst dir um solche Sachen keine Sorgen machen."

„Das ist keine Antwort." Sie stützte sich auf einem Ellenbogen ab und wurde ungehalten. „Ich war nicht bereit für ein Kind – schon gar nicht von einem Mann, den ich kaum kenne – aber du hast mir das angetan und ich möchte wissen, was du mit uns anstellen wirst."

„Du verhältst dich bereits wie eine beschützende Omega-Mutter. Das gefällt mir." In seinen Augen lag ein seltsames Leuchten, als ob der Bastard grinste, obwohl seine vernarbten Lippen neutral blieben. Er drückte sie in ihr Nest und schnurrte: „Ich werde dich nicht von unserem Kind trennen."

Aber würde jemand anderes es tun? Der Mann hatte die Angewohnheit, Halbwahrheiten von sich zu geben. „Shepherd." Der Name wurde wie eine Drohung ausgesprochen.

Ein Lächeln lag in seiner Stimme, und auch ein Hauch von etwas Dunklem. „Ja, Kleine?"

„Gib mir keinen Grund, dich noch mehr zu hassen."

Er fand ihre Warnung entzückend und fing an, eine lange Strähne mitternachtsschwarzen Haars um seine Finger zu wickeln. „Sprich nicht mehr von Hass. Du bist meine Gefährtin, bist an mich gebunden, und du wirst dich mir hingeben."

Dunkle Augenbrauen schossen nach oben und ihr Mund klappte auf. „Dazu kannst du mich nicht zwingen."

Die Fingerkuppe seines Daumens fuhr ihre Lippen nach. „Doch."

Als ob sie dem Mann zustimmte, fing die Schnur in ihrer Brust an, laut zu pochen. Sie würden sich nicht weiter unterhalten, sie war zu müde, um sich zu streiten. Das vertraute Gewicht seiner Hand bewegte sich von ihrem Bauch zwischen ihre Beine. Er ignorierte, wie Claire den Kopf abwandte, und fing an, das kleine Nervenbündel zu streicheln, schnippte es, damit es anschwoll.

Shepherd knurrte und schnurrte, während er mit ihrer Pussy spielte. „Unterwirf dich mir. Ich werde sanft sein und du wirst es genießen. Sobald du dich beruhigt hast, wirst du wieder schlafen."

***

Der Raum war kälter als die Zelle, in der Nona während der letzten sechs Tage eingesperrt gewesen war. Eine Wache, ein brutaler Mann, der viermal so groß war wie sie, deutete auf den leeren Stuhl gegenüber von einem Beta, den sie auf dem Gelände gesehen hatte. Dieser Beta hatte die Männer befehligt, die Lilian und ihre Freundinnen vor Tagen weggeschleppt hatten.

„Mein Name ist Jules. Setzen Sie sich, Nona French."

Er hatte eine Intonation, die sie nicht zuordnen konnte, und die alarmierend blauen Augen eines Bullys. Sie kannte diese Art von Typ. Nona zog den Stuhl heraus.

„Ihre Registrierung besagt, dass Sie eine Beta sind, und laut Ihrer zweifellos gefälschten Vorgeschichte sind Sie nie eine Paarbindung eingegangen oder schwanger gewesen", begann der Mann und schaute von der Akte vor ihm auf, um der älteren Frau in die Augen zu sehen. „Sind Sie diejenige, die Miss O'Donnell beigebracht hat, als Beta zu leben?"

Die Frau hatte ihre eigenen Fragen und kein Interesse an dem Bullshit des Anhängers. „Wo ist Claire?"

Ein kaum merkliches Grinsen legte sich auf das Gesicht des Betas. Er stützte seine Hände auf dem Tisch ab und ließ sich Zeit, um seinen Körper so zu positionieren, dass es subtil einschüchternd war. „Sie ist da, wo sie hingehört. Bei ihrem Gefährten."

„Dem Alpha, Shepherd?" Es wurde wie eine Frage ausgesprochen, aber sie beide wussten, dass es eine Deklaration ihrer Abscheu war. Sie hatte gesehen, wie der Rohling sie weggetragen hatte, und Nona hatte sich das Handgelenk verstaucht, als sie versucht hatte, sich

245

freizukämpfen, um sie zu retten. Ihre faltigen Mundwinkel sanken herab und die Hände der alten Frau spiegelten seine – eine eigentümlich feindselige Haltung für eine Omega. „Er hat sie fünf Wochen lang in einen Raum eingesperrt. So verhält sich kein echter Gefährte."

Harte Augen hielten ihrem Blick stand, ohne zu blinzeln. Jules erklärte: „Zurückgezogenheit ist ein übliches Verhalten, wenn man seine Omega an ein neues Leben gewöhnt."

Sie lachte ihm direkt ins Gesicht. „Ich sollte mich nicht über Ihren Mangel an Anstand wundern, angesichts dessen, was Sie sind. Kein Wunder, dass sie sich zu sehr geschämt hat, um zuzugeben, wer sie für sich eingefordert hatte. Schlägt er sie auch?"

„Als Sie sie gesehen haben, sah sie da so aus, als wäre sie geschlagen worden?" Der Mann grinste anzüglich und beugte sich vor.

Nona antwortete ruhig: „Sie sah verängstigt und unwohl aus."

„Wie lange kennen Sie Miss O'Donnell schon?"

Die Frau mit den strengen Gesichtszügen sagte nichts.

Jules hatte genug davon, Spielchen zu spielen. „Es ist in Ihrem besten Interesse, meine Fragen zu beantworten, Ms. French."

„Oder was? Sie sperren mich ein, damit ich bei meiner nächsten Brunft an jemanden weitergereicht werden kann?"

„In Ihrem Alter wäre eine Brunft unwahrscheinlich. Ich würde Sie einfach töten lassen."

Nona klopfte mit den Fingern auf den Tisch und lächelte. „Ich bin alt. Und ich habe nach meinen Regeln gelebt. Die Androhung meines Todes ist mir relativ gleich."

„Was ist mit Folter?"

„Es gibt nur einen Weg, das herauszufinden."

Jules lächelte und lehnte sich in seinem Stuhl zurück. „Ich habe nicht gesagt, dass es um Ihre Folter geht. Es gibt zwei Omegas in unserer Obhut, die zu jung sind, um einen Zweck zu erfüllen. Sie sind es, die ich foltern werde, wenn Sie mir nicht sagen, was ich wissen will."

Nonas Anspannung nahm sprungartig zu. Sie nickte, ihre Lippen zu einer Linie zusammengepresst.

Jules blickte wieder auf die Akte und begann von vorne. „Wie lange kennen Sie Miss O'Donnell schon?"

Ihre Antwort war vage. „Wir wurden einander zwei Jahre vor dem Tod ihrer Mutter vorgestellt."

„Und Sie waren eine Ersatzmutter für sie?"

„Ich war eine Freundin", grunzte Nona. „Claire ist unabhängig und musste nicht verhätschelt werden."

Jules sah sie wieder an. „Sie weiß also nicht, dass Sie, als ihr Vater starb, die Stiftung finanziert haben, die es ihr erlaubte, eine Künstlerkarriere zu verfolgen, anstatt niederer Arbeit nachzugehen?"

„Das weiß sie nicht", antwortete Nona, ihre Lippen steif. „Soweit ich weiß, hatte nur die Bank Zugang zu diesen Informationen."

Plötzlich änderte sich der Tenor des Gesprächs. Die Luft wurde zäher und Jules sprach ohne Lächeln oder Intonation. „Es scheint, dass Sie eine starke persönliche Bindung zu dem Mädchen hatten, weshalb ich mich frage, warum Sie ihr erlaubt haben, die Zitadelle zu betreten."

Eine tiefe Falte bildete sich zwischen Nonas Augenbrauen. „Wir haben uns beide freiwillig gemeldet, aber ich war diejenige, die zur Zitadelle gehen sollte."

„Erklären Sie es mir."

„Sie stahl die vorbereitete Kleidung, während ich badete. Als ich merkte, was passiert war, war sie weg. Claire ist sehr fürsorglich gegenüber denen, die sie liebt."

„Hat niemand versucht, sie aufzuhalten?"

„Die Gruppe teilte ihre Ansicht." Die Frau wandte den Blick ab, ihre Enttäuschung offensichtlich. „Und viele dachten einfach, sie wäre als unsere Vertreterin ansprechender. Es war eine sehr knappe Abstimmung."

„Ist das nicht ironisch?" Der Mann sah ihr gelangweilt in die Augen. „Wer war ihre Kontaktperson zu Senator Kantor?"

„Da Sie bereits die Frauen befragt haben, die sich an dem Abend mit ihr getroffen haben, bin ich mir sicher, dass Sie wissen, dass es in dem kurzen Gespräch, das wir geführt haben, nie erwähnt wurde." Die ältere Frau stützte sich auf ihren Ellbogen ab und verlangte: „Ich will Claire sehen."

„Nein", antwortete der Beta ausdruckslos.

Das Verhör ging weiter, eine Liste von verschiedenen Fragen über Claires Vergangenheit, ihre Eigenheiten – einige davon so gezielt, wie beispielsweise ihre Lieblingsfrucht, dass selbst Nona die Antwort nicht wusste. Der Austausch war seltsam und sie fragte sich, warum Shepherd Claire diese Fragen nicht selbst stellte.

***

Während Claires kurzlebiger Freiheit hatte es nur Erschöpfung gegeben, und Shepherd hatte ihr nach ihrer Rückkehr keine Ruhe gegönnt. Nach acht Tagen der Schlaflosigkeit und der chemischen Wachheit der Brunft war Claire auf eine Weise erschöpft, wie sie es noch nie erlebt hatte. Sie konnte nie genug Schlaf bekommen. Ihre vormalige Unruhe wurde durch quälende Lethargie und eine mangelnde Bereitschaft, sich aus dem Nest zu entfernen, ersetzt. Wenn sie aufwachte, war sie vergraben, vollständig bedeckt. Ein- oder zweimal fauchte sie den Mann an, der nach ihr griff, um sie unter all den Decken hervorzuholen, damit sie etwas aß oder er ihre Wunde verbinden konnte.

Alles, was sie wollte, war Dunkelheit und allein gelassen zu werden. Aber Shepherd tauchte immer wieder auf, egal wie sehr sein Anblick ihr verhasst war, und der Mann zog sie auf sich, wo sie steif liegenblieb. Sie war zu müde, um sich zu beschweren, lag schlaff da, wusste, dass er sie beide bedecken und ihre Höhle wiederherstellen würde. Sobald wieder komplette Dunkelheit herrschte, tat sie so, als wäre der Bastard nicht da … oder versuchte es zumindest. Shepherd gönnte ihr nur eine kurze Pause, bevor seine tastenden Hände die verbleibenden Muskelschmerzen aus ihrem Körper massierten, ihre immer empfindlicher werdenden Brüste betasteten und zwischen ihren Beinen spielten.

Claire wollte die Aufmerksamkeit nicht und hasste, dass sein Geruch Dinge mit ihr anstellte, dass sie so sehr nach dem Duft lechzte, dass sie das Bedürfnis hatte, sich in seiner Seite des Bettes zu vergraben, wenn er weg war. Als ob er wusste, warum sie ständig an ihm schnüffelte, fingen Hemden vom Vortag an, in ihrem Nest aufzutauchen. Wenn sie aufwachte, stellte sie fest, dass sie an ihre Nase gedrückt waren, und Claire warf sie raus und verfluchte ihn.

Wenn Shepherd zurückkehrte, legte er sie wieder ins Nest.

Es war fast ein Spiel. An diesem Morgen erhöhte Shepherd den Einsatz. Claire warf ein Hemd raus und als sie aufwachte, waren stattdessen zwei da. Als sie realisierte, was er getan hatte, kicherte sie, ein Geräusch, dass den geheimen Beobachter in der Ecke dazu brachte, die Ohren zu spitzen, da er ihren Laut für Freude noch nie gehört hatte. Nicht ahnend, dass sie ein Publikum hatte, warf sie seine Sachen auf den Boden und grub sich noch tiefer ins Nest, während sie immer noch lachte.

Jemand gab ihr einen Klaps auf den Hintern und sie schrie überrascht auf. Claire drehte und wand sich, schob die Decken von ihrem Kopf und setzte sich auf, ihre Haare ein Krähennest, und sah ihn über dem Bett stehen. Er ließ die Klamotten demonstrativ in ihren Schoß fallen.

Als ihre Wangen rot wurden, war Shepherd derjenige, der leise lachte, und er krabbelte über sie, um an der verwahrlosten Frau zu riechen. „Findest du deine Ablehnung des Geruchs deines Gefährten in diesem Nest lustig?"

Sie hatte seit Tagen nicht mit ihm gesprochen – noch nicht einmal, um nach der Uhrzeit zu fragen. Zu müde, zu verwirrt, immer noch wütend, runzelte sie die Stirn, war sich nicht sicher, was sein Tonfall zu bedeuten hatte, oder welche Absichten er hatte.

„Ist dein Protest deine stille Art und Weise, mir zu kommunizieren, dass du die echte Sache bevorzugst?"

Es hatte fast den Anschein, dass er mit ihr flirtete. Claire zog eine Augenbraue hoch und krächzte: „Nein."

Shepherd packte die Decken und zerrte sie über ihre Köpfe, zog sie zu sich heran, während er ihre Höhle wieder errichtete. Claire legte sich wieder hin, hasste es, dass er nicht die richtige Position einnahm und stattdessen über ihr aufragte, und spürte, wie seine Hand sich zwischen ihnen bewegte. Seine Faust pumpte und es dauerte einen Moment, bis sie realisierte, dass er sich einen runterholte. Ein paar leise Grunzer, ein warnendes Knurren, als sie versuchte, sich wegzubewegen, und seine Hand bewegte sich schneller, bis er tief und lange stöhnte. Spritzer ergossen sich über ihren nackten Bauch und ihre Brüste, die Flüssigkeit sammelte sich, bis sie in das Nest tropfte und den eingeengten Raum deutlich stärker mit seinem Duft durchtränkte als irgendein benutztes Hemd.

Als wäre sie in Hitze, rieb er es in ihre Haut ein und drückte es ihr zwischen ihre widerspenstigen Lippen, sorgte dafür, dass sein Sperma überall war. Etwas an dem Akt, dass er es zu seinem eigenen Vergnügen getan und sich nicht um ihres gekümmert hatte, gab ihr das Gefühl, vernachlässigt worden zu sein. Er ließ sie allein, sobald er seinen Duft verteilt hatte, und Claire betrachtete stirnrunzelnd seinen Rücken. Sie spähte aus ihrer Höhle heraus und es dauerte nur wenige Minuten, bis sie versucht war, die Dunkelheit ihrer Decken gegen die unterirdische Düsternis ihres Käfigs einzutauschen.

Ihre nackten Füße tappten leise zur Kommode, grüne Augen warfen einen verstohlenen Blick auf den Alpha, der an seinem COMscreen arbeitete. Claire zog sich an und nahm nicht wahr, dass sie nicht den Drang verspürte, sein Sperma wegzuwaschen. Dann begann sie, das zu tun, was sie normalerweise in ihren wachen Stunden unter der Erde tat: Sie ging auf und ab. Ihre Gelenke waren steif, weil sie so viel geschlafen hatte, und das Gehen trug wenig dazu bei, ihre düstere Stimmung aufzuhellen.

Shepherd schien zufrieden damit, sie zu ignorieren. Sie versuchte, ihn zu ignorieren, aber im Laufe der Stunde begann sie unbewusst, sich ihm etwas zu nähern.

Claire starrte auf seinen COMscreen, der ihr bizarr und unlesbar erschien. Sie seufzte gelangweilt, machte ein ploppendes Geräusch mit ihren Lippen und schrie auf, als ein großer Arm hervorschnellte und sie aus heiterem

Himmel packte. Sobald sie auf seinem Schoß saß, machte Shepherd direkt mit dem weiter, was er getan hatte, und hielt sie in einem Käfig aus übertrieben muskulösen Gliedmaßen gefangen.

Sie war so leise gewesen und er hatte so konzentriert gewirkt. Es war nicht ihre Absicht gewesen, eine Interaktion herbeizuführen. Sie rutschte hin und her. „Ich habe Hunger."

Eine Antwort ertönte. „Nein, hast du nicht. Du bist unruhig und willst Aufmerksamkeit haben."

Was sie war, war irritiert. „Warum schnurrst du nicht?" Der Arsch könnte wenigstens das für sie tun. Verdammt noch mal, es war das Einzige, wofür er gut war.

Claire konnte es nicht beweisen, aber sie war sich ziemlich sicher, dass er sie auslachte, obwohl er schwieg. „Wenn ich geschnurrt hätte, hättest du dich mir nicht genähert."

Sie rieb sich ihre wunde Schulter und verengte die Augen.

Er feixte und fuhr fort: „Deine Stimmungsschwankungen sind einigermaßen amüsant, Kleine."

„Was ist das?" Sie deutete auf den Bildschirm, nicht bereit, sich provozieren zu lassen, und weitaus bereiter, ihn zu nerven.

Er richtete seine Aufmerksamkeit wieder auf seine Arbeit. „Wenn du es lesen können solltest, wäre es in deiner Sprache."

Claire verdrehte lediglich die Augen. Lektion gelernt. Sie würde sich in Zukunft demonstrativ von ihm fernhalten, um diese Situation zu vermeiden.

„Nein, das wirst du nicht."

Als er auf ihre privaten Gedanken antwortete, die ihn nichts angingen, schnauzte sie: „Hör auf damit!"

Shepherd ignorierte sie und seine Finger bewegten sich zum Bildschirm und tippten, bis etwas Neues aufleuchtete, hell und hübsch. Sie beugte sich vor und streckte ohne nachzudenken eifrig die Hand aus. Er fing an zu schnurren und sie lächelte, als sie ein Bild ihrer Familie sah.

„Dein Vater war ein Alpha." Es war eindeutig, dass er derjenige war, der auf dem Foto ihre komplette Aufmerksamkeit fesselte, dass es sein Gesicht war, über dem ihre Finger schwebten. „Deine Mutter war eine Omega."

Offensichtlich ...

Claire versuchte, den störenden Mann zu ignorieren, sich auf etwas Wichtiges zu konzentrieren, und betrachtete den blauen Himmel, vor dessen Hintergrund sie alle zusammen in dem Orangenhain standen.

„Meine Mutter mochte meinen Vater nicht", stichelte sie, wies auf die Parallelen zu ihrer Situation hin.

Shepherd erwiderte ihren Spott sofort. „Und um ihrem Schicksal zu entgehen, hast du dich abgesondert und bist zu etwas Unnatürlichem geworden."

Ihr dunkler Kopf schwang herum, um dem Mann ins Gesicht zu sehen, der es unmöglich verstehen konnte. „An Zölibat und Selbstbeherrschung ist nichts auszusetzen! Du denkst vielleicht, dass ich unter deiner Würde bin, aber deine kurzsichtige Auffassung von Omegas ist erbärmlich und einschränkend. Es zeigt sehr deutlich, was für eine Denkweise hinter dem Charisma und der verrückten Agenda steckt. Ich habe es *jahrelang* geschafft! Jahre, Shepherd. Und du hast alles ruiniert."

Als Claire sah, wie das Feuer in seinen Augen zunahm, erkannte sie, was sie getan hatte. Sie bekam Angst, dass er auf ihren Gefühlsausbruch reagieren würde, und bedeckte instinktiv ihren Bauch, um das zu schützen, was im Inneren verborgen war.

Sein Tonfall war zischend, gezwungen neutral. „Und was für einen großartigen Plan hattest du für dich selbst? Wie hättest du einen Gefährten finden sollen, wenn du in Abgeschiedenheit gelebt und dich wie eine Beta benommen hast?"

Sie murrte abwehrend: „Ich wurde umworben …
gelegentlich."

Shepherds angespannte körperliche Reaktion war
offensichtlich ein Ausdruck von Missfallen. „Betas?"

„Betas respektieren meine Grenzen. Alphas sind
gefährlich und nehmen, ohne zu fragen."

„Und du hast sie über eure Dynamik angelogen."

Claire blickte finster drein und stellte klar: „Ich habe
einfach nicht davon gesprochen. Eine Omega zu sein,
sollte nicht das sein, was mich definiert, ebenso wenig wie
die Farbe meiner Haut oder die Ebene, in der ich
aufgewachsen bin."

„Der Selbstmord deiner Mutter hatte einen starken
Einfluss auf deine Denkweise."

Claire schüttelte den Kopf und stieß einen zynischen
Seufzer aus, nicht im Geringsten überrascht, dass er
Nachforschungen über ihre Vergangenheit angestellt hatte.
„Ich finde es lustig, wie oft in meinem Leben Alphas
versucht haben, mein subversives Verhalten mit dem Tod
meiner Mutter gleichzusetzen. Ich bin nicht die einzige
Omega, die so denkt – viele von uns tun das. Und wenn ihr
Alphas einen Funken Verstand hättet, würdet ihr euch die
Zeit nehmen, mit uns zu reden, anstatt einfach unsere
Beine zu eurem eigenen Vergnügen zu spreizen."

„Ist dein Vater lieblos mit deiner Mutter umgegangen?"

Claire blickte wieder auf den Bildschirm. „Er war in sie vernarrt, aber es war egal. Sie war in jemand anderen verliebt."

Das ließ ihn sofort innehalten. Er fing an, ihr Haar um seine Faust zu wickeln, und zog ihren Kopf nach hinten, um ihre Aufmerksamkeit auf sich zu lenken. „Du wirst niemanden außer mir lieben."

Jedes Gefühl in ihrem Inneren drängte sie dazu, mit der Wahrheit rauszurücken, zu schreien, dass sie ihn überhaupt nicht liebte. Aber sie konnte die Aggression riechen, die Dominanz und die Wut, und wusste, dass Sprechen gefährlich war. Ihr Gespräch war zu Ende, was einen Moment später klargemacht wurde, als seine Hand unter ihren Rock glitt und er ein Knurren ausstieß.

Kapitel 10

Cordays Annahme war korrekt. Der Verrat derjenigen, die Claire am nächsten standen, hatte Shepherd ermöglicht, seine Freundin zu entführen. Er stand in der Menschenmenge, die sich vor der Zitadelle versammelt hatte, und beobachtete, wie drei abgemagerte Frauen nach vorne geschubst wurden, um von der Menge angestarrt und beschimpft zu werden. Die Omegas waren des Diebstahls und der Körperverletzung beschuldigt worden und Shepherd selbst verkündete lautstark ihre Strafe, während die verängstigten Frauen weitergezerrt und dann auf Kisten gestellt wurden, damit jeder eine Schlinge um den dürren Hals gelegt werden konnte.

Zehntausende waren gekommen, um sich die Vollstreckung anzusehen, die Dome Broadcasts hatten die bevorstehenden Hinrichtungen tagelang angekündigt.

Der Thólos Dome war einst der Inbegriff der evolvierten menschlichen Kultur gewesen, die aufrechterhalten und verherrlicht wurde, egal wie viele Ruinen in weiter Ferne und weiter Vergangenheit zurückgeblieben waren – die größte aller Kuppeln. Die Todesstrafe hatte vor dem Ausbruch nicht existiert. Die schlimmsten männlichen Straftäter wurden in den

Undercroft geschickt, die Frauen in die Farmebenen, um dort zu arbeiten. Und jetzt war die Stadt von derart morbidem Pomp entzückt, jubelte ihrem Eroberer zu und dürstete nach Blut.

Es war ein Spektakel, eine sichtbare Warnung, um die Bevölkerung daran zu erinnern, wer das Sagen hatte. Es war eine Mogelpackung.

Shepherd postulierte, wortgewandt und fesselnd, und führte die Sünden der drei Omegas auf, nannte sie Feiglinge und Aggressoren – rasselte eine Liste an Verbrechen runter, die so lächerlich war, dass Corday das Keuchen der Menge für absurd hielt. Wie konnten sie nicht sehen, was dies war? Konnten sie nicht begreifen, dass diese skelettartigen Frauen verängstigt waren und flehten … Dass sie geknebelt worden waren, damit ihre Schreie nichts als Lärm sein würden?

Shepherd näherte sich dem Torbogen der Zitadelle – der in ein makabres Schafott verwandelt worden war –, sah groß und schrecklich aus, stellte die Da'rin-Symbole auf seinen Armen zur Schau, als wären die Schmerzen, die sie ihm verursachten, nicht der Rede wert. Die verurteilten Omegas schluchzten mitleiderregend, ihre Augen huschten über die Menschenmenge auf der Suche nach Erlösung, Gnade … irgendetwas.

„Lilian Hale, Xochitl Ramos, Barb Guppy, ihr wurdet für schuldig befunden und werdet zum Tod durch Erhängen verurteilt."

Shepherd selbst, das Monster, das Claire in seinem Besitz hatte, kickte die Kisten unter den Füßen der verängstigten Frauen weg. Sie fielen – ein kurzer Sturz, ihre Zehen zuckten ein paar Zentimeter über dem Boden. Trotz allem beobachtete Shepherd, wie sie sich wanden und strampelten, war wie fixiert. Fünfzehn qualvolle Minuten vergingen, bevor die letzte der Frauen aufhörte, zu zucken.

Die tollwütige Menge verlor ihren Schneid, als die unbedeckten Gesichter der Frauen einen grotesken Lilaton annahmen und die Augen der Leichen hervorquollen. Zwei von ihnen hatten sich eingenässt, und am Ende hatte es den Anschein, als ob Thólos die Angst erkannte, die Shepherd hatte verbreiten wollen, und von ihr in Mitleidenschaft gezogen wurde. Die drei Leichen wurden hängen gelassen, um den Vögeln ausgesetzt im Wind zu schwingen, und Shepherd drehte sich um und ging weg. Die Meute begann, sich zu zerstreuen.

Mit tief in den Taschen vergrabenen Händen bewegte Corday sich weiter. Ein Teil von ihm hatte gehofft, dass Shepherd Claire an seiner Seite haben, dass er sie zur

Schau stellen würde, obwohl eine solche Vorstellung im Grunde lächerlich war.

Aber Corday musste sie sehen, um zu wissen, dass es ihr gut ging. Wollte, dass sie ihn sah, damit sie wusste, dass er für sie kämpfte.

Es gab so viele unbeantwortete Fragen, so viel, das ihn belastete, und jede Nacht, wenn er die Augen schloss, war sie es, die er in dem Grab sah, wie sie mit Erde bedeckt wurde – Claires grüne Augen, die tot und ohne zu blinzeln in den Himmel starrten und ihn heimsuchten.

Shepherd war ein Psychopath. Es waren zwei Wochen vergangen und Corday war sich nicht sicher, ob seine Freundin überhaupt noch am Leben war. Die Versuchung, ihm gerade eben nahe genug zu kommen, um festzustellen, ob ihr Duft ihm anhaftete, trug Cordays Füße die Treppe hoch und in die Zitadelle.

Es war Irrsinn, und das wusste er auch. Er hatte komplett den Verstand verloren. Aber inmitten des Schwarms, inmitten des Traras und des rauflustigen Geiferns der Menge, blieb er unsichtbar und unbemerkt. Der Gestank in dem Raum war durch und durch abstoßend. Dank der ungewaschenen Männchen und ein paar der widerlicheren Alpha-Weibchen war die Luft von einem aggressiven Moschus durchzogen, der sich zu einem stechenden Gestank vermengte, der die

Verletzlichen und Scheuen fernhalten würde. Corday konnte sich vorstellen, wie Claire einen solchen Ort betrat, konnte sehen, wie sie verschluckt wurde.

Sie hatte behauptet, dass zu Beginn ihrer Hitze ein Aufstand ausgebrochen war, dass Shepherd viele Menschen getötet hatte, um sie für sich zu beanspruchen. Wenn es inmitten dieser Gruppe geschehen war, hatte sie Glück, dass sie nicht angefangen hatten, ihr die Gliedmaßen auszureißen.

Aber Shepherd hatte für sie gegen die Meute gekämpft …

Das war der eine Teil, den Corday immer noch nicht verstehen konnte. Shepherd war ein Killer, die Art von Mann, die ein Blutbad genoss. Er hatte gerade drei Frauen ermordet. Warum würde er also um Claire kämpfen, warum eine Paarbindung eingehen?

Corday schob sich durch die Menge, ahmte das primitive Verhalten derjenigen nach, die schreiend nach mehr verlangten, und blieb unbemerkt. Er musste nur auf fünf Meter herankommen, um den Duft zu riechen, den Shepherd voller Stolz trug. Claires Säfte – Shepherds Trophäe – waren frisch, als ob er sie gerade erst genommen hatte, kurz bevor er die Omegas hingerichtet hatte, von denen Cordays Bauchgefühl ihm sagte, dass sie dafür verantwortlich waren, sie dem Rohling auszuliefern.

Es war alles zu surreal, zu zweideutig. Aber Claire war am Leben. Das beruhigte Corday. Er musste also stark für sie bleiben – für all die Unterdrückten – und er würde wie die anderen Enforcer einen Weg finden, diesem Wahnsinn ein Ende zu bereiten.

Er verließ zähneknirschend die Zitadelle.

***

Shepherd fand sie wieder in ihrer Höhle, fest schlafend in einem Kreis aus seinen nach ihm riechenden Klamotten. Seine Omega schlief fast immer, eine Nebenwirkung der frühen Phase der Schwangerschaft. Als er sie an seinen Körper zog, sah er sie grimassieren und seinen Duft einatmen, bevor sie verblüfft aufwachte.

Sie begann nachdenklich an ihm zu schnüffeln und blickte mit jeder Sekunde finsterer drein. Es war unmöglich, ihren Unmut darüber, was sie vorfand, nicht zu bemerken. Noch seltsamer war, dass sie kein Geheimnis aus ihrer Meinung machte und über ihn kletterte, bis ihre Nase die Luft einsaugte, die er aus seinem Mund ausatmete.

Ihre Augen waren voller Abscheu.

Shepherd ließ zu, dass sie aus dem Bett kletterte, um ins Badezimmer zu gehen, und hörte, wie sie die Dusche anstellte. Ihre neue Masche, das anhaltende Schweigen und die kalte Schulter, währte fort. Claire würde nicht mit ihm sprechen. Sie marschierte einfach zurück in den Raum, während sie sich die Hand über die Nase hielt, ihre stillschweigende Art, dem Alpha zu sagen, dass er den Geruch wegwaschen sollte.

„Erkläre mir, was dein Problem ist", knurrte Shepherd und sah, wie ihr Gesicht sich noch mehr verzog.

Ihre Zunge war scharf, als sie die Hand sinken ließ. „Du stinkst nach vielen feindseligen Alphas ... du hast mein Nest verseucht."

Er erhob sich vom Bett und verengte die Augen angesichts des Ekels in ihrem Gesicht. „Dein Tonfall lässt zu wünschen übrig."

Claire ließ die Unfreundlichkeit aus ihren Gesichtszügen verschwinden – er musste sich waschen und sie weigerte sich, ihm einen Anlass zu geben, sie zu ficken, während er nach den extrem verkommenen Männern roch, die sie fast in der Zitadelle vergewaltigt hätten.

Ihr Herz fing an, schneller zu schlagen. Eine falsche Note begann verstimmt an ihrem Ende der Schnur zu vibrieren. „Bitte fass mich nicht an, solange du nach ... ihnen riechst."

Die Art und Weise, wie sie die Bitte flüsterte, die seltsame Angst in ihren Augen, ließ ihn die Stirn runzeln und er ging um die Stelle herum, an der sie flehentlich stand. Shepherd betrat das Badezimmer.

Sie zog hastig das Bett ab und knüllte alle übelriechenden Laken zusammen, um sie neben der Tür fallen zu lassen. Neue, unbefriedigend geruchlose Bettwäsche wurde sofort aufgezogen.

Claire war bereits im Nest vergraben, als er zurückkam und nur noch nach Seife und Shepherd roch. Er fuhr mit einer Hand über ihren mit Stoff bedeckten Körper. „Komm da raus."

Sie drehte sich um und setzte sich auf, stellte fest, dass der Koloss nackt neben dem Bett stand.

Durchdringende silberne Augen analysierten ihre Beklommenheit. Es wurde wie eine Frage und wie ein Köder formuliert. „Findest du mich immer noch abstoßend?"

In vielerlei Hinsicht, ja. „Nein."

Er zog eine Augenbraue hoch und sagte herausfordernd: „Bist du sicher? Ich will schließlich *unser* Nest nicht verunreinigen."

Nicht bereit, negative Aufmerksamkeit zu erregen, richtete sie sich auf die Knie auf, um ihre Nase an seinen Bauch zu halten, und hoffte, dass die Aktion ihn ausreichend zufriedenstellen würde, damit er sie vielleicht in Ruhe ließ. „Du riechst genau so, wie du riechen solltest."

Es war ein weiteres seiner neuen Spielchen, eine von Shepherds raffinierten Methoden, um sie aus der Reserve zu locken, eine Manipulation, um ihre Aufmerksamkeit auf sich zu lenken, ohne dass ihre anhaltende Wut zum Vorschein kam. Er kletterte über sie, positionierte ihre Körper so, dass sie Haut an Haut lagen, und griff nach den Decken, um sie über ihre Köpfe zu ziehen und die weiche, dunkle Höhle wiederherzustellen, die sie am liebsten mochte.

Als er ihre Nase an seinem Hals spürte, hörte, wie sie abwesend schnüffelte, war klar, dass seine Omega besänftigt war – sie summte sogar ihre seltsame Musik vor sich hin, war zufrieden, als seine Finger begannen, die Muskeln entlang ihrer Wirbelsäule zu bearbeiten. Schon bald war Claire vollkommen ruhig und ihre leisen Atemzüge verrieten, dass Schlaf nur einen Herzschlag entfernt war.

Ein rauer Atemzug, dann: „Was hast du in meiner Abwesenheit getan?"

Sie murrte im Halbschlaf: „Das Gleiche, was ich gerade versuche zu tun."

„Ich habe andere Pläne für dich."

267

Er spürte, wie ihr Körper sich verspannte – die Omega erwartete, dass er sie grob behandeln würde. Ihr Atem stockte kurz, bevor ein emotionsloser Tonfall ihre Worte halb abwürgte. „Ich bin müde."

Shepherd berichtigte sie, spannte den Arm an, der über ihrer Lendenwirbelsäule lag und antwortete leise und beruhigend: „Es ist ganz natürlich, dass dein Körper sich in dieser Phase lethargisch fühlt, während er sich an seine neue Aufgabe gewöhnt. Dieses Unbehagen wird vorübergehen."

Es schien eine so vorhersehbare Erklärung für ihren Widerwillen zu sein.

Claire legte ihr Kinn auf seine Brust und sah den Mann an, der sich in ihr Nest gegraben hatte. Er ließ seine Hand ihren Körper hoch gleiten, bis sie an ihrer Wange lag. Er beobachtete ihre Reaktion, wusste, dass sie dachte, die Dunkelheit würde sie verbergen, und stellte fest, dass ihr Gesicht nicht von dem trübseligen Misstrauen verzerrt war, das er seit ihrer Rückkehr ertragen hatte. Stattdessen war es von einer resignierten Duldung gezeichnet, die sie sich weigerte zu zeigen, wenn sie dachte, dass er es sehen konnte.

Shepherd nahm sich Zeit, um ihre Lippen nachzufahren, beobachtete, wie sie die Augen schloss und unter seiner Berührung kurz Frieden fand, und dachte laut

268

nach: „Du bist immer noch wütend auf mich, weil ich deine Brunft ausgelöst habe, obwohl du währenddessen und seitdem gut versorgt worden bist."

Claire versteifte sich, ihr Gesicht wurde wieder zu einem Spiegelbild ihrer Traurigkeit. „Ich vermute, du willst eine bestimmte Antwort hören. Ich bin zu erschöpft, um herauszufinden, welche es ist."

Sie hatten sich während ihrer kurzen Bekanntschaft wenig unterhalten. Die meisten Dialoge endeten normalerweise, sobald Shepherd ihre Antworten nicht mehr akzeptabel fand. Die Frustration, darum kämpfen zu müssen, gehört zu werden, war einer desillusionierten Akzeptanz gewichen. Eigentlich hatte Claire wenig Interesse an etwas anderem als Schlaf.

In dem dunklen, kleinen Zelt aus Decken blickte sie in Richtung des Geräusches seines Atems, kaute auf ihrer Unterlippe und wünschte sich, dass Momente wie diese, die Zeiten, in denen er sanft wirkte, ihre Realität wären, dass die dunkle namenlose Wärme und der männliche Körper jemand anderes wäre.

Er sprach durch das Schnurren, das ihren kleineren Körper sanft durchdrang, und fragte: „Abgesehen davon, die Sicherheit dieses Raumes zu verlassen, was würde diese *Unzufriedenheit* lindern?"

„Ein Fenster."

Er grub seine Fingerkuppen in ihre Kopfhaut, rieb gerade fest genug, dass sie diese unglücklichen Augen schließen würde, und alles schien so viel besser zu sein, als seine Gefährtin sich fast seiner Hand entgegenneigte. „Es gibt mehrere Regale mit *Fenstern*, die auf der anderen Seite des Raumes warten und die du gezielt ignoriert hast."

„Ich muss nicht lernen, wie man ein Diktator wird. Ich will nicht so sein wie du."

Shepherd lächelte. „Das sehe ich auch so. Du wärst eine schreckliche Anhängerin und müsstest andauernd für deine Aufmüpfigkeit bestraft werden."

Eine Hand legte sich um ihr Gesicht und hob es etwas an. Seine Stimme in der Dunkelheit flüsterte: „Du lächelst."

Tat sie das? Nein, das konnte nicht sein. „Und wie bestrafst du deine Anhänger?"

Seine Daumenkuppe glitt über ihren forcierten Schmollmund und Shepherd neckte: „Würdest du eine Prügelstrafe vorziehen, anstatt körperlich auf deinen richtigen Kurs eingestimmt zu werden?"

Ein ersticktes Hustengeräusch ertönte und Claire löste sich von seiner Hand und presste ihr Gesicht gegen seine Brust. Ein Schauer schüttelte ihren Körper und Shepherd spürte, wie ihre Lippen sich an seiner Haut verzogen. Und dann entwich es ihr – sie brach ein zweites Mal in ersticktes Gelächter aus.

Das Schnurren kehrte mit voller Wucht zurück. „Und jetzt lachst du …"

„Natürlich nicht." Sie räusperte sich und versuchte verzweifelt zu verhindern, dass ihre Lippen zuckten.

Seine Fingerkuppen glitten über ihre Rippen. Claire zuckte zusammen, versteifte sich und biss sich dann auf die Lippe, um ihr erzwungenes, lachendes Schreien aufzuhalten. „Shepherd!"

„Ja?" Er huschte mit seinen Fingern über ihre Seite, als sie zurückscheute und versuchte, von ihm wegzurutschen, nur um in all ihren Decken steckenzubleiben.

Sie wanden sich, während er sie gnadenlos kitzelte. Die ganze Zeit über achtete Shepherd auf jeden Ausrutscher, jedes kleine, bebende Kichern, das ihr entwich. Er wirkte belebt, erfüllt von einer neuen, ungewöhnlichen Energie, und seine Rippen weiteten sich und zogen sich mit schnellen, erregten Atemzügen zusammen. „Kleine, du strahlst wieder."

Claire saugte automatisch die Unterlippe in den Mund und grummelte: „Du zerdrückst dein Baby."

Sein Gewicht verlagerte sich und dünne, verzweigte Krähenfüße bildeten sich neben seinen Augen, als

271

Shepherd die Frau betrachtete, die unter ihm gefangen war.

Vernarbte Lippen drückten sich an ihren Hals und der Riese saugte einen tiefen, rasselnden Atemzug ein. „So gefällst du mir besser, Kleine."

Sein Körper bewegte sich über ihrem und plötzlich war der kräftige Killer verspielt, positionierte seine Hüften zwischen ihren. Claire war sofort beunruhigt und erkannte, dass sie sich in ihrer Erschöpfung schlecht verhalten hatte. Sie hatte die Aufmerksamkeit bestärkt, sie hatte mitgemacht … und es schien ihn sehr glücklich zu machen. Er nahm ihre Hand, legte ihre Handfläche auf seine Brust und zog sie seinen Oberkörper hinunter, drückte sich wie eine verwöhnte Katze der erzwungenen Berührung entgegen.

Claire beobachtete ihre Finger und fragte sich müßig, ob er überhaupt merkte oder ob es ihn kümmerte, dass es nur sein Druck auf ihrem Handgelenk war, der die Liebkosung stattfinden ließ. Sie fragte sich, ob die Schnur mit ihm kommunizierte, so wie sie es mit ihr tat. Welche Manipulationen bewirkte sie in seinem Kopf?

Die Wölbungen der verknoteten Muskeln über Shepherds Rippen, die harten Konturen seines Bauches, so viel Masse und Hitze. Ihre Augen wanderten nach oben und sie stellte fest, dass er sie auf klinische Weise beobachtete, ihren Gesichtsausdruck abschätzte. Der Moment wurde weitaus verwirrender, genau wie seine leicht zerfurchte Stirn und der nahezu faszinierte Ausdruck, der seine flüssigen Quecksilberaugen umgab.

Sein Körper verlagerte sich und Shepherd bewegte Claires Hand nach oben, bis sie auf dem Wirbel aus Tattoos auf seinem dicken Nacken lag – der vordersten Front seiner Da'rin-Symbole. Er schnüffelte und knurrte leise, der Druck seiner Hand auf ihrer ließ nach. „Ich bin hier verspannt."

Das Untier verharrte und wartete, lag auf ihr, aber erdrückte sie nicht, sein Entgegenkommen drängte sie nur dazu, ihn zu streicheln. Es schien eine zumutbare Sache zu sein, aber sie zögerte. Ihn während des Geschlechtsaktes zu berühren, während ihr Verstand auf einer anderen Ebene war, war eine Sache. Ihm Erleichterung zu verschaffen, nur weil er wollte, dass sie es tat … sie zögerte, es ihm zu geben.

Als seine Hand sich zu ihrer Brust bewegte und anfing, den Hügel zu kneten, versteifte Claire sich und wappnete sich, als sie verstand, was er damit sagen wollte. Seine Erektion war zwischen ihren Körpern angeschwollen und pulsierte schon, war bereit. Sie konnte ihn massieren oder er konnte sie ficken.

Er stellte sie vor die Wahl.

Ihre kleine Hand griff nach den Decken, um die zerstörte Höhle wiederherzustellen, dann wanderte ihre Hand zurück zu seinem dick bemuskelten Nacken.

Das Untier ließ von ihrer Brust ab, knurrte tief und lang, als es spürte, wie ihre Hand seine Wirbelsäule knetete.

Das Gefühl, ihn zu berühren, schien so bizarr zu sein. Claire betrachtete es als eine Pflicht, als einen klinischen Akt, und ließ ihre Hand erkennen, wo seine Muskulatur verspannt war, wo sie Narben spüren konnte. Je stärker sie drückte, desto tiefer wurde sein Schnurren. Es hatte den Anschein, als würde das Ungeheuer fast einschlafen, und sein Gewicht verlagerte sich etwas mehr auf sie, aber das war nicht das, was Claires Aufmerksamkeit fesselte. Es war das immer noch harte Fleisch seines Schwanzes und wie er zuckte, als würde Shepherd ab und zu einen Muskel spielen lassen, um gegen ihre Scheide zu stoßen. Außerdem war ihre Brust, die, die er mit einer unausgesprochenen Einladung liebkost hatte, empfindlich, und die Brustwarze war so stark zusammengezogen, dass sie ziepte. Claire musste sehr vorsichtig sein, während sie Shepherds Nacken massierte, um sicherzustellen, dass der Hügel nicht mit ihm in Kontakt kam, und dass sie die unangemessene Erregung ignorierte, wenn die steife Brustwarze Hitze streifte.

Es war zum Verrücktwerden.

Bereits in den frühen Phasen der Schwangerschaft reagierte ihr Körper so viel stärker auf seine Nähe als zuvor. Wo Abneigung gewesen war, begann Claire Interesse zu verspüren. Es war nur eine körperliche Reaktion, aber es fühlte sich wie ein Verrat an sich selbst an, als die Abscheu verschwand und ihr Verstand versuchte, den Strom der endlosen inneren Vorwürfe auszuschalten.

Deshalb hatte er es getan, sie war sich sicher. Die Schwangerschaft sorgte dafür, dass sie sich danach sehnte, dem Vater nahe zu sein, und weckte fast das Interesse, das Shepherd einzufordern schien. Ein langer, besorgter Atemzug entwich ihren Lippen. Der Riese bewegte sich ein wenig. Als ob eine Schwelle überschritten worden wäre, ein Test beendet, begann er übergangslos, die Eichel seines Schwanzes in ihren trägen Körper zu schieben. Claire tat so, als ob es ihr unlieb war, streichelte aber weiterhin seinen Nacken.

Sie stöhnte.

Ihr Gesichtsausdruck deutete darauf hin, dass sie seine schwieligen Finger abstoßend fand, aber die Röte in ihren Wangen verriet sie, als er seine große Hand langsam wieder auf ihre geschwollene Brust legte.

Irgendetwas passierte unter der Oberfläche des Aktes, etwas, worauf sie den Finger nicht legen konnte, etwas an der Art und Weise, wie seine Daumenkuppe ihr Fleisch umkreiste, während er seinen Schwanz immer noch langsam in sie drückte, als ob er die Lage erkundete. Es war zu viel, als wartete er auf irgendeine Offenbarung, einen großen Moment, und es traf Claire wie ein Eimer kaltes Wasser, als sie realisierte, was passiert war.

Shepherd hatte nie das Knurren von sich gegeben.

Es folgte kein Hohn, kein Spott über ihre Verwirrung und sofortige Panik, nur die flüsterweiche Bewegung seiner Hüften, die nach vorne stießen, bis ihr schlüpfriger Kanal bis zum Anschlag ausgefüllt war. Sie teilten einen Atemzug. Shepherd ließ seine Hüften kreisen, beobachtete ihre Augen in der Dunkelheit, während Claire sich damit abfand, was sie dazu gebracht hatte, zu zittern. Ihr Körper hatte den Geruch ihrer Feuchtigkeit verströmt und er hatte sofort reagiert, um etwas zu erfüllen, was ihr Verstand nie zugelassen hätte.

Sie hatte ihn gewollt.

Seine warmen Fingerspitzen verließen ihre Brust, um ihre Lippen nachzufahren, die Kante ihres Kiefers, und Shepherd beobachtete, wie die schweren Lider ihrer grünen Augen sich komplett schlossen.

Die Verführung schien organisch zu sein – ihr fehlte die wohlüberlegte Berechnung, die er normalerweise gebrauchte – aber Claires Gedanken waren in Aufruhr und sie musste etwas tun. Es war wie ein Geistesblitz, der einzige Weg, wie sie sich wehren konnte, weil seine neue Dominanz über ihren Körper irgendwo aufhören musste. Er mochte ihren Lippen leises Keuchen und Stöhnen entlocken, aber sie hatte die Macht, an einen anderen zu denken. Zunächst war es fast einfach, ihr kleiner mentaler Ungehorsam. Sie dachte an die eine Person, von der sie wusste, dass Shepherd sie hasste, an seinen unbekannten Erzfeind – sie dachte an Corday.

Wie die Strömung eines Flusses drehte Shepherd sie beide, bis ihre Höhle auseinanderfiel und er sie über sich hielt. Es gab keinen dunklen Unterschlupf mehr, in dem sie ihr Gesicht und ihre Gefühle verstecken konnte ... aber solange ihre Augen geschlossen blieben, konnte sie ihren Widerstand aufrechterhalten und so tun als ob.

Er ließ die Hüften kreisen und befahl ihr: „Kleine, du wirst mich ansehen, wenn ich dich ficke."

Die Intensität seines Blicks zog ihre Aufmerksamkeit auf ihn und der Fächer ihrer Wimpern hob sich automatisch. Claire blickte ihn mit von Lust berauschten Augen an. Grün fand glänzendes Silber. Alle Gedanken verpufften, das Bild, das sie versucht hatte im Kopf zu behalten, verschwand, als hätte es nie existiert. Es gab nur noch Shepherd.

„Braves Mädchen."

Große Hände hoben und senkten ihre Hüften, das Tempo immer noch langsam, und Claire stützte sich auf seiner massigen Brust ab und tat, wozu sie genötigt wurde. Sie neigte sich seiner Berührung entgegen und lutschte entrückt an seinen Fingern. Shepherd änderte den Winkel, um die Stelle zu treffen, die sie ihm anbot, und entlockte ihr ein Keuchen nach dem anderen, bis sie anfing, wehklagend zu schreien. Von dem Alpha befriedigt zu werden, war schon immer ein Erlebnis bewusstseinsverändernder Fleischeslust gewesen, aber in diesem Moment konnte sie nichts anderes als glänzendes Silber und sanfte Berührungen wahrnehmen. Ihr entwich ein langes Summen und ihre Pussy zuckte, schloss sich wie eine Faust um Shepherds Schwanz und zog den Alpha tiefer in sich hinein, verlockte ihn dazu, abzuspritzen. Er tat es und stöhnte, während er ihre sich windenden Hüften fest gegen seine zog, damit sein Knoten sich tief in ihrem Inneren festsetzen konnte.

Der heiße Spritzer in ihrem Bauch ließ sie zufrieden summen. Shepherd zog sie enger an sich heran, Brust an Brust, und stöhnte lange und laut, als eine weitere Welle

Sperma aus seinem Schwanz schoss, gerade als ihre Pussy sich zusammenzog und nach mehr verlangte.

Sie waren miteinander verbunden und es fühlte sich so an, als würden sie es eine ganze Weile lang bleiben. Claires Wange lag auf der feuchten Haut seiner Brust und sie lauschte seinem Herzen. In Momenten wie diesen wirkte die Schnur nicht mehr schmierig. Sie wirkte sauber, und selbst wenn sie so tat, als wäre sie nicht da, summte sie und sang für sie.

Quälender Selbsthass erhielt wieder Einzug.

Es gab kein tröstliches Schnurren, als ihre Gedanken unruhig wurden, keine Streicheleinheiten, um ihre Anspannung zu lindern. Shepherd wollte, dass sie die Natur ihres Austausches begriff. Claire bewegte sich, als ob sie sich von ihm entfernen wollte, und spürte, wie der riesige, knollige Anker hinter ihrem Beckenknochen hing, wurde daran erinnert, dass ihr Widerstand zwecklos war. Sie war gefangen und versuchte, still zu bleiben, um zuzulassen, dass die Wellen der Geißelung sich durch jede einzelne Ader brannten.

Mit einer Stimme, die beinahe von Mitgefühl erfüllt war, sagte der Mann: „Deine Reaktion war nicht unnatürlich."

Es fühlte sich langsam so an, als ob das Ganze geplant gewesen war, bis hin zu dem Atemzug, den sie holte, bevor sie sprach. „Und dein Nacken", fing sie an, ihre Stimme voller Selbsthass, „tut er immer noch weh?"

„Deine Berührung hat den Schmerz gelindert." Als er spürte, wie sie ihr Gesicht an ihm vergrub, als ob sie sich schämte, beendete er die Lektion und begann zu schnurren, legte seine Arme um sie, um sie so zu halten, wie sie es brauchte, worum sie aber nicht bitten konnte.

***

Es dauerte nicht viel länger, vielleicht nur ein paar Tage, bis Claire anfing, weniger zu schlafen und unruhig zu werden, wenn er sie allein ließ. Sie fand keine Freude mehr in den Stunden ihrer Abgeschiedenheit, wie sie es noch getan hatte, bevor er sie mit dem Gift injiziert hatte. Stattdessen machte die Isolation sie gereizt. Wenn Shepherd nicht anwesend war, schleppte die Zeit sich dahin. Sie stellte fest, dass sie sich nach seiner Rückkehr sehnte, egal wie sehr sie es leugnete, und versteckte sich in ihrer Höhle, betete darum, dass Schlaf die Stunden auffraß, so wie er es zuvor getan hatte.

Sie schämte sich für sich selbst und versuchte, ihre Erleichterung zu verbergen, wenn Shepherd durch die Tür trat, tat ihr Bestes, ihn nicht zu lange anzusehen. Es machte keinen Unterschied. Er wusste es bereits beim ersten Mal und es zeigte sich in der Intensität seines neugierigen Gesichtsausdrucks, als er die Luft in ihre Richtung schnupperte. Er reagierte mit einem Lächeln, das die Haut an seinen Augenwinkeln zerknitterte, und indem er ihren Körper sofort mit geübter und berechnender Sinnlichkeit nahm, sie dabei obsessiv mit seinen allsehenden Augen beobachtete. Es war, als wüsste er, was in ihr wütete, als wüsste er, dass sie am Verlieren war – als ob er begriff, dass Claire es schwerer fand, ihn zu hassen, und sogar Mühe hatte, sich selbst zu hassen.

Als sie daran zerbrach und die Scham sie durchbohrte, begann sie zu weinen, als wäre sie verloren. Shepherd nutzte seinen Vorteil, verhielt sich scheinbar geduldig und setzte seine manipulative Attacke auf ihre Überzeugungen fort, indem er sie mit tiefem Schnurren tröstete, während er sie bestieg. Er fickte die Omega, bis sie vergaß, dass sie überhaupt traurig gewesen war.

Die Krönung ihres Ruins war der unaufhörliche Angriff, der auch im Schlaf nicht abbrach. Claires Träume waren erfüllt von weichen Dingen, von Wärme und dem Geruch ihres Gefährten … seiner Stimme, dem Gefühl seiner rauen Hände, die über ihre Haut glitten. Der Traum wurde mit jeder Nacht intensiver und zu ihrem Entsetzen wachte sie halb bei Bewusstsein auf und sehnte sich danach, von ihm ausgefüllt zu werden. Als sie zum dritten

281

oder vierten Mal in diesem Zustand aufwachte, griff sie instinktiv nach ihm, ließ ihre Hand über seinen muskulösen Körper gleiten, drückte sich in ihrem benommenen Verlangen dichter an ihn, während sie in der Dunkelheit summte. Shepherd reagierte mit absoluter Begeisterung, rollte sein seidiges Gewicht auf sie und stöhnte lange und tief, als er feststellte, dass sie bereits klatschnass war. Während dieser traumähnlichen Paarung konnte Claire nicht genug von seiner Haut bekommen, schrie für ihn, als sein Schwanz dort auftauchte, wo seine Finger sie betastet hatten, und hielt ihn fest, als gehörte er ihr, als wäre er kostbar. Als ein Teil ihres Geistes aufbegehrte, schaltete sie ihn aus, war in diesem Moment nicht bereit, sich ihr Versagen einzugestehen, brauchte nur einmal eine Fantasie, in der sie glücklich war. Und schon hatte sie einen weiteren Teil ihrer selbst an ein Monster verloren.

Während er sich in ihr bewegte und die Schnur voller Freude summte, erkannte sie, wie einfach es sein könnte – wie traumhaft, wie berauschend – wenn sie einfach nur vergessen und sich unterwerfen würde. Als sie ihn drängte, sich schneller zu bewegen, ihr mehr zu geben als langsame, entspannende Stöße, löste sie sich unter ihm in ihre Bestandteile auf, während er sich in sie rammte, und die Bindung pulsierte so kraftvoll wie ihre Pussy, als sie explodierte. Shepherds Knoten setzte sich tief fest, und die Geräusche, die er von sich gab, und die überweltliche Beschaffenheit seiner eisernen Augen machten deutlich, dass es der erfüllendste Orgasmus war, den er je gehabt hatte.

Danach lobte er sie stundenlang, streichelte sie und schnurrte, und sie wünschte sich, er würde nichts sagen. Claire wollte nicht hören, wie gut sie ihn befriedigt hatte oder wie schön er sie fand. Es erinnerte sie daran, dass sie Claire war und er Shepherd, und an all die Dinge, die er getan hatte, und auf wie viele verschiedene Weisen sie in so kurzer Zeit gescheitert war.

Als sie wieder aufwachte, arbeitete er an seinem Schreibtisch, atmete mit einem rhythmischen Schnurren ein und aus, das so alltäglich schien, dass sie es kaum noch bemerkte. Da er kein Hemd trug, konnte Claire jede Linie seiner Muskeln sehen, die Wölbungen und Kurven eines Mannes, der dazu gebaut war, Dinge zu zerstören. All diese Kraft, übersät von den Beweisen seiner Morde …

Sie zog sich ein Kleid über den Kopf, setzte sich auf die Bettkante und beobachtete ihn.

Shepherd drehte sich um und sah sie an, das Wohlwollen zwischen seinen Wimpern deutlich erkennbar.

Wie tief sie gesunken war. Demütigung erschwerte ihr das Atmen. „Wie geht es den Omegas?"

Die Veränderung in ihrem Kidnapper war sofortig. Jegliches Amüsement verschwand und die Härte und Dominanz, die er so geschickt einsetzte, traten an ihre Stelle. „Sie sind genau da, wo sie sein sollten."

„Unterjocht und eingesperrt?", fragte Claire herausfordernd und stand auf, um sich dazu zu zwingen, auf und abzugehen. Sie hätte seit Tagen auf und abgehen sollen … warum hatte sie aufgehört, auf und abzugehen? Warum hatte sie nicht früher nachgefragt? Was zum Teufel war los mit ihr?

„Komm her."

Ihre gebellte Antwort ertönte unverzüglich. „Nein."

Sie musste zum Status quo zurückkehren, musste sich daran erinnern, den Vater ihres Babys zu hassen, und nicht seinen Körper bewundern … durfte niemals wohlwollende Gefühle für ihn zulassen. Sie sollte ihm den Tod an den Hals wünschen, nicht Wert auf seine Aufmerksamkeit legen. Sie rang mit den Händen und marschierte hin und her, ignorierte demonstrativ den Riesen, der sich von seinem Stuhl erhob, um sie zu bändigen.

Eine fleischige Hand schloss sich um ihre Schulter, direkt über den Bisswunden, mit denen Shepherd seinen Anspruch auf sie geltend gemacht hatte und die er jeden

Tag pflegte. Das unangenehme Gefühl, als Druck auf das empfindliche Fleisch ausgeübt wurde, ließ Claire zusammenzucken. Sie presste ihre Lippen zu einer Line zusammen und weigerte sich, ihn anzusehen. Sein Körper strahlte Hitze aus, die in ihren sickerte, und der Geruch – der unvermeidliche Geruch – zwang sie dazu, ihre Augen zu schließen und sich zu konzentrieren, um weiter Widerstand gegen einen Mann zu leisten, der ihr Feind war, nicht ihr Geliebter.

„Du wirst sofort damit aufhören." Seine Stimme war nicht hart.

„Das werde ich nicht."

Sein Tonfall wurde deutlich tiefer, *versprach* ihr Dinge. „Kleine …"

Als sie versuchte, sich aus seinem Griff zu winden, wurde Shepherd lediglich wütend.

Das war gut, nicht wahr? Er war zu sanft gewesen, hatte so getan, als wäre er nicht ein Untier, das sie gefangen hielt und vergiftete. Sie musste den Drachen sehen, das wütende Knurren hören, spüren, wie der Faden verstimmt summte.

Der Fächer ihrer schwarzen Wimpern hob sich und sie sah ihm direkt in die Augen. „Ich werde nicht aufhören."

„Deine Angst vor Veränderung und dieses trotzige Verhalten sind unter deiner Würde."

285

Claire ballte frustriert ihre Hände zu Fäusten. Sie keuchte.

Eine Stimme, die vor Vernunft troff, ertönte von Lippen, die jeden Zentimeter ihrer Haut geschmeckt hatten. „Wenn du dich paaren willst, musst du keinen Streit mit mir vom Zaun brechen, um dein Verlangen vor dir selbst zu rechtfertigen. Das ist es, was du gerade tust, Kleine, du erwartest, dass meine Reaktion darin besteht, dich zu besteigen – weil du nicht zur Kenntnis nehmen willst, dass du bereits nass und willig bist."

Das war nicht das, was sie tat! War es das? Ein entsetzter Blick legte sich auf ihr Gesicht, als sie realisierte, dass man ihre Säfte riechen konnte, dass sie unglaublich erregt war … aber sie war auch wütend. Sie legte den Kopf in die Hände, um ihr Gesicht zu verstecken, und wünschte sich, sie könnte einfach explodieren. „Du verstehst mich nicht im Geringsten!"

„Dann sag mir, was ist der Zweck dieses Wutanfalls?", forderte er mit milder Stimme, weigerte sich immer noch, die Wut an den Tag zu legen, die sie so unbedingt provozieren wollte. „An der Situation der Omegas wird sich nichts ändern. Das weißt du. Das weiß ich. Sich über das Thema zu unterhalten, ist sinnlos und im Grunde genommen aufrührerisch … du willst meine Reaktion haben und wir beide wissen, was du von mir willst."

Claire fing an, an ihren Haaren zu zerren.

Shepherd sprach weiter: „Wenn du mich nicht sofort darum bittest, werde ich dir nicht geben, was du willst."

Ein verschlagenes Lächeln, ein böses, hasserfülltes Grinsen, legte sich auf Claires Lippen. Sie ließ die Hände sinken und blickte in das ungerührte Silber. „Ich kann dir sagen, was ich will! Ich will, dass die Omegas wie Menschen behandelt werden, nicht wie Vieh. Ich will, dass sie sich aussuchen können, mit wem sie sich paaren – dass sie sicher und gut genährt sind und nicht wie Sexspielzeuge für deine widerlichen Anhänger behandelt werden!"

Er klang immer noch ruhig, aber die Glut fing Feuer. „Ich warne dich, überleg dir gut, was du als Nächstes sagst."

Ihre Augen senkten sich zu seiner breiten Brust und starrten hart auf die Stelle, an der die Schnur befestigt war. Sie dachte an die Nadel, die er in sie gerammt hatte. Sie dachte an sein Versprechen auf dem Dach. „Ich fange langsam an, mich an mich selbst zu erinnern. Ich werde einen Weg finden, frei zu sein."

Mit einem schnellen Ruck schüttelte er sie grob. *„Du wirst diesen Raum nie verlassen!"*

Die übliche Dissonanz war wieder da, die Schnur zuckte schrill. Claire atmete erleichtert auf, als sie es spürte, während Shepherd sie zum Bett zerrte. Sie wurde runter geschubst, der Riese ragte hoch über ihr auf. Aber er berührte sie nicht, starrte sie nur an, und seine Brust hob und senkte sich, als ob er ihr den Kopf abreißen wollte. Dann drehte er sich um und ging, schloss die Tür lautstark ab, um seinen Standpunkt klarzumachen.

Ihr Sieg war von kurzer Dauer, als missliche Einsamkeit Einkehr erhielt. Er kehrte nicht zu ihr zurück. Nach einiger Zeit brachte der blauäugige Beta ihr ihre nächste Mahlzeit und Claire verstand, dass sie zu Einzelhaft verdonnert worden war.

Sie war schwanger und ihr Duft war für seine Männer nicht mehr verlockend. Shepherd konnte sie so lange meiden, wie er wollte, und ihr Essen von seinen Leuten bringen lassen … und sie würde es einfach ertragen müssen.

Als sie ihr Abendessen aus Lamm und gerösteten Kartoffeln aß, fing sie an zu weinen, vermisste Shepherds Anwesenheit und hasste sich selbst dafür.

Kapitel 11

Es war ein wenig kreatives Denken erforderlich, um herauszufinden, wo Claires Wohnsitz vor der Besetzung gewesen war. Alle Netzwerksysteme im Dome waren ausgeschaltet worden, selbst die COM-Türme wurden zerstört, um sicherzustellen, dass die Bevölkerung abgesehen von persönlichen Kontakten kaum Möglichkeiten hatten, zu kommunizieren oder sich zu versammeln. Alles, was verblieben war, war Notfall-Hardware.

Shepherds Manipulation der Informations- und Kommunikationsnetze war quasi lückenlos, aber nicht ganz.

Es gab auf jeder Ebene immer noch Datenbanken, Server, die mit den Informationen der Bewohner gefüllt waren – das war es, worauf Corday zugreifen musste. Die meisten Enforcer-Büros waren momentan von Shepherds Anhängern besetzt. Corday hatte Dutzende ausgekundschaftet. Die wenigen Orte, die er verlassen vorgefunden hatte, waren in sehr widrigen Regionen und das Innenleben der Sektoren war leergeräumt oder komplett zerstört. Aber nach zwei Wochen gefährlicher Nachforschungen hatte er Glück.

In der ausgebrannten Hülle einer kleinen Enforcer-Station auf einer mittleren Ebene entdeckte Corday ein winziges Verzeichnisbüro, das von den Unruhen unberührt geblieben war. Der COMscreen funktionierte und fuhr wie durch ein Wunder hoch, als er an eine Batterie angeschlossen wurde.

Corday arbeitete schnell, bevor jemand, der vorbeikam, seine Anwesenheit bemerkte, und rief die ehemalige Adresse von Claire O'Donnell auf. Ohne Zeit zu verschwenden, schaltete er die wertvolle Ressource aus, riss den Memory-Cube heraus und kletterte sieben Ebenen nach unten, um der kalten Nachbarschaft die Stirn zu bieten, die Claire ihr Eigen genannt hatte.

Die Omega hatte zu nahe an den Slums gelebt, als dass ihr Zuhause jemals als sicher gegolten hatte. Alles war schlecht erhalten, eng zusammengepfercht und in ausgewaschenen und verblassten Farben gestrichen. Ihre Wohnung war natürlich geplündert worden. Fenster waren zertrümmert, Kleinkram zerstört und alles Wertvolle mitgenommen worden. Was blieb, waren schäbige Möbel und Wände voll teurer Papierbücher.

Man hatte alle möglichen *Dinge* mitgehen lassen, aber es waren nur wenige Bücher gestohlen worden.

Die Buchrücken der Romane, die sie liebte, waren durch häufigen Gebrauch eingerissen. Corday grinste, als er feststellte, dass ihre Favoriten fast klischeehaft waren, und seine Lippen zuckten, als er eine mit Eselohren versehene Ausgabe eines Liebesromans an vorderster Stelle fand. Mit vorsichtigen Fingern zog er sie heraus und sah sich das abgenutzte Cover an.

Es war zerknittert und roch nach seifiger Vanille. Corday stellte es zurück und ging in das einzige Schlafzimmer der kleinen Wohnung.

Alles war in einer Schattierung aus Eierschalenblau gestrichen und in dem simplen, gemütlichen Ambiente eingerichtet, das Omegas brauchten. Die Bettwäsche roch noch nach ihr, obwohl es so aussah, als hätte sich ein Randalierer auf den Laken gewälzt. Corday setzte sich auf die schmale Matratze und nahm das Familienfoto von ihrem Nachttisch – ihre Eltern und Claire, als sie noch ein Mädchen war. Die Hände eines Alpha-Vaters ruhten auf den Schultern seines kleinen Mädchens. Neben ihnen war eine Frau mit einem verkniffenen Lächeln – ihre Miene war gezwungen, versuchte, unter den von Kapitulation erfüllten Augen Freude auszustrahlen.

Claire war ein Ebenbild ihres Vaters, das gleiche unverwechselbare Aussehen, die gleichen schwarzen Haare, aber sie hatte die schmale Figur und die schwanenhafte Natur ihrer Mutter. Sie wirkte zerbrechlich, aber Corday wusste, dass sie stärker war, als sie zu sein schien.

Corday stellte das Foto wieder zurück und fing an, ihre Sammlung von wertlosem Schmuck zu durchstöbern, den selbst die Plünderer hatten liegen lassen. Unter dem Futter der kleinen Samtkiste fühlte er die Umrisse eines Rings und zog den Stoff zurück, hinter dem er einen abgenutzten Goldring fand.

Es war ein Ehering. Der gleiche, den ihre Mutter auf dem Foto trug.

Ohne nachzudenken, steckte Corday ihn ein, damit er ihn Claire zurückgeben konnte. Weil er *sie wiedersehen würde*. Seine Omega-Freundin war gewieft und klug. Sie würde ihren Weg finden. Claire würde nicht so enden wie die Omegas mit den glasigen Augen, die von den Enforcern befreit worden waren, und die darum bettelten, von einem Alpha eingefordert zu werden, um ein Gefühl von Sinnhaftigkeit und Erleichterung zu verspüren. Nein … Claire war anders.

Das musste sie sein.

***

Claire war sich nicht sicher, wie viele Tage vergangen waren, wie spät es war, wie lange sie geschlafen hatte oder warum sie immer erschöpft war, wenn sie aufwachte. Shepherd war seit ihrem Streit kein einziges Mal zurückgekehrt.

Es gab niemanden, mit dem sie reden konnte, keinen beruhigenden Geruch. Es gab nichts zu tun, außer sich zwanghaft mit dem Raum zu beschäftigen und zu versuchen, nicht daran zu denken, wie unfassbar einsam sie war.

Sie putzte jede Oberfläche, nahm sogar alles aus der Kommode und faltete jedes Kleidungsstück neu, so dass die Kanten gerade waren. Selbst wenn sie sich dazu zwang, sich abzulenken, kreisten ihre Gedanken mehrfach unbeabsichtigt um den Alpha, verführten sie dazu, sich an seine angenehmeren Eigenschaften zu erinnern.

Die Wurzel des Problems war offensichtlich. Claire wollte ihn zurückhaben – sein beruhigendes Schnurren, die Hitze seines Körpers in ihrem Nest. Ihr Leben wurde durch die erzwungene Einsamkeit durcheinandergebracht, war beunruhigend und verwirrend.

Nachdem sie die letzte Schublade geschlossen hatte und bereit war, mit dem Bücherregal weiterzumachen – was Shepherd ihr *Fenster* genannt hatte – drehte Claire sich um und quietschte. Eine Frau stand hinter ihr, so dicht, dass sie sich hätten berühren können.

Grüne Augen weiteten sich beim Anblick der Fremden und Claire stammelte: „Hallo.", und fragte sich einen Moment lang, ob sie den Verstand verloren hatte und anfing, zu halluzinieren.

Ein Lächeln, ein reizendes, geschliffenes und geübtes Grinsen von Adel, breitete sich auf rosa Lippen aus. „Hallo, Hübsche."

Claire konnte riechen, dass das Weibchen nicht das war, was sie zu sein schien. Die exotische Schönheit war eine Alpha, aber so zierlich, dass die Brünette fast als Omega durchgehen könnte. Claire wich zurück und blaue Augen verfolgten ihre Bewegungen, während ein kleines, amüsiertes Feixen diese Lippen umspielte. „Wer bist du?"

Die kühlen Finger der Frau ließen Claire sofort den Kopf zurückziehen. Es hinderte die grinsende Frau nicht daran, mit ihrem Fingernagel über die zarte Haut unter Claires Kiefer zu fahren. „Ich bin Shepherds Geliebte."

Die Schnur in ihrer Brust, die Kette, wand sich bei diesen Worten. Claire legte sich abwehrend eine Hand auf ihren Bauch und würgte heraus: „Ich bin Claire."

„Claire." Eine wohlhabende, akzentuierte Stimme zog die Aussprache ihres Namens in die Länge.

Ein Funkeln lag in diesen ovalen Augen, etwas Unangenehmes und Verräterisches. Die Alpha war gefährlich, betrachtete sie wie ein Stück Fleisch und trat mit jedem Schritt, den Claire zurückmachte, einen Schritt nach vorne, bis die Omega gegen das Bett stieß und nicht mehr weiter konnte.

Der Eindringling schnurrte: „Halt still, Omega."

Claires Stimme wurde tiefer, ihre Schultern versteiften sich und sie sagte wieder: „Mein Name ist Claire."

Schmerz explodierte in Claires Gesicht. Sie drückte eine Hand auf ihre blutende Lippe und starrte schockiert die Fremde an, die sie geschlagen hatte.

„Du stinkst nach ihm." Das Alpha-Weibchen schnüffelte. „Leg dich aufs Bett und spreiz die Beine, damit ich nachschauen kann."

„Ich weiß nicht, wer zum Teufel du bist, aber lass mich in Ruhe!"

Ein mokierender Laut ertönte, hing in der Luft zwischen ihnen. „Du kannst gehorchen, oder ich werde Shepherd dazu bringen, dich zu zwingen."

„Dann lass ihn mich zwingen … ich mache nicht die Beine breit, nur weil eine Alpha-Schlampe es mir befiehlt."

Bevor sie entkommen konnte, legte sich eine unnachgiebige Hand um Claires Hals. Sie wurde zurückgedrängt, bis ihre Knie sich beugten und der Rücken der Omega auf der Matratze aufschlug. Claire kratzte an den Händen, die ihre Luftröhre zerquetschten, und blickte in die starren, blauen Augen eines Killers – was sie dort sah, weckte mehr Angst in hier, als sie je zuvor verspürt hatte.

Die Hand der Frau glitt unter Claires Rock, Finger rammten sich in sie, bohrten sich schmerzhaft in ihren trockenen Schoß. Die Brünette zog sie heraus und kostete sie. „Du bist schwanger. Wie interessant."

Eine zweite Hand legte sich um Claires Hals. Der Druck verstärkte sich und ihre Welt wurde langsam dunkel.

„Svana." Es war ein Wort, ausgesprochen in einem sehr gefährlichen Tonfall.

Die Brünette legte den Kopf schief, als sie den Mann in der Tür stehen sah.

„Mein Geliebter." Svana lächelte. „Die Augen deines Spielzeugs haben die falsche Farbe. Meine Augen sind blau."

„Lass die Kehle der Omega los."

Mit einem neckischen Feixen und einer schnellen und schwungvollen Bewegung ließ Svana Claire los. Claire hustete, saugte Luft ein und krabbelte zurück. Ihre geweiteten Augen sahen Shepherd an, sahen den Mann an, der, obwohl er mit ihr verbunden war, dastand und nichts tat. Alles war falsch, die Schnur war verdreht und Claire registrierte voller Entsetzen die absolute Liebe in dem Gesichtsausdruck, mit dem Shepherd das Alpha-Weibchen ansah, das sich ihm näherte.

Die exotische Schönheit streichelte die Brust ihres Gefährten. Svana schnurrte: „Ich habe dich vermisst. Schick dein Spielzeug weg. Ich habe nur ein paar Stunden, bevor ich zurückkehren muss."

Shepherd legte eine Hand an das Gesicht der Frau und erklärte: „Die Omega darf diesen Raum nicht verlassen."

Svana zuckte mit den Schultern. „Dann kann sie mitmachen oder zuschauen. Schade, dass ich ihren letzten Zyklus verpasst habe. Wir haben seit einer Weile keine brunftige Omega mehr geteilt."

Flache, keuchende Atemzüge waren alles, was Claire zustande brachte, während sie sich gegen die Wand drückte und realisierte, wie verdorben der Mann, der einen Anker in ihrer Brust befestigt hatte, wirklich war. Jetzt verstand sie es. Die Chemikalien der Schwangerschaft, die Paarbindung – nichts konnte etwas daran ändern. Sie bedeutete Shepherd nichts. Sie war dazu manipuliert worden, ein Monster gern zu haben, das jemand anderen liebte – sie war das, worauf die Frau bestanden hatte: Sein Spielzeug.

„Claire, du wirst ins Badezimmer gehen und dort bleiben, bis ich dich hole."

Er hatte ihren Namen gesagt. Claire starrte die beiden wie vor den Kopf geschlagen an, sah zu, wie Shepherd – wie ihr Gefährte – eine andere Frau liebevoll berührte.

Als sie keine Anstalten machte, dem Befehl Folge zu leisten, schoss ein wütender Kopf hoch und seine silbernen Augen verengten sich bedrohlich. „Geh."

Sie gehorchte. Jeder Schritt fühlte sich an, als würde sie auf Glas gehen, aber der Schmerz war ein Segen, ein Geschenk der Göttin der Omegas. Claires Verstand begann sich zu lichten, der Einfluss der Schnur begann geringer zu werden, und sie begann *überhaupt nichts* zu fühlen.

Sie schloss die Tür hinter sich und saß alleine da. Sie starrte der Zukunft direkt ins Gesicht und wusste, wie die Hölle aussah.

Das Geräusch der beiden fickenden Alphas war nichts. Atmen war nichts. Sie hatte sich allmählich in diesem kleinen grauen Raum eingelebt, aber jetzt war sie frei von solch unbedeutsamen Dingen wie ihrem weiteren Überleben. Ein tiefer Riss lief durch ihre Brust, eine Kluft, aus der abscheuliches, toxisches Gas in die Luft entwich, während Claire in der Dunkelheit saß und die Musik des Bösen durch die Tür drang. Es gab nichts mehr, woran die schmierige Schnur sich festhalten konnte. Es war nichts mehr in ihr verblieben … aber sie war auf schreckliche Weise immer noch Claire.

Später weckte Shepherd sie auf, sie war an die Wand angelehnt eingeschlafen. Er zog sie hoch und setzte sie auf dem Deckel der Toilette ab, damit er ein nasses Handtuch auf ihre aufgesprungene Lippe drücken konnte. Sie sah ihm direkt in die Augen, mit einem wilden, durchdringenden, alptraumhaften Blick. Als er nichts sagte, fing sie an, ihn laut anzulachen, ein Geräusch, das vor Verachtung troff.

Er war erbärmlich … widerlich. Und er war für sie gestorben.

Der Gesichtsausdruck, der folgte, war voller Verwirrung – der Blick eines kleinen Jungen, der von Bullys umringt ist. Es war perfekt.

Eine harte Stimme knurrte: „Svana ist gefährlich."

Claire lachte nur noch härter, das heisere Geräusch durch ihre verletzte Kehle verzerrt. Sie lachte, bis sie rot im Gesicht war, bis ihre Eingeweide schmerzten. Sie lachte, bis sie sich an Shepherd vorbeischieben und ins Waschbecken kotzen musste. Sie stellte sich aufrecht hin, wischte sich mit dem Handrücken über ihren stechenden Mund und ging, immer noch kichernd, aus dem Badezimmer in einen Raum, der, wenn sie noch irgendeinen Grund zum Atmen gehabt hätte, zutiefst verpestet gerochen hätte.

Es waren nur vier graue Wände, jeder Riss war ihr vertraut – ein Kasten mit nichts drin.

Ihr Nest war ein Wrack, also legte Claire sich mitten auf den Boden und schloss die Augen. Es fühlte sich fast so an, als würde sie mit der Erde verschmelzen, eins werden mit dem endlosen, leblosen Raum.

Es war wunderschön.

Als sie aufwachte, war es draußen hell, das spürte Claire in ihren Knochen. Sie starrte an die Decke und stellte sich vor, wie das Sonnenlicht auf der Kuppel schillerte. Essen war auf dem Tisch, wartete auf sie. Sie stand auf, nahm den Teller, trug ihn ins Badezimmer und spülte alles die Toilette runter. Sie ließ das Vitamin fallen und ihre Lippen formten das Wort „Plopp", als es in das wirbelnde Wasser fiel. Der leere Teller wurde wieder auf das Tablett gestellt und sie kehrte sofort wieder zu ihrem warmen Abdruck auf dem Boden zurück. Ein ganzer Tag verging.

Die Tür öffnete sich. Ihre teilnahmslosen Augen beobachteten, wie der blauäugige Beta mit einem weiteren Tablett hereinkam. Der Anhänger ging an ihr vorbei, als ob sie nicht existierte.

Claire krächzte gefühllos: „Ich weiß deinen Namen nicht."

Er antwortete mit ausdruckslosem Gesicht: „Ich bin Jules. Shepherd möchte, dass du das Vitamin nicht vergisst."

Das leere Tablett wurde mitgenommen. Er ging an ihr vorbei, ohne sie auch nur anzusehen.

Die Tür wurde verschlossen und Claire achtete darauf, Shepherds Anordnung zu folgen. Sie spülte das gesamte Essen runter und vergaß dabei mit Sicherheit nicht das Vitamin. Es war schließlich schön, den grauen Raum für sich allein zu haben, jetzt, wo sie von innen hohl war. Sie duschte sich, zog sich um, bürstete sich die Haare … all die Dinge, die lebendige Menschen taten. Dann ging sie sofort wieder zu dem Fleck auf dem Boden, um zu verrotten.

Es war unausbleiblich, dass irgendwann genug Zeit verstreichen würde. Das Geräusch von Kampfstiefeln dröhnte auf dem Boden und der Teufel kauerte über ihr. Ein Schnurren ertönte und Claire öffnete die Augen, komplett unbeeindruckt.

Sie fühlte nichts.

Shepherd hob sie hoch, ihr Körper hing schlaff herunter, und zog ihr das frische Kleid aus, bevor er sie ins Bett legte. Die Laken mussten gewechselt worden sein.

Entweder das oder sie hatte die Struktur von Shepherds Geruch vergessen. Alles roch einfach leer. Der Mann rutschte nackt neben ihr ins Bett und näherte sich ihr langsam. Während er alles tat, was er wollte, sich nahm, was sie ihm nie angeboten hatte, drückte er seine Brust an ihre und knurrte.

Nichts.

Er spreizte ihre Beine, knurrte wieder und ließ seine Finger zwischen ihren Oberschenkeln tanzen. Egal was er tat, Claire starrte nur an die Decke und sah stattdessen den bedeckten Nachthimmel. Sie gab keinen Laut von sich, als etwas Fremdes unangenehm in ihren unvorbereiteten Körper drang. Sie lag einfach da, während es passierte, war sich nicht sicher, wie lange er es versuchte, wie viel Mühe er sich gab ... weil es ihr egal war. Ein befremdendes Dehnen ließ sie wissen, dass der Knoten des schwitzenden, grunzenden Dings in ihr angeschwollen war.

Immer noch nichts.

Während ihre Körper miteinander verbunden waren, hörte sie entfernt den Klang einer tiefen, rauen Stimme und ignorierte sie. Jemand zog sachte an ihren Haaren, Hände streichelten sie sanft. Claire gähnte. Sie schlief sofort ein.

Als sie durch den Undercroft ging, wo ihre Art eingesperrt worden war, hielt Nona ihre Wirbelsäule kerzengerade, trotz der zwei großen Anhänger, die sie mit sich zerrten. Sie war seit Wochen nicht mehr belästigt oder befragt worden und fragte sich, mit welchen törichten Dingen sie ihre Zeit jetzt verschwenden würden. Als die Tür sich öffnete und sie in den Raum geschoben wurde, konnte selbst sie das Zucken ihrer Augenbraue oder das plötzliche Gefühl der Angst nicht verbergen, als sie feststellte, dass es nicht der Beta Jules war, der an dem Tisch saß.

Sogar im Sitzen war der Alpha riesig.

„Sie scheint auch zu denken, dass Stehen, so wie du es tust, einen Zweck erfüllt. Aber du bist immer noch eine Omega und du weißt, dass Widerstand gegen jemanden wie mich sinnlos ist", erklärte Shepherd, seine Stimme beiläufig, obwohl sein Gesichtsausdruck alles andere als freundlich war.

Nona nahm unaufgefordert Platz, war alt genug, um zu wissen, dass es sich nicht lohnte, auf männliche Sticheleien einzugehen.

Der Mann begann. „Du bist faktisch die Anführerin dieses Omega-Rudels—"

Nona warf ein: „Das bin ich nicht. Wir funktionieren als Demokratie."

„Wie gefallen dir die bereitgestellten Unterkünfte?"

„Sie sind wie ein Gefängnis", antwortete Nona und betrachtete ihn genauso gefühlskalt, wie er sie beobachtete.

Shepherd war von ihrer Kühnheit nicht beeindruckt. „Ich habe euch mit sauberem Wasser versorgt, mit gesundem Essen, warmen Decken, Unterschlupf ..."

„Ihre Rechtfertigung ist fehlerhaft." Nona tippte auf den Tisch. „All diese Annehmlichkeiten dienen nur dazu, die Omegas darauf vorzubereiten, Sklaven für einen Fremden zu werden."

„Du bist diejenige, die sie dazu verleitet hat, so zu denken, wie sie es tut."

Nun, das war interessant. Nona legte den Kopf schief und fragte: „Wie bitte?"

„Von den acht Omegas, die seit ihrem Übergang in meine Obhut eine Paarbindung eingegangen sind, haben alle ihre Position akzeptiert – verhalten sich so, wie sie sollten."

Es war töricht, zu lächeln, er konnte ihr mit einem gezielten Schlag den Kopf von den Schultern reißen, aber Nona erlaubte es sich. Seine Aussage hatte einen Haken, eine unterschwellige Gereiztheit, die preisgab, dass seine

304

eigene Beziehung nicht gerade eben perfekt war. „Es gibt nichts, was ich Ihnen sagen könnte, das Claire zu etwas machen würde, was sie nicht ist. Ich habe stundenlang über das Essen geredet, von dem ich weiß, dass sie es mag, ihre Hobbys ... alles Fragen, die Sie ihr hätten stellen können."

„Dein einziger Nutzen für mich, alte Frau, sind Informationen, die mir helfen werden, meine Gefährtin zu beruhigen." Shepherd sinnierte darüber nach, wie einfach es wäre, die alte Frau zu erwürgen, und warnte sie: „Wage es nicht, aufmüpfig zu werden oder mir Ratschläge zu erteilen."

„Dann kommen Sie zur Sache."

Das leichte Flackern in seinen silbernen Augen, der plötzliche Gestank nach Feindseligkeit – seine Gleichgültigkeit war weitaus instabiler, als er vortäuschte. „Ich denke langsam, dass du keinen Nutzen mehr für mich hast. Es gibt noch Platz neben den anderen Omegas, wo deine Leiche hin und her schwingen kann."

„Wenn etwas mit Claire nicht stimmt, würde ich alles tun, um ihr zu helfen", erwiderte Nona, verlieh ihrer Wut nur allzu gerne Ausdruck. „Egal nach welchen Einsichten Sie suchen, fragen Sie einfach."

„Meine Gefährtin ist in sich gekehrt."

Nona blickte finster drein und fragte sich, wie zum Teufel ihn das überraschen konnte. Ihre Lippen zu einer Linie gepresst, wartete sie darauf, dass der Mann weiterredete.

Shepherd beugte sich vor und bellte: „Willst du nichts dazu sagen?"

„Ich bin mir nicht sicher, was Sie von mir erwarten", sagte Nona. „Ich habe noch nie gehört, dass jemand Claire mit diesem Wort beschrieben hat. Sie tut ihre Meinung normalerweise ziemlich lautstark kund. Was auch immer sie jetzt ist, haben Sie durch Ihren Umgang mit Ihr herbeigeführt."

„Was hat sie jeweils nach dem Tod ihrer Eltern aus ihrer Melancholie gerissen?"

„Zeit und die Unterstützung von Menschen, die sie geliebt hat."

Es war offensichtlich, dass die Antwort inakzeptabel war, dass dem Riesen langsam der Geduldsfaden riss.

Der Mann machte sie krank und ihre Ansicht klang in Nonas Anschuldigung deutlich durch. „Gehen Sie mit ihr auch auf diese Weise um? Sie wird nicht darauf ansprechen."

„Ich bin sehr vorsichtig mit Claire."

Etwas an seinen Worten gab ihr das Gefühl, dass er log, oder dass er auf eine Weise vorsichtig war, wie man ein neugeborenes Kätzchen hält – eine unnatürliche Art, mit einer Gefährtin umzugehen. Nona schnüffelte in der Luft, beugte sich vor, um ihre Begutachtung deutlich zu machen, und stellte fest, dass sehr wenig von Claires Duft dem Mann anhaftete. „Und Sie haben sie wie ein Objekt studiert, mit Informationen, die Sie externen Quellen entnommen haben. Warum? Um die Situation zu Ihrer Zufriedenheit zu manipulieren?"

„Natürlich."

„Anscheinend ist Ihre Strategie fehlgeschlagen." Das war's dann. „Es gibt nichts, was ich sagen kann, um Ihnen zu helfen, Alpha."

Shepherds finsterer Blick drohte mit Qualen. „Es wird in den nächsten drei Tagen kein Essen für die Omegas geben. Alle werden darüber informiert werden, dass du der Grund für ihren Hunger warst."

**

Wie lustig die Welt war. Alles war umgekehrt. Claire saß auf einem Stuhl, den Kopf auf ihrer Handfläche abgestützt, während Shepherd derjenige war, der auf und abging. Hin und her, hin und her. Er war wie ein aufgewühlter Dinosaurier.

Claire gab einen Laut von sich.

Der riesige Hüne blieb stehen und sah sie an. Er sprach.

Sie hörte nichts.

Ihre dünnen Finger begannen, auf dem Tisch zu trommeln. Und wieder streifte die Bestie durch den Raum. Irgendwann zog er sie hoch, so wie er es bei jedem Besuch getan hatte, und zog ihr das Kleid aus. Es war dasselbe: Die Matratze unter ihrem Rücken, sein nutzloses Knurren und dann all die Tricks, die er sich ausgedacht hatte, um ihren Körper zu verführen. Shepherd hielt sich für clever und schmierte seinen hochragenden Schwanz mit einer großzügigen Menge Gleitmittel ein, bevor er sie bestieg. Er stieß in diese Richtung und in jene, genau wie sein verstörtes Auf- und Abgehen. Er versuchte alles, um ihr eine Reaktion zu entlocken, versuchte sogar, ihren schlaffen Lippen einen Kuss abzuringen, flüsterte ihr ins Ohr, liebkoste sie und starrte in Augen, die weit entfernt waren.

„Kleine, komm zurück."

Sie würde nie wieder zurückkommen. Nicht zu ihm. Nicht zu dem Untier, das sie dazu gebracht hatte, ihn zu wollen, und sie dann so sehr verraten hatte.

Claire schlief ein, während Shepherd sich immer noch in ihr bewegte.

Irgendwann fand der Alpha heraus, was sie mit den Mahlzeiten tat, die ihr in seiner Abwesenheit gebracht wurden. Nicht, dass es schwer zu entdecken war, als sie das Essen, das er ihr brachte, nicht einmal ansah. Seine Gefährtin wurde fahl, hatte dunkle Augenringe, und egal was er ihr zwischen die Lippen schob, sie schluckte es nicht runter. Sie starrte ihn nur mit diesen toten Augen an, starrte ihn direkt an und forderte ihn heraus, zu versuchen, sie zum Essen zu bringen.

Als er seine Hand auf den Tisch knallen ließ, ächzte das Metall. Claire starrte ihn an und spuckte gemächlich alles, was in ihrem Mund war, wieder aus, ließ es in ihren Schoß fallen. Gebrüll ertönte und ihr gesamtes Tablett wurde durch den Raum geworfen, prallte gegen die Wand. Eine Pranke zerrte sie vom Stuhl, eine Decke wurde zu eng um sie herumgewickelt. Shepherd hielt sie in seinen Armen. Das Metall wurde aufgerissen, ihre Betonwände verschwanden. Sie kamen an einem Feuerlöscher vorbei, den sie schon einmal gesehen hatte, an einer blauen Tür, einem Raum voller COMmonitore, nur dass diesmal Männer in dem Raum waren, Männer in den Fluren – Anhänger, die dem Riesen salutierten, der sie ignorierte, während er an ihnen vorbei stürmte.

Das Geräusch von Stiefeln auf einer Betontreppe, gegrunzte Befehle, die Claire ignorierte, und dann öffnete sich eine Tür, hinter der eisige Kälte lag. Atmosphäre, frische Luft … sie hatte diese Dinge gesehen, während sie auf dem Boden gelegen und durch die Decke gestarrt hatte. Es war nichts Besonderes. Claire schloss die Augen.

Shepherd ließ es nicht zu. Große Arme schüttelten sie, rüttelten ihren Körper, bis sich ihre Augen öffneten. Er stellte sie auf ihre Füße und wich zurück, so dass sie auf eigenen Beinen stehen musste. Claire tat es, wusste etwas, was kein anderer Mann auf dieser Terrasse wusste. Ein Verstand konnte nahezu auf der Stelle neue Dinge lernen, wenn er vollkommen leer war, Augen erblickten Details, die einem denkenden Verstand entgingen. Sie stand auf ihren eigenen zwei Füßen und blickte zum schneienden Himmel auf … spürte, wie die großen weißen Flocken auf ihren Wangen schmolzen.

Derart dicht fallender Schnee war ein Zeichen dafür, dass der Dome beschädigt worden war, dass die Arktis hereinkroch. Die Ingenieure, die für die koloniale Sicherheit verantwortlich waren, hatten versagt.

Hatten sie nicht alle versagt?

Als das Scheusal sah, wie sie stehenblieb, atmete es hinter ihr erleichtert durch.

Niemand hätte wissen können, was sie vorhatte. Keiner von ihnen hätte es ahnen können. Unter dem Vorwand eines Gähnens knackte Claire mit dem Nacken und ließ ihre Schultern so kreisen, dass die Decke sich lockerte. Dann, in einem schnellen Spurt, schoss sie wie ein Hase nach vorne und sprang über den Rand der Terrasse der Zitadelle, um in die Dunkelheit zu fallen, bevor jemand sie erreichen konnte.

Die Trägheit von schlaffen Körpern fängt Aufprälle ganz anders ab als steife, strampelnde Körper. Das wusste Claire. Was sie nicht wusste, war, dass selbst hohe, weiche Schneewehen wirklich, wirklich wehtaten, wenn man von einem Gebäude sprang, um in ihnen zu landen.

Über ihr ertönten Schreie, aber das frische Pulver nahm sie auf, versteckte sie lange genug, um einen eisigen Korridor hinunter zu schlüpfen, durch den nur jemand passen konnte, der so klein wie eine Omega war. Dann tat sie das, was sie am besten konnte. Claire rannte.

Von oben sah es so aus, als wäre sie einfach verschwunden. Da sie innerlich bereits tot war, könnte das genauso gut der Fall sein.

Vielen Dank, dass du Born to be Bound gelesen hast. Shepherds und Claires Geschichte ist noch lange nicht vorbei. Lies jetzt BORN TO BE BROKEN (englische Ausgabe, die deutsche Ausgabe wird bald erhältlich sein!)!

HINWEIS: Alle im Folgenden beschriebenen Bücher sind derzeit nur auf Englisch erhältlich. Der zweite Band der Alpha's Claim-Reihe erscheint in Kürze auf Deutsch!

KOSTENLOSES BUCH! Lade jetzt BRANDED CAPTIVE herunter!
"Krank und pervers heiß! Addison Cains Romane hauen mich jedes Mal um!"
NYT Bestsellerautorin Anna Zaires

Du willst mehr? Omegaverse Dark Romance in ihrer herzzerreißendsten Form! Eifersüchtig, besitzergreifend und bereit, jede Sünde zu begehen, um seine Gefährtin zu stehlen – Shepherd ist der Antiheld Book Boyfriend, auf den du gewartet hast.

- Born to be Bound – Shepherd ist brutal, berechnend und unfähig, Reue zu empfinden, und verlangt Hingabe von seiner neuen Gefährtin. Ihre Aufmerksamkeit. Ihren Körper.

- Born to be Broken – Er weiß nicht, wie er die Omega in seiner Gefangenschaft lieben soll. Aber Shepherd ist entschlossen, es zu lernen.

- Reborn – Die Paarbindung hat Claire so sehr verzehrt, dass sie Schwierigkeiten hat zu unterscheiden, wo ihre Gefühle anfangen und Shepherds Machenschaften enden.

- Stolen – Er nahm sie mit Gewalt und niemand schritt ein. Er brach sie und schwor, dass er sie wieder zusammensetzen würde.

Die Wren's Song-Reihe ist eine dunkle, düstere Omegaverse Reverse Harem Geschichte für alle, die es krank mögen und kompletten Machtaustausch lieben.

- Branded Captive – Wren kann nicht wie ein Vogel singen. Sie kann überhaupt nicht sprechen. Der Anführer der Alphas und sein Rudel haben die Omega nicht gekauft, um sie sprechen zu hören.

- Silent Captive – Wren ist in den Fängen von drei gefährlichen Alphas, von denen jeder seine eigenen egoistischen Absichten hat.

- <u>Broken Captive</u> – Caspian hat ihr sein Mal gegeben, Toby hat sie für sich eingefordert, und Kieran ist voller Widerwillen ihrem Bann verfallen.

- <u>Ravaged Captive</u> – Von Reichtum und Macht erfüllt, hat Caspian sich meine Stadt untertan gemacht. Kein Mann und keine Frau verweigert sich ihm, nicht einmal ich.

Sinnlich, schmutzig und unglaublich befriedigend. Meine Omegaverse Dark Romance Bestseller warten auf alle, die mutig genug sind, eine Kostprobe zu nehmen.

- <u>The Golden Line</u> – Sie nennen mich brutal. Sie nennen mich reuelos. Sie nennen mich besitzergreifend. Ich bin all diese Dinge und noch viel, *viel* schlimmere.

Du magst deine Männer vernarrt, liebevoll und extrem besitzergreifend? Lies meine Reverse Harem Dark Romance. Die Irdesi Empire-Reihe ist fesselnd und heiß und hält, was sie verspricht.

- <u>Sigil</u> – Er wird sie haben. Selbst wenn er Imperien vernichten muss. Selbst wenn er sie zu ihrem eigenen Besten verletzen muss. Selbst wenn er sie mit seinen Brüdern teilen muss. Sigil wird ihm gehören.

- <u>Sovereign</u> – Sovereign kümmert sich um seine widerwillige Gemahlin. Seine vielen Brüder überschütten sie mit Aufmerksamkeit und jeder von ihnen wendet seine ganz eigenen Verführungskünste an, um die einzige Frau ihrer Art zu umwerben.

Wenn du auf düstere Alpha-Männer stehst, wird dir mein Regency Dark Romance Hit gefallen.

- <u>Dark Side of the Sun</u> – Gierig, gerissen, grausam. Gregory behauptet, sie zu lieben, bietet ihr an, für sie zu töten … aber Lügen legen sich leicht auf seine Zunge.

Besessenheit und die abartigste „Liebe" füllen die Seiten dieses spannenden Buchs. Vorsicht vor dem dunklen Grauen, das dich erwartet.

- Catacombs – Der Vampirkönig hat seine Königin gefunden und sie für seine eigenen kranken Fantasien eingesperrt.

Verbotener Horror, der sich in deine dunkleren Gedanken einschleicht und dich die ganze Nacht wachhält? Was auch immer du tust, folge nicht dem weißen Kaninchen!

- The White Queen – Der Teufel schuldet dem Hutmacher einen Gefallen … und er weiß genau, was er als Belohnung haben will.
- Immaculate – Aber meine Knie wurden durch die Anbetung eines leeren Altars besudelt. Alles, was man mir beigebracht hat, ist eine Lüge. Hier gibt es keinen Gott.

Du liebst gutes, altmodisches Begehren? Wage einen Tanz mit diesen Liebesromanen aus der Zeit der Prohibition.

- A Taste of Shine – Irgendetwas stimmt nicht mit dem neuen Mädchen in der Stadt. Charlotte Elliot flucht, sie trinkt und sie gibt sich verdammt noch mal zu viel Mühe, sich unter die einfachen Leute zu mischen.

- A Shot in the Dark – **Matthew ist entschlossen, seine entlaufene Geliebte zu finden.** Und dann wird er sie heiraten.

Tritt meiner Facebook-Gruppe bei, Addison Cain's Dark Longing's Lounge, **für kurze Vorschauen, kostenlosen Kram und jede Menge Spaß! Frag mich alles! Ich würde mich freuen, mit dir zu chatten.**
Und jetzt viel Vergnügen mit einem ausführlichen Auszug aus BORN TO BE BROKEN …

BORN TO BE BROKEN

Alpha's Claim, Buch Zwei

Kapitel 1

Als sie sein Zuhause gefunden hatte, konnte Claire kaum noch kriechen. Sie kratzte am Eingang, ihre Finger taub, und sackte auf dem Boden zusammen. Als die Tür sich einen Spalt öffnete und blinzelnde Augen in der Dunkelheit auftauchten, hätte Claire gelacht, wenn sie dazu in der Lage gewesen wäre. Noch nie hatte ein Mann so schockiert ausgesehen.

Sie war schmutzig; ihre strähnigen Haare waren nass von Schnee und Schweiß, ihre Gliedmaßen durch ihren Sturz übel zerkratzt. An ihrem Hals war ein blauer Fleck, der verräterisch wie ein Handabdruck geformt war und sie wie eine traurige Halskette umgab. Das war nichts im Vergleich zu dem Zustand ihrer Füße, als er versuchte, ihr beim Aufstehen zu helfen. Sie waren zerfetzt und bluteten, es war mehr Haut abgetragen worden, als gesund war. Corday hob sie vom Boden hoch, drückte ihren eiskalten Körper an seinen und schloss die Tür.

„Claire!" Er rieb seine Hände energisch über den Rücken der zitternden Frau. „Ich habe dich."

Und das war auch gut so; sobald die Tür geschlossen war, rollten ihre Augen zurück in ihren Schädel und Claire verlor das Bewusstsein. Corday brachte sie schnell zu seiner Dusche, stellte sie auf heiß und blieb mit ihr unter dem Strahl stehen. Ihre Lippen waren blau und das war kein Wunder, wenn man bedachte, dass die Temperaturen auf dieser Ebene des Dome fast unter dem Gefrierpunkt waren. Der Beta zog ihr das ruinierte Kleid aus und wusch jedes Blutrinnsal von seiner Freundin, entdeckte noch mehr blaue Flecken, noch mehr Wunden, noch mehr Gründe, Shepherd zu hassen.

Den Verband an ihrer Schulter bewahrte er sich für den Schluss auf, war dankbar dafür, dass zumindest etwas verarztet worden war. Aber als er durchtränkt wurde, bereitete ihm das, was unter dem Verband andeutungsweise zum Vorschein kam, Sorgen. Corday schälte ihn zurück und fluchte, als er sah, was das Scheusal ihr angetan hatte. Das Gewebe unter Shepherds Biss, mit dem er sie für sich beansprucht hatte, war rot und deformiert – obwohl es so aussah, als ob ihre Schulter seit Wochen verheilte, war sie ein verdammtes Wrack.

Das Monster hatte sie verstümmelt.

Das Wasser wurde so kalt wie Cordays Blut. Er trug sie raus, trocknete sie so gut er konnte ab und legte Claire in die Wärme seines Bettes. Dort lag sie, nackt und schwer verletzt, während ihre ausgehöhlten Wangen langsam wieder etwas Farbe bekamen. Er legte eine Gliedmaße nach der anderen frei, pflegte Kratzer, bandagierte Wunden und tat sein Bestes, um ihre Körpermitte und Brüste bedeckt zu lassen. Das bedeutete nicht, dass er sie nicht sah, die verräterischen blauen Flecken, die die Innenseiten ihrer Oberschenkel übersäten.

Sie sah fast so schlimm aus wie die Omegas, die von der Widerstandsbewegung gerettet worden waren …

Es machte ihm Angst. Keinen dieser Frauen ging es gut. Obwohl sie in Sicherheit waren, verschlechterte sich ihr Zustand – sie sprachen kaum, aßen kaum. Noch mehr von ihnen waren gestorben und obwohl die Enforcer die Ursache nicht genau bestimmen konnten, war sich Brigadier Dane sicher, dass sie nach allem, was sie hatten durchmachen müssen – die Kinder und Gefährten, die ihnen genommen worden waren – einfach den Lebenswillen verloren hatten.

Claire musste anders sein.

Linker Arm, rechter Arm, beide Ellbogen bluteten langsam. Salbe und Verbände waren das Beste, was Corday zu bieten hatte. Aber es gab nichts, was er für ihren Hals tun konnte; die gelbbraunen Flecken waren nicht neu. An den Beinen waren die Verletzungen der Omega deutlich komplizierter – beide Kniescheiben sahen grotesk aus; eine Wunde war tief genug, um genäht werden zu müssen. Er tat sein Bestes mit einer Schmetterlingsnaht, schloss die Kluft aus zerrissenem Fleisch und richtete die Haut so aus, dass sie eine Chance auf Heilung hatte. Ihre Gelenke würden anschwellen – das war unvermeidlich – und er zögerte, sie mit Eis zu kühlen, da sie bereits zitterte und sich noch kalt anfühlte.

„Du wirst wieder gesund, Claire", versprach er. „Du bist bei mir in Sicherheit."

Claire öffnete blutunterlaufene Augen; sie sah den Beta an, dessen Gesicht sie wie ein Buch lesen konnte. Er hatte Angst um sie. „Es tut nicht weh."

„Sch." Er beugte sich runter und lächelte, weil sie wach war. Er strich ihr die nassen, verknoteten Haare aus dem Gesicht und sagte: „Gönn deiner Kehle etwas Ruhe."

Sie fügte sich und Corday arbeitete schnell, um fertig zu werden, desinfizierte jede Schürfwunde an der Außenseite ihrer Oberschenkel, an ihren Knien und Schienbeinen. Ihre Füße waren eine andere Sache. Es gab wenig, was er tun konnte, und sie würde in den kommenden Tagen kaum laufen können. Er zog die kleinen Trümmerteile heraus und bemerkte, dass sie sich nicht bewegte oder zuckte, selbst als frisches Blut hervorquoll, nachdem er ein großes Stück Glas herausgezogen hatte. Er wickelte ihre Füße fest ein und betete zu allen drei Göttern, dass die offenen Wunden nicht eitern würden.

Als es so aussah, als würde sie schlafen, stand er auf.

Claires Hand schoss hervor, ihre lädierten Finger krallten sich in seinen Ärmel. „Geh nicht!"

„Du brauchst Medikamente", beruhigte Corday sie und verschränkte seine Finger mit ihren.

Claire verstärkte ihren Griff, unstet und verängstigt. „Lass mich nicht allein."

Corday schob einen Haufen Verbandsverpackungen auf den Boden und tat, worum sie ihn bat. Er schlüpfte neben ihr unter die Decke und bot ihr Körperwärme und einen sicheren Platz zum Ausruhen. Claire ließ sich von ihm festhalten und legte ihren Kopf auf seine Schulter, wurde still.

Sie schämte sich, darum zu bitten, fühlte sich unfassbar erbärmlich, als sie flüsterte: „Schnurrst du für mich?"

So etwas war ein intimer Akt zwischen Liebenden und Familienmitgliedern, aber der Beta zögerte nicht. Corday holte tief Luft und ließ sofort die grummelnde Vibration ertönen. Das Geräusch klang etwas schief – der Akt etwas, woran er nicht gewöhnt war – und obwohl es nicht die Komplexität des Schnurrens eines Alphas hatte, war es in diesem Moment unendlich tröstlich.

„Das ist schön." Claire seufzte erschöpft. „Bitte hör nicht auf."

Corday wischte mit seinem Daumen eine kullernde Träne von ihrer Wange. „Das werde ich nicht, Claire."

Mit der Stimme einer gebrochenen Person begann Claire, mehr als nur endlose, erstickende Misere zu verspüren; sie verspürte Abscheu … für sich selbst. „Ich hasse diesen Namen."

* * *

Claire wachte eng an ihren Freund gekuschelt auf, wie Kinder, die sich Geheimnisse zuflüsterten. Ihr Körper tat zwar weh, aber ihr war warm, sie war umgeben von einem Duft der Sicherheit und dankbar für das jungenhafte Lächeln, das Corday ihr schenkte, als sie ihre klebrigen Wimpern mühsam öffnete.

Er glättete vorsichtig und sanft ihre verknoteten Haare. „Du siehst viel besser aus."

Sie lagen so nahe beieinander, dass sie die in der Nacht gewachsenen Bartstoppeln auf seiner Wange sehen und seinen Atem riechen konnte.

Er wirkte so echt.

Claire saugte ihre aufgesprungene Unterlippe in den Mund, spürte den stechenden Schmerz. Als sie den Schorf schmeckte, der zurückgeblieben war, nachdem diese Frau, Svana, sie geschlagen hatte, weil sie sich geweigert hatte, die Beine zu spreizen, wurde der Albtraum wieder real. Es war, als wäre Svana mit ihr im Raum, als ob die Hände der Alpha immer noch um ihren Hals geschlossen waren.

Claire rang nach Atem.

Corday durchbrach ihr wachsendes Entsetzen. „Es geht dir gut, Claire. Ich werde dich beschützen."

Es war kein Traum, es war echt. Claire verstand langsam, dass sie die Sonne immer deutlicher auf ihrem

Gesicht spürte, je mehr Corday sprach, je mehr er sie berührte.

Wie hatte sie es überhaupt hierhergeschafft?

Sie *war* Shepherd entkommen, unter großen körperlichen Anstrengungen und nackt, und Corday hatte sie aufgenommen, trotz der Tatsache, dass sie ihm eine Schlaftablette verabreicht hatte – ihn angelogen hatte.

Sie musste sich selbst laut daran erinnern; sie musste es sich ins Gedächtnis rufen. „Ich bin von der hinteren Terrasse der Zitadelle gesprungen … und in den Schnee gestürzt."

„Und du bist hierher gerannt", führte Corday für sie zu Ende.

Das hatte sie getan, bevor sie auch nur wieder Luft in den Lungen gehabt hatte, hatte sie sich aufgerappelt und war geflohen. „Ich bin so schnell gerannt, wie ich konnte … direkt zu deiner Tür." Claires Stimme brach, sie zitterte heftig und schluchzte: „Es tut mir leid, Corday."

Als er ihre Panik sah, versuchte er, sie zu beruhigen. „Es gibt nichts, was dir leidtun muss."

„Ich habe dir eine Schlaftablette untergejubelt", flüsterte sie. „Ich habe gelogen. Und jetzt wird er dich finden. Er wird dir wehtun."

„Das wird er nicht." Corday wurde ernst und streng. „Du kannst mir vertrauen. Es gibt keinen Grund, mich wieder anzulügen. Ich kann dir nicht helfen, wenn du lügst."

„Wenn ich dich mit zu den Omegas genommen hätte, hätte er dich getötet, genau wie er Lilian und die anderen umgebracht hat." Claire blickte auf den Kissenbezug, der leicht mit ihrem Blut verkrustet war. „Er hat mich bestraft … ich bin schwanger."

Das wusste Corday bereits. Er hatte es fast sofort gerochen, als Claire in seinen Armen gelegen hatte. Es gab nur einen Weg, wie so etwas hatte passieren können. Shepherd hatte einen weiteren Hitzezyklus erzwungen.

Es gab sehr wenig, was er sagen konnte, wenig, was er tun konnte, aber eine Sache konnte Corday ihr anbieten. Er sah ihr direkt in die Augen und fragte: „Möchtest du, dass es so bleibt?"

Was für eine Frage … Claire musste nachdenken und realisierte, dass sie sich so stark an den Beta geklammert hatte, dass seine Schulter wehtun musste. Sie ließ etwas lockerer und nahm Maß von dem kleinen bisschen Mensch, das sie noch war, und wusste, dass sie noch kein Baby gewollt hatte. Außerdem hatte sie sich dummerweise erlaubt, Zuneigung zu dem Monster zu entwickeln, das ihre Gebärmutter gefüllt hatte, ein Monster, das sie wie eine Zuchtstute benutzte – ein Scheusal, dessen Geliebte versucht hatte, sie zu töten.

Claire drückte ihre Hand auf das winzige Leben, das in ihr wuchs. Sie konnte dieses Problem loswerden; Abtreibungen waren gängige Praxis und wahrscheinlich sogar jetzt noch erhältlich. Sie konnte Shepherd aus sich herausschneiden lassen.

Nach einem zittrigen Atemzug gestand sie die schreckliche Wahrheit: „Ich fühle nichts, weißt du. In mir drinnen … fühle ich überhaupt nichts."

Er gab ihr Raum und schenkte ihr ein schiefes Lächeln. „Ich weiß, dass es vielleicht den Anschein hat, als wäre die Welt für dich untergegangen, Claire, aber du bist jetzt frei. Du bist eine Kämpferin."

Sie konnte nicht anders, als den Mann traurig anzulächeln, der es nie verstehen würde. „Kämpferin? Was für eine Art von Zukunft schwebt dir für mich vor? Ich wurde zu einer Paarbindung mit einem Monster gezwungen, um sein Spielzeug zu sein, wurde für einen unnatürlichen Hitzezyklus mit Medikamenten vollgepumpt, gegen meinen Willen geschwängert, damit ich ihm treu ergeben sein würde, und war dann gezwungen, zuzuhören, wie der Alpha, der mein Gefährte sein sollte, seine Geliebte gefickt hat – ein sehr beängstigendes Alpha-Weibchen, das seine Hände um meinen Hals gelegt hat, das direkt vor ihm ihre Finger in mich geschoben hat."

Er konnte eine Grimasse nicht zurückhalten. „Schh. Das kann alles wiedergutgemacht werden."

„Es ist okay für uns beide, zuzugeben, dass es kein Happy End für mich geben wird." Claire setzte sich auf, hielt sich die Decke vor die Brust, fühlte sich leer. „Ich habe keine Zukunft, aber ich kann immer noch für die anderen kämpfen."

Corday strich ihre Haare zurück, wollte sie näher zu sich heranziehen und widerstand dem Bedürfnis, die Frau mit den traurigen Augen zu umarmen. „Wenn du durch diese Tür gehst und versuchst, es mit Shepherd aufzunehmen, wirst du nicht gewinnen."

„Ich werde nicht gewinnen … aber ich *werde* Probleme machen." Ein Ziel, etwas, an dem sie sich festhalten konnte, ließ ihre Stimme hart werden. Claire lächelte höhnisch. „Ich werde alles tun, was ich kann, um Lärm zu machen. Und wenn sie mich erwischen, werde ich dafür sorgen, dass sie mich töten."

„Bitte hör mir zu." Corday wurde eindringlich, hatte Angst, sie zu verschrecken, falls er das Falsche sagte. „Lass uns darüber reden. Das Beste, was du im Moment tun kannst, ist, wieder zu Kräften zu kommen."

„Das habe ich vor." Sie nickte und wusste, dass er es missverstand. „Shepherd sagte mir einst, dass es nichts Gutes in den Menschen von Thólos gibt. Er hatte unrecht.

Diese Besatzung hat uns unserer Vortäuschungen beraubt; sie hat uns nackt gemacht, unsere Natur offenbart. Verstehst du nicht? Integrität, Freundlichkeit – es existiert hier …" Claire schloss die Augen, schmiegte sich wieder näher an ihn. „Du, Corday, bist ein guter Mann."

Er zögerte nicht, sie eng an sich zu ziehen. „Und du bist eine gute Frau."

Sie legte ihre Wange auf seine Schulter und seufzte. Sie mochte einst eine *gute Frau* gewesen sein, aber die Wahrheit war, dass sie kein Mensch mehr war. Sie war ein Schatten.

„Ich möchte, dass du weißt, dass wir die Händler der gefälschten Brunft-Hemmer gefunden haben, während du weg warst. Omegas wurden gerettet. Sie erholen sich und sind in Sicherheit. Die Drogen wurden vernichtet; jeder einzelne der Männer hat für seine Verbrechen bezahlt."

Etwas flatterte in Claires Brust, ein Gefühl flackerte kurz auf, das sie in Stücke zerfetzte, bevor es sie infizieren konnte. „Danke, Corday."

„Du bist daran beteiligt, weißt du?" Jungenhafte Eifrigkeit, der Wunsch, Claire zu gefallen, legte ein Grinsen auf seine Lippen. „Deine Entschlossenheit – du hast für sie gekämpft. Sie haben ihre Freiheit dir zu verdanken."

„Ich habe nichts anderes getan, als vergewaltigt zu werden und darüber zu heulen."

„Du irrst dich." Corday umfasste ihre Wange, zwang sie dazu, ihn anzusehen. „Du hast dich dem größten Monster von allen gestellt. Du bist ihm jetzt zweimal entkommen. *Du* bist stark, Claire."

Aber das war sie nicht. „Nein ... du verstehst nicht. Die Paarbindung, die Schwangerschaft ... ich habe angefangen, ihn gern zu haben, ihn zu brauchen." Es laut auszusprechen, ließ ihren Mund nach Erbrochenem schmecken. „Ich war schwach."

Corday wusste, dass nichts davon ihre Schuld war. „Angesichts der Umstände war das, was passiert ist, nur natürlich."

„Ich weiß nicht, was es war ... aber *es* war. Ich hörte auf, ein Monster zu sehen, und wollte die Aufmerksamkeit des Mannes haben. Und nachdem er mir Zuneigung entlockt hatte, verwandelte er sie in den kranksten Witz der Welt. Ich sollte dankbar sein, schätze ich. Zu hören, wie er mit ihr ... es hat die Paarbindung zerstört. Er kann mich jetzt nicht mehr kontrollieren."

Die totale Emotionslosigkeit in Claires Stimme verstörte Corday. Was auch immer Shepherd getan hatte, hatte der Omega Schaden zugefügt, und ein Teil von ihm fragte sich, ob jeder ihrer Gesichtsausdrücke nur deshalb zutage trat, weil sie sich an Dinge wie Atmen und Blinzeln erinnern musste.

Claire bemerkte die Besorgnis ihres Freundes nicht und fuhr fort: „Ich verstehe es jetzt. Bei diesem Ausbruch ging es nicht darum, an die Macht zu gelangen. Wir sind seine Marionetten, werden auf seinen Knopfdruck hin fanatisch. Wir tanzen auf seiner Bühne. Shepherd, seine Anhänger, sie bestrafen uns alle für …" Sie spöttelte leise: „Für blinde Ignoranz. Dafür, dass wir zugelassen haben, was ihnen angetan wurde."

„Du bist ihn los, seine Lügen und seine Bösartigkeit, Claire. Vergiss das nicht."

„Die Kuppel hat einen Riss. Es schneit draußen. Kein Frost, *echter Schnee*. Wir sind ihn nicht los, nicht, wenn wir das zulassen. Wir lassen das alles zu."

„Wir können Thólos zurückerobern."

Claire stockte der Atem. „Nicht, solange er lebt."

1-Click BORN TO BE BROKEN **jetzt!**

***

KOSTENLOSES BUCH: BRANDED CAPTIVE

Wren's Song, Buch Eins

Kapitel 1

„Empfange meinen Samen, Omega."

Der Atem, der über ihre Wange strich, war ranzig, aber Wren registrierte es kaum, da dieses *Ding* ihr Becken entzweibrach. Sie hatte getan, was ihr befohlen worden war. War gefügig geblieben, als der Mann ihre Beine peinlich weit über seinen Schenkeln gespreizt hatte. Sie hatte sogar den dichten Teppich aus groben, grauen Haaren auf seiner Brust ignoriert, die über ihren Rücken kratzten, als er sie hochhob.

Er hatte geknurrt, wie es ihre Mutter vorhergesagt hatte, und mit einem ungeduldigen Ruck seiner Hüften ihre Barriere durchstoßen. Außerstande zu schreien, hatte Wren nur ihr Kreuz durchgedrückt und ihren Kopf nach hinten auf seine Schulter geworfen. Der Alpha, der für ihr Wohlbefinden entweder blind wahr oder sich nicht darum scherte, packte ihre Hüften und ließ sie dreimal auf seinem geäderten Schwanz auf und ab hüpfen. Mit dem vierten groben Stoß hatte er sich in ihre weicheren Stellen gekrallt und sie nach unten gezogen, bis ihre Arschbacken gegen

331

seinen Schoß klatschten. Sofort dehnte sich etwas in ihren schmerzenden Eingeweiden aus. Es drückte so stark auf ihre Blase, dass Wren sich sicher war, dass mehr als nur ein bisschen Pisse auf ihren Käufer getröpfelt war, und wurde immer größer, bis zusammengequetschte Därme, Organe und angespannte Nerven nach Erlösung schrien.

„Verdammt, Omega. Nimm meinen Samen in dich auf!"

Was wohin nehmen? Sie verstand nicht, was sie jetzt tun sollte.

Hinter ihrem Rücken keuchte der Fremde und bewegte sich unter ihr, als ob er sich auch extrem unwohl fühlte. Als sie nicht das tat, was er wollte, verwandelte seine Gereiztheit sich schnell in Wut. Der Gestank bohrte sich in Wrens Nasenlöcher, ließ ihre Haut vibrieren.

Wütende Alphas töteten.

Wütende Alphas mussten stets besänftigt werden.

Wren starrte geradeaus durch den schwach beleuchteten, aber edel eingerichteten Raum, atmete ein und wieder aus, zählte dabei jeweils bis drei. Sie konnte nichts gegen das brennende Dehnen an der Stelle tun, wo ihre Beine über den gespreizten Oberschenkeln des Mannes hingen. Er hatte nicht angeboten, sie in ein Bett zu bringen oder sie auch nur gebeten, ein Nest zu bauen.

Nein, die Couch im Empfangsraum seines feinen Hauses war gut genug für sein Vorhaben gewesen.

Das Material untersuchen und testen.

Die Jungfrau ficken, während ihr Vater auf der anderen Seite der einen Spaltbreit geöffneten Tür wartete.

Der Mann, der sie hierhergebracht hatte, um sie zu verkaufen, und jetzt zuhörte. Den angestrengten Atemzügen des Alphas, seinem Grunzen und seinem Keuchen.

Ihr Vater hörte ihrem Versagen zu.

Wren zwang sich dazu, nach unten zu schauen. Sie hatte den Schwanz des Alphas nicht gesehen, bevor er ihn unerwartet in sie gestopft hatte, oder auch nur einen guten Blick auf den Mann erhaschen können. Ihre Augen waren gesenkt gewesen, als sie angekommen waren, damit ihr Vater sie nicht für ihre Unverschämtheit schlug. Sie hatte sich für die Inspektion ausgezogen. Sie hatte sich wie befohlen bewegt und sich nicht gewehrt, als der Alpha sie zur nächstgelegenen Sitzgelegenheit gezerrt hatte.

Und ihr Vater hatte den Raum verlassen, um zuzuhören, damit er für das, was passierte, die volle Bezahlung verlangen konnte.

Die Bezahlung für … *das*. Wren starrte auf die Stelle, an der nur die Wurzel eines Alpha-Schwanzes sichtbar war, der ihre Schamlippen unvorstellbar weit dehnte. Es

333

war ein wenig Blut zu sehen, weit weniger, als sie angesichts der Schmerzen erwartet hatte. Das Rot vermischte sich mit ihren Flüssigkeiten und verklebte die Haare, die seinen geschwollenen Hodensack bedeckten.

Der Knoten in ihrem Bauch pulsierte wütend und dehnte sich wieder aus, um sie vollständig zu zerstören. Der Alpha knirschte mit den Zähnen und wimmerte fast gegen ihren Hals, seine Eier zuckten und pulsierten. Auch sie wurden größer, die Haut unter all den rauen Haaren glänzte und wurde weiß, weil sie so sehr gedehnt wurde.

„Verfickte Omega …" Eine fleischige Hand löste sich von ihrer Hüfte und landete auf ihrem Bauch, als ob sie das noch weiter auf seinen Schwanz zwingen könnte. Aber es gab keinen Platz mehr. Sie war durch diesen pulsierenden Knoten, der qualvolle Schmerzen durch ihre Eingeweide strahlen ließ, an ihn gefesselt. Wenn man nach der Art und Weise ging, wie er Mühe hatte zu sprechen, wie sein Atem jedes Mal wimmernd stockte, wenn er Luft holte, litt der Alpha ebenso sehr wie sie. „Du hast einen Zweck. Melke meinen verfickten Schwanz!"

Wenn dieser Knoten nicht aufhörte, gegen ihr Schambein zu stoßen, würde sie sich auf seinen Teppich übergeben. Zögernd, nicht sicher, was er von ihr wollte, befand Wren, dass der weiseste Kurs darin bestand, stillzuhalten und abzuwarten.

Es war die falsche Entscheidung.

„Dein Freak von Tochter erfüllt ihre Aufgabe nicht!" Die wütend geknurrten Worte waren an die leicht offenstehende Tür gerichtet.

Die Antwort ertönte in einem kleinlauten Tonfall, den Wrens Vater ihr gegenüber nie einnahm. „Haben Sie … ähm … sie stimuliert, Sir?"

Wrens neuer Besitzer drehte den Kopf und schrie so laut, dass das Mädchen zusammenzuckte. „Natürlich habe ich das! Sie weigert sich unverschämterweise, mich zum Orgasmus zu bringen. Mein verdammter Knoten ist voll. Gah—" Der schweißgebadete Alpha drückte sie fester, wurde selbst von einer Welle aus Krämpfen überwältigt. „Das wird Sie Ihren verdammten Kopf kosten, Carson!"

„Wren, Schatz." Ihr Vater säuselte durch die einen Spaltbreit geöffnete Tür: „Entspann dich und empfange seinen Samen. Zeig diesem erlauchten Alpha, dass du ihm als seine Gefährtin dienen möchtest."

Sie wollte ihm in Zeichensprache mitteilen, dass sie es nicht verstand, wollte nach dem Mann greifen, der sie hierhergebracht hatte, um sie zu verkaufen. Aber er konnte sie nicht sehen.

Mein potenzieller Gefährte brüllte: „SCHICKT HELENA REIN!"

Eine weitere Tür in dem kühlen Raum öffnete sich und eine Frau in einem bunten Gewand eilte herein. „Wie kann ich dir dienen, mein Alpha?"

„Beug dich über den Schreibtisch und warte auf mich!"

Wren sah zu, wie die Frau sich schnell auszog, und erblickte zum ersten Mal in ihrem Leben einen anderen nackten weiblichen Körper. Ohne Einleitung beugte sich die hübsche Brünette vor, präsentierte ihre Arschbacken und legte ihre Wange auf das Holz.

Die weibliche Anatomie der Beta war zur Schau gestellt.

Grausame Finger griffen nach Wrens gedehnten Schamlippen und der Alpha zerrte an dem empfindlichen Fleisch, während er grunzte und sie mit seinem Gewicht nach vorne schubste. Die Größe seiner aufgeblähten Hoden verdoppelte sich und der Mann stöhnte, schien schlimme Qualen zu erleiden.

Sein Schmerz war nichts im Vergleich zu ihrem. Der Knoten, der ihre Leben miteinander verbinden sollte, wurde durch seine Tricks verformt, bis er ihn aus ihrem Körper ziehen konnte. Wren wurde auf den Boden geworfen, drückte die Hand zwischen ihre zitternden Beine und heulte.

Aus dem Augenwinkel sah sie, wie der Alpha seinen Schwanz in der wartenden Frau versenkte, sie in seinem wahnsinnigen Verlangen nach Erlösung demolierte. Im Gegensatz zu Wren verschaffte ihm die Beta sofort Erleichterung und der Schrei des Alphas war ohrenbetäubend.

Vornübergebeugt und zusammengerollt, verschloss Wren die Augen vor allem.

Selbst als ihr Vater hereingerufen wurde, weigerte sie sich, aufzustehen, um seinem Blick zu begegnen. Nackt und beschämt auf dem Boden im Haus eines Fremden liegend, schniefte sie und wünschte sich, sie könnte die schrecklichen Dinge, die über sie gesagt wurden, nicht hören.

„Wurde sie nicht trainiert?"

„Meine Frau hat sich große Mühe gegeben, ihr zu erklären, was von ihr erwartet wird, Sir. Ich entschuldige mich zutiefst, dass sie versagt hat, aber falls Sie sie nicht zu Ihrer neuen Gefährtin nehmen, schulden Sie mir trotzdem noch etwas für das Durchstechen ihres Jungfernhäutchens. Es wird schwerer sein, sie zu verkaufen, wenn sie nicht intakt ist."

Natürlich würde ihr Vater versuchen, diesem Mann Credits abzuluchsen …

Der Alpha lachte ungläubig. „Ihr stummer Albino-Freak mag hübsch anzusehen sein, aber sie ist der schlechteste Fick, den man sich vorstellen kann. Wenn Sie

337

denken, ich würde diese Fotze einem anderen Alpha in dieser Stadt zumuten, dann liegen Sie falsch."

„Sie schulden mir eintausend Credits für ihre Jungfräulichkeit!" Ihr Vater kam nicht einmal zu ihrer Verteidigung, bot ihr keinerlei Trost, er versuchte nur, alles aus einem weitaus reicheren Mann zu quetschen, was er bekommen konnte. „Der Vertrag war eindeutig. Die Gebühr wird unabhängig vom Ausgang der ersten Paarung bezahlt!"

Das Geräusch von Eis, das auf Kristallglas traf, das Einschenken von Alkohol. Der Alpha, deutlich ruhiger, nahm einen langen Schluck. „Der Vertrag", ein Lächeln lag in seiner Stimme, der Alpha schnurrte, „ist null und nichtig, wenn die Ware defekt ist. Sie bekommen nichts, Carson. Sie wird markiert und in die Warrens geschmissen und Sie werden froh sein, hier lebend rauszukommen."

Nein! Wren ignorierte ihre wunden Muskeln und die stechenden Schmerzen zwischen ihren Beinen, huschte zu ihrem Vater und schlang ihren Arm um sein Bein. Sie machte panisch Gebärden, flehte ihn um Gnade an.

Er blickte auf sein blasses Kind mit den violetten Augen hinunter und sagte mit ausdruckslosem Gesicht: „Ich hätte dich bei deiner Geburt einschläfern lassen sollen."

[Lade BRANDED CAPTIVE jetzt herunter!](#)

Addison Cain

Addison Cain, USA TODAY Bestsellerautorin und Amazon Top 25 Bestsellerautorin, ist vor allem für ihre Dark Romances, das heiße Omegaverse und kranke Alien-Welten bekannt. Das Verhalten ihrer Antihelden ist nicht immer entschuldbar, ihre Protagonistinnen sind willensstark, und nichts ist jemals so, wie es scheint.

Tiefgründig und manchmal herzzerreißend, sind ihre Bücher nichts für schwache Nerven. Aber sie sind genau richtig für alle, die unverfrorene Bad Boys, aggressive Alphas und Küsse mit einem Hauch von Gewalt mögen.

Besuche ihre Website:

addisoncain.com

Amazon: amzn.to/2ryj4LH
Goodreads: www.goodreads.com/AddisonCain
Bookbub Deals: www.bookbub.com/authors/addison-cain
Facebook Autorenseite:
www.facebook.com/AddisonlCain/
Addison Cain's Dark Longings Lounge Fan Group:
www.facebook.com/groups/ DarkLongingsLounge/

Lass dir diese spannenden Titel von Addison Cain nicht entgehen!

The Golden Line

Wren's Song-Reihe:
Branded Captive
Silent Captive
Broken Captive
Ravaged Captive

The Irdesi Empire-Reihe:
Sigil: Book One
Sovereign: Book Two
Que: Book Three (in Kürze erhältlich)

Alpha's Claim-Reihe:
Born to be Bound
Born To Be Broken
Reborn
Stolen
Corrupted (in Kürze erhältlich)

Anthologien:
Valentine's Roulette: Unraveled

A Trick of the Light-Duologie:
A Taste of Shine
A Shot in the Dark

Historische Liebesromane:
Dark Side of the Sun

Horror:
Catacombs
The White Queen
Immaculate

9 781950 711147